# 巴桐文集

巴桐◎著

廣東旅游出版社
GUANGDONG TRAVEL & TOURISM PRESS
悦读书·悦旅行·悦享人生
中国·广州

图书在版编目（CIP）数据

巴桐文集 / 巴桐著. — 广州 : 广东旅游出版社, 2022.3

ISBN 978-7-5570-2598-4

Ⅰ. ①巴… Ⅱ. ①巴… Ⅲ. ①中国文学—当代文学—作品综合集 Ⅳ. ①I217.2

中国版本图书馆CIP数据核字(2021)第182946号

出 版 人：刘志松
策划编辑：官　顺
责任编辑：林伊晴
装帧设计：谢晓丹
责任校对：李瑞苑
责任技编：冼志良

巴桐文集
Batong Wenji

出版发行：广东旅游出版社
社　　址：广州市荔湾区沙面北街71号首、二层
邮　　编：510130
邮购电话：020-87348243
印　　刷：廊坊市海涛印刷有限公司
（廊坊市安次区码头镇金官屯村）
开　　本：889毫米×1295毫米　1/32
印　　张：7.5
字　　数：223千字
版　　次：2022年3月第1版第1次
定　　价：58.00元

序言

# 煮字半生　百吟不安

晓籁

与巴桐的相识，是先识其人后读其文。用京腔说：巴桐吧，人很有趣儿，文很有味儿。识人、读文的感觉，我曾在《寄语巴桐》中详述过，但那已是15年前的事儿了。

一晃15年过去了。15年间，我们的联系依旧保持着两条线：一是偶尔聚会聊天，二是读他的新作。实际上，越到后头，见面的次数越少，如今我们连一年一见都做不到了。他原本居于香港，后因女儿在美国学成就业，就举家迁居美国硅谷了。而我也因工作变动，从深圳来到北京。

虽不常见，却每在念中。现在是数字化时代了，社交网络非常便利。他到了美国，依然笔耕不辍，陆续又写了三本书。每得佳作，他几乎都会通过邮件或微信让我先睹为快。我们常在微信里就作品的某个细节甚至某个字句进行讨论。他对写作的态度本来就极其认真，加上比常人更为勤奋，每件作品都要精雕细琢，反复打磨。他创作态度上的严谨和创作手法上的求新、求精、求变，使他的作品读起来有一股准确精致、足以式范的味道。

要想用千把字的篇幅来论述巴桐，戛戛乎其难。我觉得读他的诗文颇像品红酒，先要观色，继而闻香，再品其味，最好还能做“盲品”和“比品”。

---

晓籁，诗人，现居北京。

巴桐作品的“色”，表现在他谋篇布局的精巧，遣词造句的精准，体裁样式的考究性上。香港是个出故事的地方，整整100年的殖民统治，历经了祖国的朝代变迁，再回归祖国怀抱，个中滋味，非港人难于名状。选用小说这种体裁，在时间上截取香港回归后的生活经历，一幅独一无二的香港风情画便活脱脱地跳跃在了我们的眼前，你可以大致一瞥，也可以细细咀嚼，无论怎样，他的故事都可能会在你的记忆里刻下一道印痕。

巴桐作品的“香”，跟他本人一样，有着各种各样的气息：书卷气、书生气、豪侠义气、乡土气……不一而足。这种气息从他的《走马宁夏》可以略见一斑。巴桐交游广阔，朋友众多。应朋友之邀，他带着一股豪气，在金秋十月走马宁夏，一下飞机就感到“一股苍凉袭上心头”。然后就开始睹物思人，从西部影视城想起了张贤亮；去沙湖时又想起王之涣、张舜民、王维、杨万里；夜宿湖边，他居然能想到西班牙伊巴涅斯的《血与沙》；来到青铜峡，自然少不了李白的“黄河之水天上来”，又从“黄河的肺活量才能唱的歌”想到了余光中；想到西夏王朝对大宋朝廷进贡美女和宝剑，他情不自禁地吟起了晁补之对这两样贡品的赞歌；上了六盘山，他开始崇敬毛泽东《清平乐·六盘山》里的气壮山河。

宁夏5天的行程，他信马由缰，白天黑夜，他思绪驰骋，古今中外，诗词歌赋，引经据典，博古通今。他像侠客，似书生，如学究，却实为一个过路人。他自己却说：“宁夏犹如幽谷的蔷薇，让我细嗅挹香。英国诗人西格夫里·萨松有句名言‘我心中有猛虎在细嗅蔷薇。’意指老虎也会有细嗅蔷薇的时候，忙碌而远大的雄心也会被温柔和美丽折服。我虽非虎，然而今生我仆仆于途，常错过身边的风月与繁花。宁夏像蓦然绽放在我人生旅途的一丛蔷薇，馨香扑鼻而又带刺，愉悦我亦戳痛我。这是一次心灵之旅，令我赞叹与沉思，让我陶醉与歌哭。”好一个陶醉与歌哭的巴桐。

读巴桐的作品，不细细品味是很难得其真趣的。他的作品题材广泛，体裁多样，但每件作品都呕心沥血，披肝沥胆。他不少作品被各种选刊收集，也得过诸多奖项，有的甚至被选为中学语文参考篇目，列入考试题库。印象中，他工于小说，精于散文，报告文学也得过全国性大奖，却不太多见他写诗。可当我读到他的《那人——致诗人范方》时，才发现他的诗也是已入化境，非一般人可以比肩。

此诗二片共14行。从一开始“不与树争夺空间的/瘦得/可怜的那人/当风暴选定他为目标的时候/他坚持自己为一竿修长的竹子”，就将诗人的“瘦”用“不与树争夺空间”的意象传递给读者，然后又将风暴中的竹子，来暗喻诗人“千磨万砺还坚劲”的品格。下片的“而把空心菜去营养整个天空的蓝的那人/烟酒是戒不掉的，总以醉眼去诠释清醒/以苦涩去反照芬芳”则把一个食人间烟火的肉身与一个人醉心不醉的诗人的灵魂袒露出来。然后以“把岩石嚼成火/嚼成阳光/甚至以火以阳光/去涂抹江河的走姿/百花的眼神”做结句，把诗人内心的煎熬、挣扎和痛苦燃烧成生命的光华，并将毕生心血为世间的美好增色的精神升华起来。整首诗意象迭出，多元归一，收放自如，令人叹服。

纵览巴桐的诗作，在题材上多为缱绻乡愁、缅怀故土的吟唱。这大抵与他去国逾40年有关，正如《台港文学选刊》原主编杨际岚所言：“正是那一腔家国情怀，可谓巴桐作品魂魄所系。”在诗的语言风格上，巴桐“融古入今”，凝练蕴藉，闪烁唐宋诗词的晶芒。而他的禅意短诗，也清新可喜，玲珑小巧颇堪玩味。

品酒讲究“比品”，但我不想拿巴桐的作品跟别人比。我以为一个真正的作家的作品一定是独特的。巴桐就是巴桐，在我的记忆里，他对煮字炼字近乎偏执，作家朋友中无出其右者。一篇文章动辄改上十几二十遍，对于他来说是家常便饭。反复更新，不断重发，对于朋友和编辑而言则是不堪其扰，叫苦不迭。尤其他旅居美国后，东西半球，晨昏颠倒，他不管这边月落星沉，睡梦正酣，微信蜂拥而至，扰人清梦，但每每又被其精神感动。他本人更是一旦灵感袭来，便忘乎所以，随时随地打开平板电脑，奋“指”疾书。即便如此，他犹上下求索，扪心自问：须是捻断了不止“数茎”，白发也搔更短了，但“吟安”了么？

我想对他说：“巴桐先生，煮字半生，百吟且安！”

自序

# 半生洗砚

“洗砚”二字，出自宋朝诗人魏野的诗：

达人轻禄位，居处傍林泉。
洗砚鱼吞墨，烹茶鹤避烟。
娴惟歌圣代，老不恨流年。
静想闲来者，还应我最偏。

“洗砚鱼吞墨，烹茶鹤避烟。”这副对联，常见挂在画院茶馆雅室的墙上。洗砚句，是用了王羲之“临池学书，池水尽墨”的典故。因为勤奋挥毫学书，天天洗涤砚台，以致池水都染成了墨汁，水里的鱼也只能“吞墨”了。

我这里引用的“洗砚”，则是反其意而为之，乃洗干净砚台，收藏起笔墨之谓也。好比“道上”的人，要退出江湖，叫作“金盆洗手”。我舞文弄墨，无“金盆”可洗，只能洗砚。洗砚，即洗尽铅华归于平淡，卸下粉墨退出舞台。其实我也没有什么“铅华”，从未风光过；也没有过“舞台”，未曾扮演过主角。我大半辈子写作，伴随人物的喜怒哀乐，恍如席慕蓉所说，时常是“在别人的故事里，流着自己的泪”。

除了爬格子，我别无所长。记得30多年前在香港，一个算命大师兼文艺评论家骂我是“鼻子上画了个豆腐块的文丑”，我在报上发文反击道：“吾做工拧不紧一颗螺丝钉，种地不如一介农夫，经商亏得只剩下一条裤衩，全部本事就只会爬爬格子，你却偏偏在这上头也要欺侮我，恐怕你的招牌要砸了！”于是更加拼命地爬格子，从不懈怠。

蓦然回首，才惊觉自己在文学这条荆棘满布的路上，蹒跚地走了半个多世纪。回想起在家乡小报上发表第一篇文章时才14岁，不料如今已年逾古稀，惭感格子恍如一座山，爬起格子越来越力不从心了。

我敬畏文学，孜孜于“煮字”。时常为改好一句话、一个词，甚至一个字，夜不成寐。长期爬格子，我还养成了一个“不良”的写作习惯，晚上躺在床上，脑细胞过于活跃，常常把白天写的文章在脑海里“过电影”。一行行一字字清晰显现，一旦发现错漏，或想到好词妙句，立即一骨碌爬起来修改。改好躺下，刚躺下又想到要改的，立即又爬起来。如是爬起躺下，躺下爬起，反反复复达十数次之多，窸窸窣窣，通宵达旦。

文友们常夸我“才思敏捷”，古华也曾在一篇文章中称我为“鬼才”，殊不知我只是“夜鬼”，在别人熟睡的时候，我挤出梦乡里的时间，伏案搦管，煮字熬心。

当今之世，“纯文学”正走向衰落，网络文学崛起，快餐文化大行其道。许多“纯文学”作品，摆在书店的书架上，蒙灰生尘，乏人问津。文学十八般武艺，我略懂一二，至于新派网络的招数，则是一窍不通，因此我只好拥抱孤独与寂寞。

借用“洗砚”的反意，意味着一种转变，表示一件事物的缘起缘了，肇始戢止的过程。这本集子应是我从文半个多世纪的一个句点，封笔收山之作。日后倘有笔耕，也只是积习难改，一时技痒，偶尔为之了。

除一篇报告文学之外，集子中其他文章，均是我旅居美国后的作品。2006年我从香港移居美国，居住在加州硅谷的桑尼维尔市。异国他乡的日子颇为孤独寂寥，但也获得清静悠闲的环境，正好让我静下来，咀嚼人生、反刍生活，思索和沉淀这大半生经历的风风雨雨，遣于笔端。来美后我写了三本书：短篇小说集《无尘》、散文集《巴桐煮字2》及这本《巴桐文集》。读书写作之余，则是醉心于写字画画，自得其乐。

收在“港里港外”栏目中的小说，长的近万言，短的仅百来字，故事地域跨度从香港到美国，笔涉港岛内外，墨染异域风采。在大时代的风云变幻中，我这支秃笔只能截取生活中的一个片段、一个镜头、一个剪影，犹如“螺蛳壳里做道场，舍利团中悟平生”，希冀用超然的心态，客观的视觉窥探生活，抒写大时代的小人物故事。

集子中还收入了一些诗作。我早年热衷于写诗，继而沉湎于散文，再而迷恋于小说。后来较少写诗，早年的诗稿也多已散失。但诗歌是我写作生涯中重要的组成部分，在我的收笔的集子中不可缺席，所以收入一些朝花夕拾的诗作，并增写了一些冠以《散落诗草》编入集中。

汪曾祺在谈到他的写作体验时说他的小说《受戒》，写的是43年前的一个梦，隔了43年他反复思索，才比较清楚地认识所接触的生活的意义。闻一多先生曾劝告文艺青年，写作欲望冲动很强的时候，最好不要写，让它冷却一下。所谓冷却一下，就是放一放，认真思考一下才动笔。

两位大师所言极是。年轻时写作靠的是创作冲动，灵感一来，就提笔上阵，奋笔疾书。虽然也能写出一些充满激情、文采斐然的文章。但也常因动笔匆忙，未免流于粗疏，失诸凝练厚重。现在，我的生活环境变了，与过往所接触的生活，产生了时空的距离。在异国他乡，隔着千山万水的凝望，穿越岁月风尘的回首，终于让我能“放一放、冷却一下”才动笔。因而近年的文章少了些过往的浮躁与张扬，多了几分沉着与冲淡。

我始终以为语言即风格，语言是作家的身份证。这本书继续秉持我为文的“煮字”精神，雕词琢句，认真对待每一个字。我的文章是改出来的，即使是一篇千把字的短文，也要改上数十遍。加上急性子，经常稿件刚发出去，旋踵又发修订稿叫编辑“以此为准”。如此“以此为准”，一篇稿有时发了十几二十次，几乎轰爆编辑邮箱，老编都被轰懵了。更有甚之的是文章已见刊，“生米煮成熟饭”了，我仍在上面改。改、改、改，真个是“吟安一个字，捻断数茎须”。须是捻断了不止“数茎”，白发也搔更短了，但“吟安”了没有？则期待读者诸君的批评了。

# 目 录

·第一辑·

# 小说

## 港里港外

螺蛳壳里做道场，舍利团中悟平生。
笔涉港岛内外，墨染异域风采。

——题记

# 九龙皇帝

他像一只壁虎，正趴在天桥底的一根大柱上用毛笔写字。柱旁靠着一副拐棍，地上摆着塑料袋、墨水瓶和一只盛着墨汁的碗。

天气闷热，他赤裸着上身，身上松弛的肌肉像多皱的松树皮，头发快秃光了，露出了葫芦瓢似的头皮。

天桥底另外三根柱子上已写满了密密麻麻黑乎乎的字。

“疯子！看，疯子又在那儿写字了。”有个小孩喊。

“打他！”有人号令。

几个小孩从地上捡起小石子扔他。

他的额头被一颗小石子击中，渗出血来，两条红蚯蚓似的血水在脸颊上蠕动。几个小孩冲过去，踢翻了盛墨汁的碗，拗断了毛笔。老头瘫坐在地上，眼里没有一丝恐惧，只有一片空茫。

顽童围着老头嬉笑，用毛笔给他画大花脸，用脚踹他。

老人抱着头，蜷缩成一团。

“住手！”远处传来喝叱声，顽童拔腿就跑，作鸟兽散。

一个小姐背着背包奔跑过来。她用纸巾替老人擦拭了脸上的血，清理了伤口，贴上创可贴。她扶起老人说：“阿伯，我送你回去。”

老人斜乜了她一眼，不语。

“我是《新生报》记者，我叫雪。”女子自我介绍。

老人一听是记者，像被黄蜂蛰了一下，挣扎着站了起来，拄了拐棍就走。雪伸手扶他。老人竟举起拐棍欲打，怒喝：“瘟神，躝开！”拄着拐棍青蛙般一跳一跳地走了。

雪没有放弃，远远地跟随着。老人上车，她上车，老人上天星渡轮，她也上船，躲躲闪闪，跟踪老人。

老人在上茂秀坪站下了车，再往翠屏邨走去。

他在一间棚屋前停下来，警惕地向背后望了一眼，吱吱嘎嘎地推开门扉，走进去，又掩上门。

雪蹑手蹑脚走到门口，在门外逡巡，不敢贸然敲门。

天渐渐暗下来，雪站累了，靠着铁皮板墙坐下。

她闭目养神，迷糊间，突然听到门呀然一响，老人端了一盆水泼了她满头满脸。接着，门缝里飞出空啤酒罐、饭盒、杂物……

雪落荒而逃。身后腾起哈哈的笑声。

回头看，疯老头正从门缝里探出一颗秃鹰似的脑袋，咧着脱了门牙的大嘴笑着，像缺齿的钉耙。

新的一天开始了，老人又出发了。

他又去写字，写他显赫的家族史，从33岁开始，一直写到85岁，写了超过半个世纪。他的墨迹遍布港九大街小巷，灯柱、桥墩、灯箱、垃圾桶，逮住什么见有空位就往上挥毫泼墨。他是香港的堂·吉诃德。西班牙那个堂·吉诃德跟庞然大物风车作战，是为捍卫骑士的荣耀。而他单枪匹马地向港英当局挑战，是申索属于他曾氏家族的祖先封地。

32岁那年，他在建筑工地做杂工。有一天拆卸旧墙时发生倒塌，他被压在断墙下。工友把他挖出送到医院，昏迷两天后才被救活。他的右脚被水泥块砸断，踝骨粉碎，无法接驳，从此落下一条瘸腿，也失去了饭碗，他像一块被社会遗弃的肮脏的抹布。

屋漏逢雨，祸不单行。受伤后，他的棚屋又被港英当局强拆。他在整理杂物时，意外发现一本族谱，那是他几年前回乡带来的。他坐在废墟上第一次翻阅族谱，上面记载他的祖先是周朝的首相曾广祯，曾受封于香港秀茂坪，二世祖曾潮风乃周朝驸马，封邑就在九龙城。查到他本人，赫然见到自己竟是第35代继承人。这一惊人的发现，让他原本低垂到尘埃里去的卑微头颅重新昂起。

现在他世袭的领地被英国政府霸占了，还强拆了他仅有的房子！

他怒从心头起，恶向胆边生！投诉无门之下，他走上街头写状子，宣示“主权”。

“我在娘胎里已经是九龙皇帝！”这就是他铁石般的执念。

从一世祖曾广祯写起，一路写到光绪末年民国孙中山，直到三十五世新国皇曾灶财夫人梁福彩……写到梁福彩时，他干枯的眼窝偶尔也会渗出浑浊的泪水。

老妻因他写字，下堂求去。她说，你整天在街上鬼画符！以为自己真的是九龙皇帝呀？你是糊不上墙的烂泥巴，人家当你是疯子！我没脸见人，没法跟你过了。他的儿子女儿也因为写字，与他断绝关系。

他成了真正的孤家寡人。

市民向市政局投诉，向警方报案。

说他涂鸦有碍城市的观瞻，毁坏公物，看他的字像吞了苍蝇，令人作呕。

他靠香港政府的综援金过活，却污损公物，是香港的“米虫”！

有的区议员指责市政局长尸位素餐，怒斥“九龙皇帝”是城市之耻，是老鼠屎！要制止他疯狂的行为，送他去青山道精神病院！

市政局长被骂得灰头土脸。他没有别的办法，只有派清洁女工盯着他，疯子写到哪里擦到那里。但没多久就发现此举无效，擦不胜擦，根本追不上他写！

警察也试图检控他。但咨询过御用大律师后放弃了，大律师说，翻遍大英律法，只有毁坏公物罪，没有涂污公物罪，告不了他。

告不了抓不得，市民的投诉又必须回应，各方都感到挠头，但又无计可施。警方只好时不时把疯老头带回警署训话。任凭警员磨破嘴皮，疯老头总是徐庶进曹营——一言不发，他的耳朵像是木头的，一句也没听进去。有一段时间，老人成了警署常客，几进几出。后来，警员也懒得对他讲耶稣了，疯老头就坐在侦讯室打盹，头像鸡啄米，口垂哈喇子。

到了午饭时间，警员给他送来叉烧饭盒，疯老头狼吞虎咽吃罢，临时拘留时间到了，警方释放了他。饭吃饱了、神养足了，他抹抹嘴打着饱嗝，施施然走出警署，又去找地方写字去了。

他根本不把他们放在眼里，在他看来这些政府官员和警察都是他的臣民。

没有任何人任何力量能阻止他涂鸦!

他写了50多年，直至死去。他用去了1170升的墨汁。全香港写毛笔字最多的人非他莫属，如果将他的申诉书一篇篇连起来，可以从香港排到伦敦。

日复一日，早出晚归。这天晚上，因堵车他比往常迟了回来。

月色溶溶，月光清冷，从上茂秀坪山坡上俯瞰港九，维多利亚海峡两岸一片灯海，璀璨辉煌，反衬出天上的星星，显得暗淡寥落。

他走到蜗居门口，瞥见门把上挂着一只塑料袋，打开一看内有一个饭盒和一碗汤。他四下望了望，阒无一人。他拎了饭盒进屋，吃了不知何人送来的饭菜。

接着一天、两天、三天都有人送饭，挂在门把上。第四天，他决定提早回家，埋伏在附近的草丛窥探。

送饭的人终于出现了，他突然跳出来，嚷道："捉到你了！"

送饭的人吓得惊叫起来。定睛一看是那女记者雪。

雪怯怯地把塑料袋挂在门把上，转身就跑。

"站住！"老人在背后喝道，雪站住了。

"进来！"老人以命令的口吻说道。

"我？你叫我进屋？"雪不敢相信自己的耳朵。

老人掏出钥匙，开了门，径自入内。

雪尾随而入。刚踏进屋，只听得"哎呀"一声惊叫，雪夺门飞奔而出。身后传来疯老头哈哈的狂笑声。

原来她一进屋，一脚踩在铺地的报纸上，一挪步，报纸底下钻出七八只蟑螂，四处乱窜。吓得她花容失色，像身上着了火。

老人"咭咭"笑着，翕动漏风的嘴说："朕的御书房，有很多小动物。"

她终于在一张折叠椅上坐定，一动不动。她睃了睃四周，这房间乱得简直像垃圾场，霉气熏鼻。

老人享用着雪送的洋葱猪扒饭盒，吃得津津有味。

吃罢，老人说:“你不是要攞料吗？怎么不问了？”

“不，不，”雪慌乱地说，“我只是来给你送饭，没其他目的。”

“问就问，不问就躝！”老人指着门口。

“噢，我只是好奇你天天写，不累吗？”

“唔攰!”老人没好气。

“什么力量支撑着你？”

“梦！”

“什么梦？皇帝梦？对不起，我乱问。”她以为老人会发火。

但老人没生气，很平静地说：“我不是乱做梦，这是真的，你看这族谱上写得清清楚楚！”他从枕头下拿出一本皱巴巴的曾氏族谱。“我是周朝首相曾广祯的三十五世孙，我是真真正正的九龙皇帝！”

雪耐心地倾听老人的絮叨。10点多才起身告辞，走到门口，身后传来老人狼嗥般的嘶喊：“我的祖宗不会骗我！”

雪利用一个下午，帮助老人打扫房间。清理出几十袋垃圾：破鞋烂袜，生虫的米面，发霉的报纸杂志，饼干屑、老鼠屎、蟑螂尸体……

她还买了一块花格子台布铺在桌上，到外面公园采撷了几枝野百合，插在空啤酒瓶里，用清水养着摆在桌上，蜗居有了一点家的味道。

雪低声问老人：“喜欢吗？”

老人没答话，突然双手掩面，嘤嘤地哭泣起来。

一天，雪刚走到门口，就听到屋里传来嘈吵声。

她冲进去，看见两个男人正在训斥老人。

“你们是哪里的？”雪喝问。

“我们是街坊互助会的，我姓胡。你是什么人？”

“我是新生报记者，你们要干什么？”

“这是街坊会的通告，你自己看吧！”他把一纸通告拍在桌子上走了。

这是一份最后通牒式的逐客令：“鉴于曾灶财精神不稳定，对社区构成安全隐患，经街坊委员会开会研究决定，宣布曾灶财为不受欢迎的人，限即日起一周内自行迁出。”下面是街坊会的戳子，会长罗斌的画押签名。

雪气得骂出声来："胡作非为，欺人太甚！"

第二天，她就到法庭申请禁制令。

她把禁制令送到街坊会，把副本贴在门口。

禁制令写道：自即日起3个月内，禁制街坊会会长罗斌走近X路X号300米范围内。

雪正想安慰老人。老人摆摆手说："见惯了，我不怕他们！大人不记小人过，他们不过是我的子民。"他背起装着笔墨的袋子，拄着拐棍一步一瘸地向山下走去。虾蛄般的身影消失在路口。

雪感叹，生活在底层的人真不容易。自从她认识老人以来，她就扮演了好几回路见不平一声吼的梁山好汉。

11月的香港，几场秋雨过后，气温骤降，秋意弥漫上茂秀坪的山头。公园里的花木，被秋的画笔点染，泼洒着斑斓的色彩。

掌灯时分，老人拖着疲惫的身躯回到蜗居。从门把上取下装着饭盒的塑料袋，那是雪为他订了包月的外卖。老人刚吃完晚饭，门橐橐敲响了。雪来了，这次她还带来一个男生。

一进屋，雪就把一盒蛋糕放在桌上，然后介绍说："这是我的好朋友黄星辉先生，他是唱歌的。"

"您好！"星辉握住老人的手。

雪打开盒子，点上蜡烛，说："阿伯，生日快乐！"

老人一脸茫然，问道："你点知今日是我牛一？"

"你在街头族谱里写着哩，来，快来吹蜡烛！"老人吹熄了烛焰，雪和星辉唱着祝福的生日歌。

老人眼里噙着泪花说："我成世人第一次过牛一哩！"

雪说："我们还有礼物送给您，这是星辉演唱会的邀请函，他为你写了一支歌，请您担任嘉宾。"

"噢，噢！"老人不知所措。

"还有，这一套西装让您扮靓靓睇演唱会！"

老人捧着礼盒，嘴唇翕动半天说不出话。

时光飞逝，一个月后，星辉红馆演唱会开幕了。

可以容纳一万二千多人的红磡体育馆座无虚席。

演唱会进行到一半时，主唱黄星辉在台上深情告白，他说：“现在，我请出今晚的特别嘉宾，他是一个可钦可敬的老人，他的坚毅和执着的精神值得我们每个年轻人学习。让我们用热烈的掌声欢迎曾灶财先生！”

老人穿着崭新的西装坐着轮椅，缓缓地被推到舞台中央。上台前，雪附在他耳朵边说：“你今天好靓仔。”追光打在他身上，他被罩在一个巨大的光环里。

“那不是疯子吗？”“那不是九龙皇帝吗？”“黄星辉要什么鬼把戏？”台下像煮沸的滚水，议论纷纷。众目睽睽，千夫所指，他恍恍惚惚，有点昏眩，感觉自己像一块漂木，在茫茫的大海上被四面八方的浪拍打着，抛上抛下，载浮载沉……

黄星辉打着手势，让大家安静下来，他续说：“这首歌就是献给我身边的这位九龙皇帝，歌名是《命运是你家》。”

音乐响起，黄星辉用深沉苍劲的声音唱道：

天生你是个
不屈不挠的男子
不需修饰的面孔都不错
风霜扑面过
都不可吹熄烈火
几多辛酸依由他
都经过
不管身边始终不停有冷笑侵袭
你有你去干，不会怕
即使瑟缩街边依然你说你的话
哪会有妥协
命运是你家
从没埋怨苦与他同行

迎着狂雨伤痛的灵魂
不经不觉里独行
……

歌声停止时，偌大的场馆鸦雀无声，出奇地宁静。

突然响起几声噼里啪啦的掌声，接着仿佛从催眠状态中猝然醒来的听众，爆发出暴风骤雨般的掌声，席卷了红馆。

一石激起千层浪。演唱会后，老人死水微澜的生活完全被打乱了。

有一天，他正伏在桥柱上挥毫，突然涌来一大群人，将他团团围住。

老人被这突如其来的围堵，吓得惊恐万状。他欲突围而出，但被拦住了。一班人端起长短镜头的相机，有的蹲着，有的站着，像普鲁士士兵举起长短铳火枪，黑洞洞的"枪口"对准了他。这时中间人墙豁开一个口，一个男模特儿翩翩而来。他戴着雷朋墨镜，脑后绑着一束马尾辫，身穿印着九龙皇帝墨迹的风衣，图案全是国王、皇后、一世、二世祖，九龙、侄孙、新国王曾灶财的字眼……

服装设计大师李彼得召开现场新闻发布会，他的最新作品名为"皇帝新衣"。它以东方的传统艺术融入意大利唐纳·卡兰的设计理念，是经典与时尚，阳春白雪与下里巴人完美结合，引领潮流！

镁光灯"嚓嚓嚓"地乱闪，老人满脸惊愕，背过脸，躲避镜头和闪光灯。

更令人惊奇的一幕出现了，一个身材高挑的女模特走进场内，突然脱去外衣，露出一身比基尼，雪白的大长腿，双峰高耸，玲珑浮凸。设计师李彼得走过去，把老人拉到场中央。李大师把毛笔递给老人，毕恭毕敬地说："皇帝陛下，请您御笔在她身上题字。"老人畏葸不前。

女模一身白雪雪的胴体比闪光灯更刺眼。

围观者起哄："写，写，快点写！"

老人抗拒不依，李大师捉住他的手腕，把笔伸向女模的胸部。笔颤抖着，墨汁像泪水般滴落。

这时，雪冲了进来，二话不说，夺过毛笔扔在地上。她搀扶着老人，带上拐棍，抛下众人，走了。众人傻了眼，不知雪是何许人，只好眼睁睁地看她把一出好戏搅黄了，还看着她把老人带走，幡然离去。

嗅觉灵敏的商人盯上了老人。国际著名洗洁精品牌蓝力宝聘请他做代言人，并许诺给予丰厚报酬。

广告播出，画面上老人拿着蓝力宝，喷洒在自己写的字上。然后用抹布轻轻一抹，就把字抹得一干二净。画外音："蓝力宝，再顽固的墨汁也抹掉！"

事后广告商食言，只给了老人鸡零狗碎的钱，把他打发了。

雪看了电视愤愤不平："这不是让老人往自己头上扣屎盆子吗？可恶！"。她决心为老人讨回公道，控告广告商两条罪状：一、欺骗老人，侵吞老人应得的报酬。二、广告内容令老人受到精神损伤。要求赔偿并停止播出。

当老人得知自己上当受骗，被人利用中了金钱的毒时，第一次被击倒了。

老人住进了伊丽莎白医院。86岁的老人，漫长的岁月里风里来雨里去，从未吃过一粒药丸。如今一夜之间整个人坍垮了，像一棵枯树砉然倒下。

他一病不起，入院几个月后溘然去世，走得那么匆忙，像一粒尘埃飘逝风中。

香港各大报报刊出九龙皇帝"驾崩"的消息，时维公元2007年7月17日。

他没有做成九龙这块土地的皇帝，但他做了自己命运的皇帝。

时间是个魔术师，它会抚平伤痛，也会将腐朽化为神奇。谁也没想到，老人自创一格的字体，经岁月长河的淘洗、缓慢地发酵，分泌出奇妙的多巴胺。曾经的丑字，散发出独特的书法魅力，让人为之倾倒。

九龙皇帝的涂鸦变成了墨宝。他的墨迹和文字被视为香港文化的集体记忆。

创办于1895年的国际最著名的艺术展——威尼斯双年展，2003年展出了九龙皇帝的"墨宝"，这是有史以来唯一一位香港人获得展出机会。

留有他涂鸦的灯箱、墙壁被切割下来，送进苏富比拍卖会高价卖出。

他的墨迹成为许多香港服装、纪念品、艺术品设计的元素。

香港市政局下令对他的涂鸦加以保护，有的被送进香港历史博物馆，有的就地保护。尖沙咀天星码头柱子上的涂鸦，被钢化玻璃罩围起来，永久保存供游人观赏。

香港政府颁令授予曾灶财“香港杰出市民”的称号。

如此崇高的声誉，在他死后，排山倒海般涌来，一顶顶桂冠雪片般飞来。九泉之下的香港涂鸦鼻祖、“九龙皇帝”倘若有知，不知是笑还是哭，是喜还是悲？

他寂寞地长眠在粉岭公众墓园。他的墓志铭应该是：只要坚持，一切皆有可能！

每年清明节，他的墓碑前只有一束洁白的百合花，献花人留下唁卡，上面的签名是：雪。

# 夺碗记

西蒙按了门钟，站在门口等着。

门开了，“哈啰！”西蒙拎着保温袋走了进去。

詹姆斯是个鳏居老人，他喜欢吃中餐，西蒙常给他送外卖。

詹姆斯把菜钱递给西蒙，说：“西蒙，请等一等。”

说罢，他驾着轮椅车到卧室去。

趁着空闲，西蒙睃巡了一下这栋维多利亚风格的老屋。年代虽已久远，家具摆设依然幽幽地散发着昔日奢华的气息。

不一会，詹姆斯回来了。他对西蒙说：“非常抱歉，我没找到钱付给您20元小费。”

“没关系，下次一起给吧。”

“不！西蒙，您知道的，我不喜欢欠账，这是我做人的原则。”詹姆斯指着屋内的东西说，“您随便挑一件，当作小费行不？”

詹姆斯是一个倔老头，西蒙拗不过他。西蒙瞥见沙发边一只瓷碗，盛着半碗清水。

“如果您不介意，就把那只碗送给我吧。”西蒙说。

“拿去吧，那是用来盛水给猫咪喝的。”

西蒙拿起那只碗把水倒了。他看了一下手中的碗，撇口弧腹，通体呈淡天青色，甚是温润可爱。

老头做事认真，随手写了张纸条：以碗抵账，两不相欠。

西蒙连声道谢，掏出手机，詹姆斯拿着纸条，西蒙端着碗，两人拍了张自拍合照。

西蒙告辞老头，回到店里又忙到晚上9点才下班回到住处。

他住在一个昏暗逼仄的地下室。西蒙冲了凉躺在床上，身体疲乏，脑子却很活跃。回想当初父亲申请自己移民，等候了7年，他批来了，父亲却因癌症走了。来美国，乡亲们羡慕得要命！他们现在都以为我在美国住洋楼挣美金、锯牛扒吃海鲜，想不到蜷缩在地下室。唉，他叹了口气。为了排遣郁闷他拿出了那只碗，翻看把玩着。

突然他发现碗底镌刻着一个“乙”字的汉字。西蒙认定这是老祖宗的东西。那么这东西怎么会跑到詹姆斯家呢？

他蓦然想起詹姆斯客厅厨柜上挂着的一张照片：一个蓄着“二撇鸡”全副戎装的美军少尉，站在北京西直门城墙根拍摄的，右下角潦草地写着“1901．8．”字样，那是八国联军侵华的时代。西蒙想也许那个“二撇鸡”是詹姆斯的父亲或祖父，这宝贝极可能是那时从中国攫取来的。联想及此，西蒙低声啐道：“可恶！”。西蒙参观过不少美国博物馆，中国馆的藏品最为精致华美，可谓“无华不成馆”。每次看到，西蒙总是一面赞叹不已，一面心头涌起阵阵酸楚。

西蒙想那个“二撇鸡”少尉，既然不辞千山万水大老远把它带到美国，这碗肯定不是池中之物，他决心弄清楚它的身世。

他到图书馆借了一部《海外藏中国古代文物精粹》的书。然后把自己关在地下室，埋首书间，一页页地翻查，对照瓷碗，按“骥”索图。终于找到一件与他手中瓷碗相同的文物。读其记载，方知道此物乃宋代汝瓷，宫廷内库所藏，堪与商彝周鼎比贵。

当读到汝瓷色泽随光变幻，他就着灯光，细观其釉色。轻轻晃动瓷碗，光波在瓷器表面漾动闪烁，正如书中所描绘的那样：犹如“雨过天晴云破处，千峰碧波翠色来”，妙不可言！西蒙惊叹，1000多年前我们祖先就有如此精湛的工艺，太了不起了，这是中国人的骄傲！

但西蒙还不能判定自己手中的这件宝贝真伪，于是他去拜访当地大名鼎鼎的汉学家、收藏家史蒂夫博士。史博士接过瓷碗仔细端详，看着看着两眼放光，啧啧称奇。“真品，绝对是真品！”他说，“鉴别汝瓷有三大依据：冰状裂纹、香灰色胎、芝麻挣钉。你看这只碗，汝瓷三大特征均完美呈现无遗。”

“那么，碗底这个‘乙’字又是什么意思呢？”

“哦，这乙字是乾隆留下的，乾隆是鉴古专家，他将藏于内库自己喜爱的古董划分等级，刻上甲、乙、丙、丁等记号。”

“原来如此！”西蒙颔首称许。

“太美妙了，真的太美妙了！”史博士捧着碗的手微微颤抖，他突然问道，“这宝贝怎么得来的？”

西蒙支吾以对。

“不会是老鼠货吧？”他鹰隼般的眼睛里射出狡黠的目光。

西蒙瞒不过，只好把得到瓷碗的来龙去脉告诉了他。

“喔！这么说，来路不很正当！这样吧，我出5万美金你转让给我。我能将它洗白。”

西蒙不语，眼睛瞪着史博士。

“10万！10万怎样？”史博士主动加码。

“不！”西蒙斩钉截铁地说，他包起了瓷碗道声拜拜，径自出门，头也不回地走了。

“你会后悔的！”背后传来史博士的嘶叫声。

半个月后，史博士的话“应验”了。西蒙接到法庭的传票，詹姆斯告西蒙偷窃了他家的瓷碗。两名警察持搜查令到西蒙的住处查扣了瓷碗。圣荷西检察官以偷窃等,10项罪名控告西蒙，西蒙面临刑期最高10年的控罪。

西蒙为飞来横祸又气又恼，但他更为瓷碗的命运忧心忡忡。

餐馆袁老板得知原委后义愤填膺，他对西蒙说：“岂有此理！这本来就是咱中国的东西，请律师打官司，钱我全包，大不了卖了这家店也要干到底！”餐馆工友们也纷纷表示声援。

控辩双方在法庭上展开攻防战。西蒙的华裔律师据理力争，向法庭提交了双方交易的契约（字条）和照片，指出偷窃纯属诬陷之词，完全站不住脚。经过4个月三堂会审，法官终于落槌敲定：瓷碗归西蒙所有。

闻判，餐馆一片欢腾，袁老板宣布歇业一天，宴请员工，庆祝夺碗胜利！

翌日，西蒙一早就到了三藩市机场，办妥登机手续，挥别工友，走进海关。

西蒙把装着瓷碗的背囊挂在胸前紧紧抱着，像抱着一个初生的婴儿。西蒙心中的信念是：祖国的宝贝，一定要回到祖国！

西蒙低声对瓷碗说：“宝贝，我送你回家！”

（本文获世界华语文学小说一等奖）

# 老号手

兰姐补缺新到圣荷西一家老年公寓当护工。

第一天上班，她推门进去就吓了一大跳。她看见一个坐在轮椅上只有半边脸的人，他的下巴右边凹陷下去，缺了一大块，像《歌剧魅影》里的半脸人。他朝她咧着嘴笑，一排龅牙豁露出来。与其说他在笑不如说像是在哭，相貌十分丑陋。

老人名叫胡广富，兰姐负责照顾他的饮食起居，抱他上下床，端屎接尿，打扫卫生，一天到晚忙得团团转。老人还患有轻度阿尔兹海默症，他总是抱着一把旧军号，似睡非睡待在屋里，几乎足不出户。

老人骨瘦如柴，很轻。每天早上，兰姐把他抱到轮椅上，刚坐下，他就迫不及待地驾着电驴子到阳台上去。然后举起军号朝着东方太阳升起的地方作吹号状，接着抬起右手，五指并拢靠近太阳穴，神情肃穆地行军礼。

天天如此，这是他每日必定履行的仪式。

做完这套仪式，他返回屋里发呆，直勾勾地望着窗外，等候太阳在他空茫的眼眶里陨落。如此日复一日，任时光汩汩流逝，他似乎只是在等待生命走到尽头的那一天。

伺候老人累些倒没什么，令兰姐感到沮丧的是，老人经常像小孩般耍脾气，喂他吃饭时，他常把饭喷出来，吐了她一脸。而且他口齿不清，咿咿呀呀，不知道他说什么，很难沟通。兰姐好几次想打退堂鼓，她想算了，辞了这份工吧。但是，当她看到老人无亲无戚着实可怜，就又留下了。

老人很多时候处于迷糊状态，怀里总是抱着一把旧军号。醒了就用袖口擦拭军号，擦得军号一块地方秃噜了皮，铿光发亮。兰姐洗衣的时候发现，老人所有衣服的袖口全是烂的。

夜晚，他也是抱着军号入睡。

老人什么都忘了，唯独记得军礼军号，也许天可怜见，给他犯有痴呆的脑颅海马体留了一道缝，让军号声飘过悠悠时空穿透进来。

这个怪老头有着怎样的过去？他为什么只有半边脸？全公寓没有一个人知道他的底细，因为他是救助站的社工送来的。把他丢在这里，像无人认领的失物。

早春二月的南湾，阴雨连绵，淅淅沥沥下了一个星期。这天终于放晴了，阳光非常好。兰姐翻箱倒柜把老人的衣服搬出来晒。蓦然间，她在箱底发现了一本旧相册。

她问老人："我可以看吗？"

老人表情木讷，兰姐知道问了也是白问。

相册很薄，十几张嵌在上面的黑白照片已经泛黄，有的浸了水渍难以辨认。

兰姐一页页翻看着。她看到一个年轻的司号兵，青春洋溢的脸庞上含着几分羞涩，手持军号站在山坡上，太阳照在脸上，额头很亮堂。她正端详着，身边传来老人"咿咿呀呀"的叫唤声。老人用颤抖的手指着照片，又戳着自己胸口。兰姐知道老人是想说：这号兵就是他。兰姐使劲地点着头，表示她明白他要说的话，并竖起大拇指赞道："你好帅！"。老人似乎听懂了，咧着龅牙豁露的嘴，像哭一样地笑了。

兰姐继续翻看相册。翻到一张伤兵的照片，伤兵的脑袋被纱布包裹得严严实实，只露出一只深邃的眼睛。他拄着拐杖站在一所临时军医院门口拍的。照片的右下角写着：1944年8月腾冲。这时老人又"咿咿呀呀"地叫嚷起来，他干瘪的胸脯起伏着，枯瘦的手攥紧了拳头，双目圆瞪，像一匹被激怒的老狼。兰姐赶忙搂着老人的肩膀，轻声安抚。她倒了一杯温水，让老人服下了两片镇静药，然后扶他上床休息。

两张相片一对照，兰姐恍然醒悟老人的下巴应该是在腾冲战役中，被炮弹弹片削去的。

中学的时候，兰姐读过那段中国远征军在滇西缅北的悲壮历史。1944年那场惨烈的腾冲战役，中国军人付出重大的流血牺牲，全歼日军藏重康美联队。这场战役以中国远征军的彻底胜利而载入史册。

兰姐看到的最后一张照片，是老人在台湾眷村门口拍的。此外只剩下空白页，他的人生连续剧仿佛戛然断篇。后来兰姐打听到，老人的女儿把他接到美国治病服侍。不料两年前与他相依为命的女儿不幸病逝，他就被社工送到这家老年公寓。

当兰姐从相册中冉冉地抬起头时，她看见老人正从瞌睡中惺忪醒来。他又拿起那把旧军号擦拭着，那么认真那么专注，一遍又一遍地擦拭着。

兰姐的眼睛模糊了，眼前似有硝烟漫过。她的耳畔仿佛响起了激越的军号声：哒哒滴，哒哒滴……

兰姐的眼泪默默地垂了下来。

（本文获“全球华文微型小说大赛”二等奖）

# 房　东

我一辈子也忘不了移居香港时的第一个房东。

当年我“初到贵境”，没钱没工作，租不起房子。幸亏一位老乡伸出援手，他说他给一个相熟的老人打了电话，老人说，先带来见个面，如果有缘分，他愿意给你提供一个栖身之所。在寸土千金的香港有个落脚地方那可是头等大事。

朋友把我带到牛头角上邨，这是个大型廉租屋楼群。我们爬上三楼，老人已站在门口迎接我们。我一看老人笑眯眯的样子，心头的一块石就落地了。进了门，老人指着一架靠在墙边的折叠床说“你就睡这里”。于是他就成了我的房东。

喔！其实严格来说，他不算是正规的房东。他收留我，让我住在他的客厅，但他并没有收我的房租。而且严格来说，那个客厅也不能算是客厅，它是一个大统间，吃饭睡觉全在这里。他自己也住在这里，不过他的床大些，占据正对着门的中间位置。

房东60多岁了，山东人，但他没有山东汉子魁梧的身材，个头瘦小，背微驼，像焯过水的虾，走路一颠一颠的。他是国民党老兵，1949年随败部溃退到香港。他不愿意住在老兵聚居的调景岭，搬出来自谋生路，他说“我不想跟到进棺材”。他靠一台德国“老爷”制冷机，自产自销，卖雪糕冰棍为生。

我一面找工作，一面帮他卖雪糕。大热天时生意相当好，一两个钟头雪糕就卖罄了。他就上士多店买了一瓶虎骨木瓜酒，又到菜市场割了瘦肉买了菜，喜滋滋地拎回家。

我帮他做好饭。吃饭时，两杯下肚，脸泛桃花，这时老人总爱哼上几句：我本是卧龙岗散淡的人，论阴阳如反掌保定乾坤……京剧《空城计》，一曲西皮慢板，字正腔圆。有时，唱着唱着泪流满面。

那阵子，我的情绪特别低落。我发出数十封渔翁撒网似的求职信，然而全都泥牛入海无消息。老人苍凉的歌声感染了我，不禁跟着潸然泪下。每当这时候，老人总是安慰我："别着急，我有吃的饿不着你！"

老人固定的摊位设在牛头角小学门口。星期天学生放假，生意比较清淡。因此每逢星期天，老人总是提早收摊。回到家，他拿出一只摇铃，站在门口"叮当叮当"地摇起来，清脆的铃声在屋邨上空飘荡。

俄顷，楼上楼下的房门都开了，从屋里像雀儿般飞出了一拨拨孩子，叽叽喳喳地涌到了老人的家门口。老人拿出了雪糕，分发给小树林般伸向他的小手。老人笑盈盈地说："不要争，不要争，人人都有份。"

他指挥孩子们排队，孩子们很听话，"哗"地排成一字长蛇阵，轮着从老人手里接过雪糕，欢天喜地地走了。老人脸上的皱纹绽放如菊……

此刻，他让我想起驾着雪橇，摇着铃铛去派礼物的圣诞老人。

他到香港已逾30年了，仍然满口胶东腔，粤语讲得半咸淡，吱吱嘎嘎。屋邨里的几个恶少经常欺负他这个异乡人。时常闯进屋来，拿起雪糕大嚼，摊大手板要钱，不给，就拳打脚踢。老人无亲无戚，语言不通，只好哑忍。

我住进来后，他们有所收敛，但不久便故态复萌。有一天，我去见工回来，刚走到门口就听到屋里嘈吵声。推开门看见两个恶少正逼老人给钱。老人不依，就把老人推倒地上。我火冒三丈，操起一根木棍，喝叱道："滚！"

两个恶少向我扑过来，我们扭打成一团。老人跑到门口高声呼叫："打人了，救命啊！"他一喊惊动了左邻右舍，男女老少都围了上来，大家指指戳戳，齐声谴责恶少。恶少见人多势众，夹着尾巴溜了。

半年后我找到了一份报馆的工作，离开了老人。

每逢节假日，我都会去探望他。听他讲当年打日本鬼子的英勇事迹。讲到有一次阻击战中，他埋伏在战壕，投出手榴弹，炸得鬼子伊里哇啦，哭爹叫娘。这故事我已经听过N次，但每次讲到这里，他就高兴得手舞足蹈，差点把手上的酒瓶当手榴弹扔了出去……

后来工作繁忙，去探望他的次数逐渐减少了。原先半个月一次，逐渐减到一个月，再减到两三个月一次。

两年后的一天，突然猛醒已经半年没去看他了。立即乘车过海，到了屋邨飞奔上楼。敲开房门，应门的是一个女人，问道："你找谁？"

我嗫嚅："找卖雪糕的老人。"

"没这人！"门嘭的一声关上了。

我站在门外，真想大哭一场，但我没哭出声，默默地让泪水在脸上肆意流淌……

# 一枚硬币

金乌西坠，九龙丽港城沐浴在夕阳的余晖中。

小明住在丽港城，现在他走在放学回家的路上。他从茶果岭道拐进一条僻静的小路时，突然看见一个老人正蹲在地上拨弄着什么。他好奇地趋前察看。原来一枚硬币掉进窨井井底，老人试图用树枝把它抠上来。

窨井虽然很浅，但井盖缝很窄，铸铁的盖子用铆钉固定在水泥路上。树枝好不容易把硬币撩上来了，却因老人的手指太粗伸不进去钳住，硬币又掉了下去。老人的脸涨得通红，老花镜趴在鼻尖上，灰白的头发被汗水湿透了。

“让我帮您好吗？”小明开口说道。

老人抬头望了小明一眼，笑着点了点头。

于是，一老一小，蹲在路边头顶着头，像两头角斗的牛牯。

老人摸索出一点门路，他先用树枝把硬币拨到井侧，然后贴着井壁慢慢往上顶。顶到井沿边，小明赶忙伸出手指去夹，眼看就要夹到的时候，叮的一声硬币又掉了下去。

就这样一个拨一个夹，顶上来又掉下去，忙乎半天，均功亏一篑。

小明泄气了，说：“阿伯，一块钱，算了吧，不要了。”

老人说：“不！我再试试，能捡回来的。”又埋下头拨弄着。

倔老头！小明心想，这么一大把年纪，为了一块钱累半死，值得吗？

老人蹲久了，站起来跺跺脚捶捶腰。

“捡不回来了，算了吧！”小明继续泼冷水，“要不，我给你一块钱。”

老人白了小明一眼，又蹲了下去。

一颗豆粒般大的汗水从老人的鼻尖滑落，老人掏出手绢擦拭。

手绢！小明好像哥伦布发现新大陆，很是惊讶。今天人人用纸巾，用完即弃，他还在用这种早已被淘汰的东西？真是够孤寒够老土了。一枚硬币、一块手绢，他让小明想起了读过的外国小说，想起了巴尔扎克笔下的葛朗台。这种人早该out了！

小明转身想离去，忽然看见附近装修工地有一根钢筋，他跑去捡起来。心想他孤寒我可不能小气，返回对老人说："让我来吧。"

他把钢筋伸进窨井使劲刮扫，一下、两下、三下……突然井口飞出一星银光，硬币跳出井口，"叮"的一声落在地上，骨碌碌地欢滚。老人高兴得像三岁小孩，蹒跚地追逐着硬币，把它捉住了。老人高兴极了，脸上的皱纹舒展开来，像菊花般绽放。

"谢谢你，孩子，还是你有办法。"

小明十分不解，老人缘何这么高兴："这枚硬币对您来说很重要吗？"

"嗯，很重要。"老人郑重地说，略停片刻补充道："因为它是我的劳动所得。"

"劳动所得"？搞半天他居然说出这么一句话！小明很失望，他原以为老人这么重视这枚硬币，或许这枚硬币对他有特殊的纪念意义，又或者与他有一段非同寻常的经历。想不到什么也没有，老人仅仅说了句"劳动所得"，这么轻描淡写！这么云淡风轻！太令人失望了！

好了，现在钱帮他捡到了，自己也该走了。他正要告辞。老人突然掏出100块钱递给他。

"您这是？……"小明不解地问道。

"给你的，孩子，拿着吧。"老人和颜悦色地说。

"我不要！"

"这是你应得的。"

"我没做什么。"

"你帮我捡回一块钱。"

"捡回一块给我100，您不是吃大亏了吗？"

“这是很不同的！那一块钱是我的劳动所得，这100块钱是给你的奖励！”

小明的脑筋还没转过弯来，老人已向他道别。

“孩子！后会有期。”说罢，老人朝前走去。

小明看到母亲的身影出现在路口，她是来接他放学的。

在路口，母亲与老人打了个照面。母亲向老人点头致意，他颔首回礼，并伸出手来与母亲握手。

母亲怎么会认识他呢？小明心生疑窦。

母亲走过来，小明迫不及待地问道：“妈咪，你认得他？”

“嗯，全香港人都认得他哩！”

母亲漫不经心地回答，此时她发现小明手里攥着100块钱，问道：“小明，你这钱是从哪里来的？”

小明没有回答，指着前方老人远去的背影。

“是那个老人家给的？”

小明点了点头，问：“他是谁？”

母亲说：“他就是我们丽港城的大老板，亿万富豪、慈善家李老先生呀！”

“啊！是他！”小明惊得嘴巴张成O字形，半晌合不拢。

# 风 骨

## 一、向水屋

我“初到贵境”时，在一家通讯社供职。

这家通讯社很小，拢共5个人。主要撰写介绍祖国山川、乡音乡情、文史典故之类的文章，向海外华文报刊供稿。经费拮据，厕身一栋旧唐楼内。

但庙小菩萨大。主其事者乃大名鼎鼎的“香江本土文学拓荒者”侣伦先生，他的长篇小说《穷巷》，被誉为“香江文坛第一燕”。

老先生自号“向水屋主人”。其实他的房子年久失修、残旧不堪，称作“漏水屋”更为贴切。每逢雨天，老先生就从社里抱回一大捆旧报纸，铺在地上吸水。雨夜，漏水如散珠断链，滴滴沥沥，满屋湿漉漉。老两口偃卧床上听雨，彻夜无眠……

曾有域外及台湾出版机构，重金聘请他跳槽。甚至派人登门游说，许诺帮他修葺房子，老先生一一回绝。因不胜其扰，写了一副对联贴在门上：雨中能剪韭，雪里可寻梅。

## 二、长跑者

入冬后，香港的天气逐渐转凉，路旁的木棉树也红褪绿瘦了。

那时我在湾仔一家报馆工作。家住九龙，每天早上搭过海巴士在摩理臣山道下车，再步行至轩尼诗道。这当儿，我常看到一个穿着红色T恤白色短裤的人向报馆跑来。他的头发“在风中凌乱”，他的红衣“像沙漠里的一把火”，他就是诗人何达。他是来送稿的，他靠爬格子为生。

年轻时他写下《长跑者之歌》，备受闻一多赞誉。如今年逾古稀仍坚持长跑不懈。寒风中双腿冻得发紫，他依然坚持。一个星相大师兼文艺评论家讥讽他：“装酷！必穷困终生！”

他是穷，去世后友人整理他的遗物，除了书还是书，别无长物。

桌上摊着一本《花城》杂志，上面印着他的一首诗。

诗曰：我是不会变心的，/就是不会变！/大理石/雕成塑像，/铜/铸成钟，/而我这个人，/是用忠诚制造的！/即使是破了、碎了，/我片片都是忠诚。

## 三、书贩子

我曾在某周刊兼职。周刊小本经营，五六个编辑挤于一室，如沙丁鱼罐头。

我坐在靠门口处。某日，见一老者擅闯编辑部，正欲喝叱，总编老梁却笑盈盈地迎出。老者掏出一布包小心翼翼地揭开。我以为包着啥宝贝，掏了半天原来是几本书。书已很旧纸质泛黄。老者说：“这几本是绝版，难得！”一脸难舍之情。我恶心这副生意人的嘴脸，白了他一眼。

梁总连声称谢，全买下了。老者收了钱一颠一颠地走了。望着他的背影我问邻座，他是何许人？答曰：诗人柳木夏。闻言我惊得眼珠子快跌了出来，我正四处寻找他的诗集啊！

诗养不活诗人，他鬻旧书为生。

隔日老者复来，我向他买了他的诗集。一册55元，我给了一张红衫鱼[①]，说：“不必找赎。”

我上洗手间回来，瞥见桌上摆着4张青蟹[②]和一枚5元的钢镚。

---

①红衫鱼：100元港币的俗称。

②青蟹：10元港币的俗称。

# 闪小说二题

## 一、排队

山城的街头，永远都是忙碌的，人来人往，步履匆匆。

能让人流打个旋，停下来的，总是那些各种各样的队伍：等车的、购物的、买房的、办证的，看电影的……

这天是公休日，大老王没事上街逛逛。正走着，看到街口拐弯处，一个窗户紧闭的小屋前，有人排队。开头只有五六个人，一眨眼忽喇变成二三十个。大老王赶紧抢了几步占了个位置，回头一看，哇，几分钟身后已经排了好几十个人，一长溜，几乎看不到龙尾了。他庆幸自己果断，要不然失去了一个机会。

站了一会，他突然发现一个问题：自己为什么站在这里？咦！是啊，为什么呢？他忍不住问了前面一个人："诶，喔，对不起，请问这个队是排什么的？"那人向边上闪了一步，拿一种鄙夷的眼光瞥了他一眼，扭过头去，根本不屑回答他的问题。大老王讨了个没趣，低头想，这有什么好怀疑的，这么多人排队肯定有好事，肯定错不了，不排就吃亏了。半个多钟头过去了，那扇窗户依然紧闭，毫无动静。大老王又有点沉不住气了，回过头问排在身后的一个人："请问这个队是排什么的？"那人不好气地答道："你问得好奇怪，我排在你后面，你不知道我怎么知道？"大老王被呛了几句，哑口无言。时间5分钟、10分钟、20分钟地过去了。窗户纹丝不动，队伍却越排越长。大老王有些烦躁起来，他想放弃算了，但转念一想心有不甘，排了这么久放弃未免可惜，摆明吃亏。宁可排错，也不放过。

这时前面动了一下，大老王抬眼望见，排第一位的是个戴眼镜的年轻人，他手里捧着一本砖头一般厚的书。当他从书页上扬起头时，才发现自己身后排了一条长龙，他尴尬地笑了笑，不好意思地走了。排队的人面面相觑，没有吭声，也都走了。长长的队伍说垮就垮，“哗”的一声全散了。

大老王看人都走光了，他也走了。

## 二、选择

安然最近作了个选择，让大伙为之大跌眼镜。

这牵涉到三个当事人，他们是高中同班同学。安然是班长，顾琳琳是文艺委员，而亚兰呢？她出生时就患先天性发育畸形症，左手萎缩比右手短了一大截。

安然是帅哥，全班女同学心目中的白马王子，顾琳琳曾暗恋过他。毕业后，同学们各奔东西，前程各异。安然在市工商局当一名公务员，平平庸庸，直到前年临退休时才“提退”补了个副科。这个资深大帅哥最大的意外是至今仍是孤家寡人。顾琳琳虽然离了婚，但生财有道，开了三家公司是个富婆，年近花甲看上去才40出头，皮肤白皙，体态丰腴。亚兰家在农村，毕业后回乡种田，雪上加霜的是20多年前丈夫病故，她一人拉扯着两个孩子苦扒苦挨过日子。所以往年同学会从未见她露面。

今年同学会她来了，亚兰前不久才到城里给人家当保姆，是安然把她拉来的。顾琳琳是同学会的搞手、召集人。她今年特地将聚会挪后一个月，为的是给安然一个惊喜。同学会进行一半时，灯光突然暗下来，服务员在欢乐的乐曲声中推出一个巨型蛋糕车。顾琳琳大声宣布：“今天是第20届同学会也是老班长生日、六十大寿，双喜临门，祝老班长生日快乐！”生日歌响起，顾琳琳把切蛋糕的刀递给安然，安然却拉起身边的亚兰让她一起切蛋糕。顾琳琳愣了一下，还是带头鼓掌喝彩。

散会后，顾琳琳尾随安然和亚兰走进一条小巷。她看见，他们在菜市场买了菜，安然一手拎着大袋小包，一手挽着亚兰肩并肩向前走去。顾琳琳跳出来，喝道：“安然，她什么地方比我好？你为什么对我铁石心肠？”安然没予理睬，顾琳琳继续责问：“去年你住院，我陪你好几个月，你有良心吗？”安然挽紧亚兰说，“亚兰，我们走。”

小巷的石板路湿漉漉的，地上落着几片菜叶，路旁的包子铺飘散出乳白色蒸汽水雾模糊了视线。顾琳琳呆呆地望着安然和亚兰的背影消失在小巷深处。

# 狂野的青江

青江像一条大蟒蛇，从山谷里蹿出来，到了半云崖下一扭腰向北奔去。至此河道突然收窄，河里的礁石也冒出峥嵘的头角，水流变得湍急，嗬嗬地喧嚣着磕磕碰碰、跌跌撞撞地挣扎前行。大蟒蛇显然被激怒了，翻滚腾挪着身躯，一路撞击着岩石，把一江翡翠一次次举起来摔成一摊摊的白沫。冲到黄牛矶的地方，蓦然发现前方地陷十余丈，一坎断崖挡住去路，大蟒蛇怒不可遏纵身一跃，跳下悬崖，发出雷鸣般的吼声，撼动山谷，声闻数里。跃入崖下深潭，大蟒蛇这才喘息着，摇头摆尾向前游去。

半云崖下，青江拐弯处，有一栋吊脚楼，孤零零地矗立在崖畔，显得破旧寒碜。这时，已是薄暮时分，山路上走来一个人，下到岸边，用巴掌圈成“大声公”朝吊脚楼喊话：“阿——五！”“谁呀？”临江的窗口挡风板“吱呀”一声撑开了，探出一颗毛发稀落的脑袋来。“是我，省城照相的老谢，旧年来过的。”“哦哦，我说哩，这两天眼皮子老跳，呵呵，贵客到哩。”他们隔着五六丈的江面对话，中间夹杂着从山谷吹过来的呜呜风声和咽吞的江声。

一转眼，楼底的甬道上便闪出一个驼背的身影，一颠一颠下到江边。江边泊着一只竹筏，驼背阿五把竹篙往石驳上一点，筏子就漂离岸边溯流而上，驶出几丈远，掉头向对岸漂去。靠岸，老谢正要登上竹筏，“等一等！”山路上传来喊声，只见一个背背囊的人边跑边扬手招渡。“大哥，你要上哪儿啊？”“我是来旅游的，晚了，想找个地方歇息。”“这地方有什么好玩？山旮旯，鬼见愁。”“地方是偏僻些，但风景还是很不错的。”“这话中听。”阿五嘿嘿笑着。背囊客上了筏。阿五续问：“你从哪里来的？”“县城。”“我是说府上哪里？”“哦哦，江西。”“喔，老远哩，住客栈？”“是的，我住在县城绿都宾馆，天晏了，赶不回去了。”“这儿离县城四五十里地，会飞差不多。”“所以我就想到对面吊脚楼借个宿。”“莫嫌弃就好。”驼背阿五笑呵呵地揽了客。

这里方圆几十里人烟罕见，就这半云崖有点人气。崖下住着驼背阿五，山上有座庙，名曰“水月庵”，住着一个尼姑。上山的路有两条，一条是从后山绕过去，路较远但平缓。另一条就得劳阿五摆渡，上岸后再从吊脚楼侧边的小路攀上去，路近些但陡峭。

阿五的吊脚楼，原本是一间草寮，是山里讨活人搭建来歇脚用的。10年前阿五搬来此处栖身，不断修葺整补，草寮变成了三拦一堂的吊脚楼。阿五背驼肠直，来往人等莫不交口称赞他古道好义。平日里樵夫炭工香客商旅路过时，劳他摆个渡、到吊脚楼喝碗茶，蹭顿饭，或者借个宿，阿五皆笑脸相迎。不留钱，招呼周到；留钱，千恩万谢。阿五说，这草寮本来不是他的，他占来用，理应给大家尽点力行个方便。

其实阿五搬到此处落脚，还有一个只有他自己知道的隐秘：他是为了山上的尼姑。山上水月庵的尼姑，法号妙莲上人，正值标梅之龄，据说是个具有“沉鱼落雁，闭花羞月”之貌的美人，可惜没人亲眼见过，关于她的美貌只是道听途说，口耳相传。原先庙里还有一个老尼，几年前死了，如今偌大的寺院，只剩下妙莲一尼，青灯黄卷，孑然孤影。妙莲美貌的传闻引得一些歹人垂涎。有一次，一个登徒浪子逾墙潜入禅房，欲图谋不轨。他的脚尖刚落地，立即被妙莲察觉，她将刀架在脖子上，对着黑影厉声喝道：“滚！”其声如裂帛，吓得色狼连滚带爬落荒而逃。后来，她在禅房门口贴了一张告示：闲人勿近，进则见尸！这张告示果然发挥震慑作用，从此无人再敢擅闯内院，越雷池一步。

驼背阿五是唯一可以见到妙莲的人，他每隔十天半个月就会上山一趟，给水月庵送柴米油盐，或纸箔香烛。他几乎扮演了水月庵庙祝的角色。于是嫉妒者和好事者便嚼烂舌头，说那水月庵的尼姑是狐狸精变的，要不然，那个深山老林的鬼地方怎么会出现一个美女？阿五是她的姘头，被她迷去做了她的“点心”，他的精血会被吸干，迟早没命。这些流言蜚语没有传到阿五耳朵，他被蒙在鼓里。

阿五撑着竹筏溯流而上，驶出一段路，一拨篙筏子突然来个龙摆尾，掉头顺流而下，像支离弦的箭向对岸射去。快到吊脚楼底，阿五大喝一声："坐好！"只见他眼明手疾，一挥篙将竹篙的铁头，狠狠地插入岸边礁石的洞眼中，铁头和礁石磨得嘎嘎作响，硬是把飞筏稳稳地急刹下来。别小窥阿五是个驼子，他放筏的身手，赛过熊腰虎背的小伙。阿五跳上岸，用铁链把筏子拴在柱墩上，一面叮嘱着"小心"，一面搀扶着客人登岸。他领着客人上了楼，点了灯，泡好擂茶说："二位歇口气，我去江里讨几条鱼给你们尝尝河鲜。"老谢和背囊客都异口同声地说"别忙别忙"，阿五说不费事，拎着一盏风雨灯下楼去了。听得一声唿哨，楼底竹棚里钻出几只鸬鹚，扑扇着翅膀跳上竹筏。这时天已擦黑，青江的水面升起氤氲的雾霭，阿五的竹筏穿雾而行，没入了雾帐，只见一团渔火，在江面飘忽游弋。约莫一个钟头，客人还在闲侃，阿五已经转返，笑呵呵地拎着鱼篓进了灶间。

饭菜上桌时，阿五还捧来一坛沉缸红，筛满三瓷碗，端了一碗说："菜寡酒薄莫嫌，先饮为敬"，一仰脖咕噜一声干了，粗着嗓门很豪气地嚷："来，喝喝！"客人也不谦让，大口喝着酒，夸阿五锅铲功夫了得，又赞河鲜美味难觅。农家酒甘醇，很快上脸，各人喷着酒气，脸红红的，话匣子打开，口也变得没有遮拦了。

摄影师老谢，话多，酒一喝，一刻也没让嘴皮子闲着。背囊客自我介绍姓陈，是修车师傅，话少，只顾喝酒，菜也不多搛。三人中，阿五话最少，笨嘴钝舌，一急还打结巴。

老谢回忆起去年到半云崖搞摄影，遇到一件令他感到惊奇的事。他说，去年立秋那天，天刚蒙蒙亮，他端着相机，蹲在青江边抢拍，他要拍曙光初露、乳雾将散未散时半云崖蓬莱幻景的镜头，此时，半云崖像披着轻纱的仙女，从青江上凌波踏浪，翩然而至。他正赞叹间，忽见崖顶上显现出一个身影，定睛一看，竟是一位尼姑。那尼姑手中捧着一束矢车菊，慢步走到崖口，一扬手，把菊花抛落青江。这时阳光正透过雾氛，照在她的脸庞上，那脸庞的轮廓美得像古希腊的雕塑，不由得叫人暗暗喝彩。老谢惊呆了，等她转身走了，他才想起拍照的事，连忙端起相机，咔嚓按下快门，只抢拍到一张她离去的背影。烟缭雾绕、如梦如幻，后来他就把这帧照片题名为《雾女》，刊登在省报上，还得了摄影沙龙奖。

“我看过，是这张照片吗？”背囊客突然从兜里掏出一张剪报说，“拍得很好，很有诗意。”

“对对，正是这张，可惜那天才拍了一张，她就走了，人去山静，雾散崖空，太可惜了！这尼姑像谜一样，我想她的背后一定有很深的故事，我很想揭开这道谜。”老谢沉浸在创作的激情中。

“所以你在图片说明文字中说，你今年还会来！”背囊客又插嘴问道。

“是的，今年我特地赶来，明天又是立秋，不知道那个尼姑还会不会来散花。”老谢说这话时拿眼角睃了睃阿五。阿五假装没看见，把头转向一边。“阿五，”老谢不肯放过，问道，“去年我问你，你不肯答，现在我特地赶来，你能不能告诉我？”

阿五嘟囔了一句：“我怎么知道？”

老谢追问：“我打听过，她是山上水月庵的尼姑，你跟她熟，又住在半云崖下，怎么会不知道？”

“都是黑白讲，”阿五急了，“我……我，没……没见过她。”

“哈哈，”老谢看见阿五的窘相笑起来，说：“阿五，你不懂讲假话，一讲舌头就打嗝愣。好了，不逼你了，明天一早我自个儿到江边守着。”

“老谢说得对，”背囊客接了老谢话茬说，“我才来几天，就在县城听到一些传言，说半云崖有个驼子与山上的尼姑相好的传说。”

“谁说的？嚼烂……烂舌头！”阿五被激怒了。

“有的说得更难听，说那尼姑是狐狸精、大骚货，驼背佬是她的姘头！”背囊客续说。

“缺德呵！不是人呵！”阿五气得发抖，喃喃地说：“人家妙……妙莲，是个苦……苦命的人呵！”一急，阿五口吃得厉害。

阿五突然喔喔地大哭起来。老谢和背囊客都怔住了。他们不知道如何劝慰阿五，只好任他痛哭。哭了好一阵，阿五终于收住泪水，开始讲述埋藏在心底的一桩秘密：

“那是刚闹……闹红卫兵的那年，我撑着竹筏在青江上讨鱼。划到半云崖下，抬头突然看见悬崖边上站着一对男女。他们的手绑在一块。我正要喊危险，还没叫出口他们已经从崖上跳下来。我……我吓呆了，等回……回过神来，瞥见那对跳崖的男女在青江里一浮一沉，一浮一沉向黄牛矶方向漂去。我连忙划着竹筏去追。快追上时，一件想爆脑袋也想……想不通的事发生了，捆绑的绳子突然断了，那男的会游水，爬上岸，丢……丢下那女的，钻进坡上的松树林，不见了。那个女的面朝下，像一只麻布袋飞快地被水冲走。我拼命打桨，在快到黄牛矶的边上把她拽住，拖上筏，就……就差几步，连人带筏就会冲下十几丈的黄牛矶，那保准粉身碎骨……”

事隔多年，阿五想起当时千钧一发的惊险情景，仍然面有惧色。他端起一碗酒一口干了，长长地嘘了一口气。

“后来呢？后来怎么样？”老谢急切地问。

阿五说：“后来我把那个女的救醒，她醒来后发现男的不见了，手腕上只剩下截断的红尼龙绳，就捂着脸大哭起来，几次要扑……扑到江里。我看她对那男的那么死……死心，就不想让她太过伤心绝……绝望，瞒着她，没……没把那男的还活着、从山上跑……跑了的事告诉她。后来她打消了死的念头，央求我把她送到山上的水月庵，削发为尼。那女的便是现……现在水月庵的妙莲师姑。”

“那男的简直是谋杀，要把他找出来绳之以法！”老谢听了义愤填膺地说。

“是，是的，不能放过这种人！”背囊客也表示愤慨。“那个男的是干什么的？”老谢问道。

“当时我问她为什么看不开，她告诉我那男的是她的老师，他们搞什么师……师生恋，男的已经有老婆孩……孩子。结果被红卫兵抓去斗，说他们搞……搞腐化，男的头上戴高……高帽，女的脖子上挂……挂破鞋，押去游街。后来他们逃出来，跑到这半云崖来跳……跳河。”

“结果绳子断了，男的跑了！”老谢把一碗酒倒进喉咙，粗着脖子吼道：“这是骗人的鬼把戏！绳子是割断的，这是谋杀，绝对是谋杀！陈师傅你说对不对？”

“嗯，嗯，有可能。”背囊客支吾以对，接着说，“这女的怪可怜的，值得同情。”说完他打了一个哈欠，“喝高了，有些困，我想先去休息。”“再聊一会吧，正在兴头上。”老谢说。

“不了，明早还要赶路，你们继续聊。”背囊客说。“好，陈师傅你去歇吧，你睡头房，跟我来。”阿五领着背囊客走了。

不一会，老谢觉得无聊，也入房去了。吊脚楼静了下来，只有楼下的青江依旧不平静。在漆黑的夜色掩翳下，青江像没入草丛的蟒蛇，不见了白昼奔腾翻滚的雄姿，却依然感受到它的剽悍和桀骜不驯，江声如鼓，阵阵入楼。

方堂里只剩下阿五，他没有回房，坐在板凳上打盹，头一点一点，像鸡啄米。挂在柱子上的桐油灯，微弱的火光摇曳不定，映照出阿五庞然巨大的身影，投射在用竹席扎成的泥墙上，洇出一团诡秘的氛围。

夜深更残，头房闪出一个黑影。他蹑手蹑脚走到老谢的门口，用铁丝把门扣绑死，又踮着脚尖像猫一样放轻脚步走向厅堂。阿五迷迷糊糊发觉廊道上有动静，喝道：“谁！”对方没有答话，阿五正要转身，一记棍棒猛击他的头上，阿五来不及叫出声，便一头栽倒在地。背囊客边跑边将一瓶液体泼在吊脚楼的墙上、地上，跑出楼外，他点燃几支竹篾，扔进楼里。吊脚楼“呼”地蹿起火苗，火势很快蔓延，不一会，浓烟腾起，火光熊熊，木板、竹片、灰烬、杂物纷纷坠落江里，吊脚楼陷入一片火海。

背囊客朝山顶跑去，天已一层一层地亮起来。跑到半山麓，水月庵的山门已遥遥在望，背后衬着薄明的、蔚蓝的天幕。背囊客惊诧地发现，拱形的山门口，走出一个尼姑，她捧着一束鲜花，出了山门拐进左侧一条山路，向半云崖走去。背囊客伏在一块岩石旁窥测，他想这尼姑一定是她了。

不错，来者正是水月庵的师姑妙莲。她走到半云崖的悬崖边，这次不像往年，把菊花整束抛下去。她看到崖下吊脚楼已经坍塌，冒着青烟。她没有惊慌，脸上冷得没有一丝表情，她慢慢地摘下花瓣，一朵一朵地抛落青江。抛完了，最后解下系在手腕十年之久的红绳，也抛落悬崖。她转身走了几步，席地坐下，盘腿曲肱，闭目合十，静心打坐。此时，半云崖浴在晨曦中，周遭一片静穆，草棵上叶尖噙着的露水没有滴下，像挂着无数亮晶晶的星星，风仿佛也停在妙莲的指尖。静，静得空气也凝固了似的。

这时，山崖边一丛杜鹃花花影摇曳了一下，妙莲像是自言自语地说："你终于来了！"

背囊客从山崖后面转出来："你知道是我？"

妙莲没有回头，说："昨天下午你已经到过水月庵。""噢，你已经看见我了？"妙莲没有回答。

"阿珍！"背囊客低声唤着妙莲学生时代的小名，"原谅我！"他说。说罢，他竟像婴儿般嘤嘤哭泣起来。边哭边诅咒自己："我知道我很自私，我知道我贪生怕死，我，我不是人，喔喔，我对不起你……"背囊客越哭越伤心，还掴自己的嘴巴，妙莲端坐如磐石。哭了一阵子，背囊客的哭声渐弱，妙莲启齿道："阿弥陀佛，施主，善恶一念，何不放下？"

背囊客说："你们出家人慈悲为怀，那就请你再救我一次吧。阿珍，你听我说，我现在已经是中学校长，很快就要提拔做教育局局长，但是，你的存在成为我的威胁，我不想失去这一切，求求你成全我，今生愧对，来世一定报答。"

妙莲端坐纹丝不动，背囊客伸出双手，铁钳般卡向妙莲的脖子。妙莲的脖子很嫩滑，像海绵一样，背囊客使劲一捏，她的舌头就吐出来了，像鸬鹚嘴里叼着一尾鱼。妙莲的身体慢慢软下去，犹如化了的雪糕，瘫在地上。

"住手！"突然传来一声断喝。背囊客惊惶地回首一看，望见焦头烂额、衣衫褴褛的老谢爬上来，边喝令边按相机。

"你跑不掉了，快投降吧！"

背囊客冷笑一声，从背囊里拔出一把陆军刀，甩掉背囊，摆出格斗的架势。老谢放下相机，攥紧拳头准备应战。

背囊客自恃有刀在手，采取主动攻击策略，他握着刀扑上来。老谢曾经学过拳脚，见对方来势汹汹，便腾挪闪躲，避其锋芒。双方在崖塬上时而对峙，时而展开追逐。毕竟老谢在逃出火海时受了伤，体力渐感不支，背囊客步步紧逼。趁老谢喘气之机，一个箭步蹿上来，刀尖直戳老谢心窝，说时迟那时快，老谢一闪，背囊客扑空，老谢顺势来个木匠推刨，一掌猛击其背，脚下使出绊子，背囊客一个踉跄，撞到石上，额角磕出血来。背囊客恼羞成怒，持刀再次冲上来，老谢闪躲不及，肩膀中了一刀，鲜血直流。这时老谢捡到一枝树杈当作武器，两人刀来棍往，展开殊死搏斗。始终棍不敌刀，老谢且战且退，一直被逼到悬崖边。脚下风化石崩坍，老谢滑了一跤，人往下坠，老谢搏命双手死死抓住崖沿。背囊客走上来，看着悬在半空的老谢，发出得意的冷笑。他一脚踩在老谢的手背上，用力地旋着，老谢痛得锥心彻骨，石块簌簌滚落江中。背囊客正得意忘形，突然脚下一大块风化石崩裂飞坠，背囊客和老谢一同从悬崖上跌下江去。

两人从水中浮出头时，又扭打成一团，水花四溅。他们载浮载沉向下游漂去。显然背囊客占了上风，他不时把老谢摁入水中，老谢憋住气，吐着水泡，一次次挣扎着浮出水面透气，终于精疲力竭，被背囊客揪着随波推向黄牛矶。眼看黄牛矶渐渐近了，老谢命悬一丝。这时，忽见江边上飞来一筏，驼背阿五风车般舞动木桨，竹筏如箭射向两个落水的人。离黄牛矶几丈远的地方，阿五追上了两人，他挥桨击向背囊客的头部，一下、两下、三下，又稳又准又狠，终于打得背囊客松手。他丢下木桨，抡起竹篙，用篙尾的铁钩钩住老谢背上的衣服，把他拽上竹筏，他让老谢伏在筏上，在竹筏就要撞上黄牛矶石坎之际，挥篙戳入石坎的洞隙，用尽吃奶的力气，硬是把飞筏刹停。

但是青江岂是好惹的？青江水像一只怪手，扯起竹筏猛烈地左抛右甩，老谢几次被摔落水中，险象环生。阿五见状，决定弃筏，他闪电般拉起老谢，蹬开竹筏，扑向坝坎。

阿五一手拽住老谢，一手拼命抠住石缝。竹筏越过石坎，飞坠深潭，立即分崩离析，摔成碎片。当他们伏在石坟上喘息的时候，又见身旁飞旋漂来一件物体，来不及看清，已被青江水冲过坝坎，像扔破布袋一般抛下深潭。过了大半晌，才看到老远的地方，青江的水波里冒出一颗脑袋，那是背囊客的头。

阿五扶着老谢，踏着石坎，涉过青江水，艰难地一步一步走向岸边。

# 轮流生病

南县文化局新来一位局长，姓贺，人称贺局长。贺局长身材魁梧，膀大腰粗，看上去相当健硕，不像要笔杆的秀才，瘦瘦瘪瘪，风吹会倒；倒像挥镐抡锤的粗人，壮壮实实，风风火火。因此，文化局局长这顶乌纱帽戴在他头上，总让人觉得不大相称，有点驴唇不对马嘴。其实，别看他个大，却是中看不中用，外强中干。

文化局大楼是一幢20世纪80年代的老建筑，楼高四层，没安电梯，上落都得靠两条腿。

上任第一天，贺局长爬了四层28级台阶，才到他的办公室，一进门就瘫倒在座椅上，张着嘴巴大口大口喘气，像一尾浮出水面透气的鲶鱼。气还没喘定，忽闻“笃笃”的敲门声，他支起身子，挪正屁股，朝门口喊了声：“请进！”

总务主任老顾屁颠屁颠地跑了进来，边跑边喊：“局长，早晨好！”跑到办公桌右侧停了下来，垂手敛腹，头略前倾，压低嗓音说：“局长，我来看看还有什么需要我跑腿的？”

“喔……有需要我会找你的。”局长睨了老顾一眼。“是，是。”老顾连声应诺。突然他叫嚷起来：“哎呀！局长，你的脸色很不好呵！是不是什么地方不舒服？”老顾的声调有些夸张。贺局长下意识地伸手摸了摸刮得十分干净的腮帮，问道：“有什么不妥？”

“有些发青又带点灰。是不是要看看医生？”“不用，不用！”局长摆了摆手。

“局长，病从浅中医，还是找医生看看为好。”老顾劝导道。

“没事，没事，大概是刚才爬楼梯，还不习惯，气喘得急了些。”局长解释道。

“这说明身子虚了，不可掉以轻心啊！总归让医生看看才放心。局长，我去替你安排。”老顾续加劝导。

“我说过了，不用！”局长显得不耐烦，提高了声调，顿了顿，又降八度说：“没别的事了吧？”

“哦，没有，没有。”老顾知道贺局长最后一句话是逐客令，他边答边识趣地退了出来。

步出走廊，他发现今天三位副局长办公室的大门都敞开着。正副局长的门户两两毗邻或相对。三位副局长分别姓赵、姓钱、姓李，老顾知道他们在等什么。老顾首先经过赵副局长办公室，他在门口朝里边坐着的赵副局长点了点头又摇了摇头，没吱声，接着走到钱副局长的办公室门口，同样重复前面的动作，点了点头又摇了摇头。经过李副局长门口亦复如是。他们已有默契，大家心照不宣。副局长们知道老顾点头和摇头代表什么，点头表示说了，摇头表示不成。老顾走到楼梯口，回首瞥见三位副局长的大门已经砰然关上。老顾感到十分沮丧，沉重地叹了口气：唉！

老顾这个“总务主任”的头衔，别嫌它小，只是个鼻屎大的官，但他管得够宽，大至修房补漏，小至笔墨纸张，全都由他张罗。全局几十号人的吃喝拉撒、看病住院，也都归他管，所以老顾有个绰号叫“不管部部长”，没人管的他都管。

老顾是文化局的“三朝”元老，实际上还不止三朝，恐怕有五六朝了吧。局长换了好几茬，但他依然故我，待在主任位置上一动不动，像是生了根。二三十年过去了，他对升迁这档事已经从希望变成了绝望。老顾的生日愿望只剩下：做个好和尚，每天撞好钟。可是今天新来的局长却让他“撞板”，怎不令他懊恼呢？

南县文化局不知何时形成一项潜规则，即“轮流生病”。全局几十号人，每年按职位高低、年龄大小、资历深浅，自上而下、由高到低排队，轮流生病、住院，这样做最主要的目的在于：通过生病、住院、探访、慰问的过程，增进同事之间的关爱，特别是加强上级与下级之间的互信和感情。多年来这个潜规则证明行之有效，成绩显著。排名这件事不用说当然由老顾来做。本来并不麻烦，一经排定照单轮流，从来没有人说三道四。

偶尔出现麻烦，是发生在局长变动时，新局长上任伊始，没摸清他的喜恶和脾性，不宜贸贸然把潜规则硬塞过去，要他带头生病。这就要做点门面工夫，幸而每次老顾都能轻易过关。但是今天老顾碰了一鼻子灰。

贺局长是第一把手，在轮流生病的名单上名列榜首。他不病底下就不敢病，他生完了病后面才跟着生。此次的麻烦还在于时间的紧逼，年初就听说新调来一位局长，但是拖到6月份贺局长才来履新。这样一来今年只剩下一半了，贺局长如果不赶快生病，有些同事就来不及轮到生病了。因此"尽快让贺局长生病"是全局员工的共同愿望和心声。这项任务当然也责无旁贷地落在老顾肩上。

时光荏苒，两个月过去了，老顾仍然一筹莫展，想不出让贺局长生病的法子来。三位副局长焦虑的心情已经流露在脸上，同事们也都向他投来不满的眼光。特别是排名第二的钱副局长，最近老胃病复发，有时痛得用手抵住腹部止痛，但他又不愿意破坏规矩打尖住院，每天仍忍痛坚持上班。老顾瞥见老钱弯得像虾似的身影，难过得无地自容，老远就快闪躲避。老顾觉得自己在局里成了过街老鼠，抬不起头来。

这段日子，老顾整天眉头深锁，经常茶饭不思。有一天老婆问他是不是有病，老顾一听到"病"字，仿佛被马蜂蜇了一针，跳起来发了一大通火，吓得他老婆再也不敢置喙。这天晚饭的时候，老顾囫囵扒了几口就下桌了，刚走进客厅，突然灯暗了，他住的小区大停电，顿时陷入一片漆黑，冷气机也熄了，屋内热得像蒸笼。老顾搬了一张板凳到阳台上吹风。但这晚一丝风也没有，老顾打赤膊还是满身汗。突然一瓢冷水从天而降，淋在老顾头上，老顾一惊，打了一个寒噤，全身冒出了鸡皮疙瘩。老顾老婆见状冲了出来，朝楼上骂道："哪个缺德鬼，浇花浇到人家头上！如果淋出病来，老娘跟你没完！"

老顾一听，老婆骂人的话像一把锉子，一下子让他脑瓜开了窍。老顾连打了两个阿嚏，哈哈大笑起来。他老婆不知他笑什么，乜斜他一眼，嗔道："神经病！"说罢返回屋里去了。

第二天中午，老顾老婆买菜回来，她把菜篮子往灶台上一放，便去打开阳台通风，当她打开门时，看到的情景令她惊呆了：老顾坐在正午毒辣辣的太阳下暴晒，满头大汗，脸红得像猪肝，身上竟然裹着羽绒夹克，他嘴唇已经泛白，身子摇晃着，像喝醉酒，坐也坐不稳了。

老顾老婆惊叫："老公你怎么了？你疯了吗？"她把老顾搀进客厅，脱下他身上的夹克，伺候老顾慢慢地喝下一大樽矿泉水。然后拿起电话呼叫救护车，老顾夺过话筒，阻止老婆那样做。

"老顾你告诉我，究竟怎么回事？"

"你别管，我没事！"

"都快昏倒了，还没事？"她用命令的口吻说，"快上床躺着！"她把老顾扶进卧室，安顿在床上，然后开了冷气，把温度调到23摄氏度。再给老顾盖上毛毡说："好好歇着，我先去弄饭，等一会再来审你，你一定得跟我说清楚到底怎么回事！"

老婆关上门走了出去。

老顾老婆忙着张罗午饭，厨房里锅盘瓢铲叮当作响，在一片厨房进行曲中，突然传来杂音，老顾老婆竖起耳朵谛听，发觉是咳嗽声。她立即放下手中的锅铲，向卧室奔去。推开门，她再次惊得目瞪口呆，只见老顾抱着双膝，蜷缩在床头，浑身抖得像筛糠。房内的冷气猛烈宣泄，冷得像进入雪柜。老顾老婆立即关了冷气机，她急得快哭，嚷着："老顾你想死啊？走！"她不容分说，一把拽起老顾就往外跑。出了门，搭电梯下楼，走到路口，老顾老婆截了一辆出租车，正要登车，突然想起煲汤的炉子还没关火，连忙对司机说："司机大佬，请等一等，我去关一下炉子。"她刚转身，老顾就钻进了车厢，他朝老婆嚷："我自己上医院，你不用去了。"说罢，车子急驰而去。老顾没上医院，他让出租车把他载到局里。

下了车，老顾直奔四楼局长室，他敲门入内，一眼瞥见贺局长正埋头批阅文件。老顾径自走到局长对面的椅子坐下。贺局长问："顾主任，有事吗？"老顾未开口就一阵咳嗽，贺局长皱起眉头，把头向后仰，试图避开老顾的唾沫星子。

老顾说："局长，我来看看需要补充什么文具用品，红蓝铅笔有吗？"局长点头。

老顾问："信封便笺够吗？"局长点头。

老顾又打了两个响亮的喷嚏，局长伸手抽了张纸巾捂住鼻子。“喔，”老顾说，“纸巾要补充一盒。”他拿笔记了下来，接着又问：“咳咳，钉书钉、回形针，咳咳，笔记簿要吗？咳咳。”

“顾主任，你咳得很厉害，快去看医生吧！”贺局长说。

“谢谢局长的关心，我没事，咳咳咳咳……”“老顾，病向浅中医，咳咳，不能拖，咳咳……”“是呵，咳咳，局长你也咳得厉害，我去替你安排看医生。”

贺局长终于“被生病”了，他住进了医院。

三位副局长立即忙碌起来，他们接踵往医院跑，慰问探访，输诚送礼，忙得不亦乐乎。各人在挑选慰问品上都花了一番心思，各具特色。

赵副局长的慰问品是：蜂皇精两盒，特级高丽参一支，极品燕窝半斤。

钱副局长送出：茅台酒三瓶，中华烟五条，长颈XO两樽。

李副局长最特别，送的是程十发的一幅画，是一名维吾尔族少女骑着毛驴冒雪而行，这幅画价值不菲。

赵副局长送的礼，最适用，是给贺局长滋补身体的；钱副局长送的烟酒也不错，是给贺局长痊愈后享用的。唯独李副局长探病送画，颇不靠谱，画与病，风马牛不相及。

李副局长在病榻前对贺局长说：“局长，宝剑赠英雄，珍珠馈美人。我听闻局长是书画鉴赏家，就把这幅我收藏多年的程十发《少女骑驴图》割爱送给局长，名画可谓得其所哉！这幅画相信能让局长赏心悦目，带给局长好心情，局长心情一好，病就不药而愈了。”

“好好，太好了！”贺局长把画摊在病床上，看了又看，心情大靓。

贺局长出院后，对局里的人事做了调整，并报上级审批，李副局长擢升为第一副局长。

有一天，贺局长在大门口碰到老顾，他主动跟老顾打招呼，走到老顾身边问道：“顾主任，几时再轮到我啊？”说罢不等老顾回答，兀自走了。

乍一听，老顾一阵错愕，低头一想，蓦然领悟贺局长那句话的意思，望着贺局长走远的背影，老顾笑了，情不自禁地当街跳了几步华尔兹。

# 无 尘

准提庵坐落在虎头山上，庵里住着一尼一狗。师姑法号无尘，年轻貌美，半年前到此削发为尼，带旺准提庵香火。

狗是当地土狗，短吻尖耳秃尾，毛色漆黑，已故老尼取名叫它“勇哥”。

勇哥够勇，曾有一头金钱豹误闯庙堂，它的脖子被勇哥咬断，肚皮被撕烂，肝脏扒出，毛渣一地。见者咂舌，无不惧惮勇哥。

无尘白天足不出户，把自己幽闭在内院禅房，礼佛静修。

勇哥整天坚守着它的岗位，它常趴在通往内院的门口，或者伏在院内的门后。它趴于门口时，侧身屈肢，眼睛半睁半闭，似睡非睡。一有声响，耳朵“噌”地竖了起来，后肢撑地虎起上身，眼珠闪着绿光，炯炯地寻找着目标龇牙咧嘴，随时准备扑出。

准提庵是座小庙，地处闽西北的穷乡僻壤，香火冷落，历史也浅，始建于清末民初，中间毁于“文革”，几年前才由乡民集资重建。庵里原本有一老尼住持，半年前一个年轻女子跑来央求老尼剃度。老尼瞄了她一眼，瞥见她脂粉凝泪，乱发卷曲，说：“回去吧！小庙容不下你。”那女子说：“师傅如不收我，我就长跪不起。”老尼已病得连说话都不够气了，便扔下一兜碎石破瓦，留了几块荞麦烙饼，转身走了。女子把瓦砾铺于地上，撩起裙裾，将一双白生生的膝盖戳在瓦砾上。跪了一天，傍晚有只黑狗跑来叼来一竹筒水，然后卧在她身旁。一连两天，黑狗都守着她。第三天早上，老尼来了，长长叹了一口气，把那女子扶起来。尖利如刀的瓦砾嵌入双膝，肿胀流脓，血肉模糊。老尼颤巍巍地拿了草药，给女子敷于伤口。

老尼念声“阿弥陀佛”，阴声细气地说道：“施主你要想明白了，踏入空门便无退路。”

女子说：“昨日之我已死，我恨男人！永绝红尘！”老尼摇头道：“施主，老衲虽然眼眊目，但仍看得出你心中有恨，有恨就有爱，尘缘未了呵！你还是回去吧！”女子闻言，“扑通”又跪下，攥了一块碎瓦片捺住手腕，痛哭道：“师傅，我愿以死明志！”

老尼喘着气，幽幽地说：“唉，老衲沉疴缠身，已是来日无多，准提庵总得有人打理……我，我就收下你吧。”女子纳头便拜，连声称谢。

老尼替她剃度，并授法号无尘。老尼说：“无尘无尘，愿你外不惹尘，内不生尘！”老尼努起嘴发“啰啰”的声响，黑狗老远便摇头摆尾跑来。老尼对无尘说：“这只狗叫勇哥，它是准提庵的守护神，也是老衲的恩人，多次救了老衲的命……”说着伸手抚摸勇哥，勇哥伸出舌头舔着老尼蜡黄枯皱的手，老尼声弱如蚊，说道：“我去了，就放心不下勇哥！”说着，浮肿的眼眶里沁出两滴浊泪。

无尘说：“师傅勿念，弟子定会善待勇哥！不负师傅所托！”

老尼遂捧出一副木鱼交与无尘说：“你可知道为何念经时要敲木鱼吗？”

无尘摇头。

老尼说：“因为鱼是永远不会闭眼睛的，夙夜匪懈，用木鱼做法器是为了警醒昏惰的人，尤其是叫修行的人志心于道、日夜常醒！你懂了吗？”

无尘点头说：“弟子谨记！ ”

不久老尼圆寂了，无尘成了准提庵住持。

料理完老尼后事，无尘闭门静修，潜心诵经。庵里的杂务都由阿土打理。

阿土住在虎头山下，他不是本地人，两年前跑到这里结庐立足，这年头庄稼汉都丢下锄头下广东福建沿海打工去了，他倒跑到深山老林落脚，真是怪人。但这里山高皇帝远，也没人过问。他在山下开荒种菜，那天跑到准提庵讨生活，老尼问他姓啥名甚，他不答，只一味傻笑，老尼见他呆头呆脑、土里土气，就说，你就叫阿土吧，于是他就成了阿土。

阿土年轻力壮、干活卖力，从不吭声，恍如哑巴。老尼驾鹤西去，准提庵主持换了无尘，阿土就得跟无尘打交道。但是阿土仅在办老尼后事时见过无尘，此后就隔着院墙，唯闻其声不见其人。

日月如梭，眨眼冬去春来，庙外已是草萌花放，虎头山山顶有一片梨树林，山麓有一片桃树林，春风拂过，梨花飘雪、桃花飞红，喧闹了整座山谷，唯庵中岁月，沉寂寥落，平日里真个是烟笼古寺无人到，树倚深堂有月来。

无尘与阿土，孤男寡女，虽共处庵中，但两人却近在咫尺远隔重山。那无尘终日躲在后院一间禅房里敲鱼诵经，禅院深深，漫度晨昏。阿土听到后院传来“笃笃”的木鱼声，像小鹿趵着他的心头，一阵紧似一阵，把他的七魂六魄都敲散了。有一次他忍不住想偷窥一下，当他单起眼，刚把眼睛贴在门缝上往里瞧，一只狼狗狺狺地狂吠着扑上来，差点咬了他的眼珠，吓得他落荒而逃，从此不敢再靠近那扇小门。

无尘靠香油钱过活。到了月底，阿土把杂费发票压在供案的香炉下，第二天香炉下就压着工钱和报销的银码。这是阿土与无尘唯一的沟通。

阿土越来越迟下山了，他总是在庵里磨蹭到日薄崦嵫，黑黝黝的山影从天上压下来的时候才下山。这时无尘才出来走动，她的身边跟着那头凶猛的狼狗。无尘的样貌在阿土脑中已模糊殆尽，他很想再一睹无尘芳颜。终于他斗胆干犯庙规，天黑匿于庙内偷窥，但那头狼狗嗅觉特灵，朝着他藏身处狂吠不已，阿土只好夺门鼠窜，奔跑下山。

阿土只能躲在准提庵对面的山头，远远瞥见无尘在蛋青色暮霭中，走进后山的梨树林，她衣袂飘飘，拂落一地梨花……

阿土天天谋划着宰掉那头狼狗！但是苦无机会下手，狼狗与无尘形影不离，狗在无尘在，勇哥是无尘的忠实保镖！无尘是狼狗的主人！

欲望在日子里发酵、膨胀，阿土越来越强烈地想着无尘。他整日失魂落魄，经常磕磕碰碰弄出些声响，有时莫名其妙地朝着大山嗷嗷嚎叫，他希望这些声响传到内院，让无尘听到。但那扇小门终日紧闭，狼狗依然雄踞门口。只有那匀称单调的木鱼声，让群山显得更加飒肃静谧！

木鱼声敲得阿土出现幻觉，他已经很久没有碰过女人了，最后一次跟女人上床，是三年前的事了。那晚，他在那个寡妇家里，女人在厨房里忙，剁肉切菜，笃笃声响个不停，当晚他喝了很多酒，后来就提了鸟铳出去。枪响了，那个胖子倒在血泊中，他打不开保险柜，街上警车呜呜呜笛呼啸而来……

现在阿土在院墙外的土坪上劈柴，一身隆起的肌肉，蓄满了力量，散发出雄性荷尔蒙的诱惑！阿土一面劈柴，一面拿眼角瞟向院墙的花窗，他惊诧地发现花窗的棂格背后也闪着一双眼睛！莫非是她？无尘，她在偷看他么？哦，哦，不可能！阿土疑心自己眼花。他偏过头去，那两星眸子就缩到墙下，他一转头，又升了上来。是她！阿土一阵狂喜，奔过去想看个真切，正把脸凑近花窗，嚎的一声，狼狗人立起来，张开血盆大口，利齿刨向阿土的额头，磕出两个血洞，血流如注！

阿土恨死了那条狗，他下决心杀了它。柴不劈了，他跑到后山树林里取出埋在一棵梨树下的鸟铳，上足了铁砂丸，然后回到庙里等天黑动手！

他在对着庑廊小门的一条石凳上躺下，这天，那只狼狗突然跑到小门外躺着，他和那只狼狗对峙着，佯装悠闲、友善的样子，勇哥却显然不买账，竖着尖耳，目不转睛地盯着他！

约莫过了半分钟，门扉呀然开启一道窄缝，狼狗仿佛知道主人唤它，缩了身踅进内院。

阿土穿着裤衩，仰面八叉地躺在那里。阿土辗转于石凳上，他忽然瞥见小门的缝隙闪着一双眼睛，阿土鹞子翻身，从石凳上爬了起来，蹑手蹑脚走向小门。门后的眼睛不见了，他侧耳谛听，奇怪！那只狗也不叫了，阿土再也按捺不住，撞开了小门，脚下被绊了一下，低头一看，勇哥口吐白沫倒毙在地上！

阿土听到禅房里传来“嗯嗯呵呵”的呻吟声，他冲了过去，推开房门，他惊呆了，无尘一丝不挂地站在那里，雪白的胴体，像奶油一般泛着乳光，阿土扑上去把她按在地上……

又一晃，春去秋来，有一天，阿土到溪涧担水，蓦然看见几个大盖帽领着民兵向山上拉网似包围过来。他丢下水桶，向后山的梨子林跑去，过了一阵子，林子里传来“嘭”的一声闷响，扑棱棱惊起了一群斑鸠山雀。

公安找到逃犯时，他歪靠在一棵梨树下，鸟铳斜插在地上，枪口顶着喉咙，黏稠的血浆糨住颈脖胸口。他是用脚拇指扣动扳机的，他的枪把式叫在场的人看了无不啧啧称奇。他们看到树干上戳着一张纸条，歪歪扭扭地写着：你们咋不早来呵！这是他最后的遗言，大家看了丈二和尚摸不着头脑。他头顶上的树枝吊着一个人，身着灰色海青，在风中荡着，像一只折羽垂翼的大鸟。村里的民兵一眼认出，她是准提庵的师姑无尘。

# 磕长头的多吉

天暗下来的时候，风大了。

远处积雪的岗仁波齐山像是几片白帆浮在云端。多吉嘉珠抬头望了一眼远山，心里嘀咕着："要抓紧做了，不然就来不及了。"多吉这样催促着自己。

她挣扎着从地上爬起来，先在脚下做个记号，再参拜当地诸神灵，对着来的方向磕三个头，答谢一路神灵；照规矩还要向前方磕三个头，敬告明天将要打扰的神灵，但是多吉犹豫片刻，没做，她蹲了下来，然后盘腿席地而坐。

天色一层层浓稠起来，风割得人脸上生痛。多吉开始脱身上的东西，她先脱下"恰克新"摆在路边，这是一副大约一指厚的木手套，用来匍匐时让双手可以摩擦地面伸直趴下。接着她脱下围裙，这是她熬了几夜在羊皮上缝了一块厚厚的帆布做成的。多吉轻轻地抚摸着绵柔暖和的羊毛，她想起那只名叫木嘎的羊羔，她常搂着木嘎在帐篷外晒太阳，选中木嘎陪她上路时，多吉哭了一瓢眼泪……现在她把裙子叠好摆在恰克新旁。她看了一眼脚上的鞋，前头已像鱼嘴般张开，五个趾头全钻出来，后跟剩下一个大洞，只靠后帮吊着。她没脱鞋，打开布褡拿出一对新鞋压在围裙上。这是在萨迦寺买的，是萨迦寺僧人为磕长头的朝圣者特制的，它在绿色"解放鞋"前端钉上从旧轮胎上割下的黑色橡胶皮，结实得很。还有一包糌粑，也留下，虽然她很饿，但她舍不得吃，她吃了，是在糟蹋粮食哩。

做完了上面那些事，她要做最重要的一件事了。她抓起身边的一块石头，左手掀起上唇的嘴皮，用尽全身最后的力气，狠狠地砸向门牙，一下，两下，三下，"咔嚓"门牙终于断下一颗，她满嘴鲜血直流，顺着下颌往下淌。这时月亮升上来了，多吉捧着断牙，仰面朝天，张着血口咯咯咯地笑着。玉魄银辉，照着多吉，她的笑声像小刀划过雪夜的肌肤，被风带到很远。

过不多久，一个朝圣者经过她的身旁，多吉把牙齿给他，那人没有吱声，默默把牙齿收藏好，他朝多吉点了点头，多吉磕头致谢。她知道那人答应她的托付，把她的牙齿带到拉萨大昭寺，放置在释迦牟尼殿前的一根木柱里。

多吉病得很重，命若游丝，她去不了拉萨了。本来她一天可磕1000多个头，走七八公里，现在只能磕几十个头，走不到一里地。以这样的速度再走两年也到不了拉萨。

她每天从凌晨3点到夜间9点，不停辍地磕长头。行这种五体投地的藏教大礼，十分耗力，每走三步，双手合十，触额、触喉、触心，再全身匍匐在地，双臂举过头顶并拢伸直，如此周而复始，用全身“走”过从家乡那曲到圣地拉萨的漫漫长路，用血肉之躯丈量通往极乐世界的遥遥距离。

现在，她病了，磕不动长头了，幸好有人将她的牙齿带去，帮她完成一生最大的愿望，她死而无憾了。

她指了指地上的那堆物品，那人会意，合十作揖，谢过多吉，依然不语，携了物品继续上路。

多吉望着那人一路磕头而去，背影没入月色朦胧的荒原。

多吉一点也不觉得冷，不觉得饿，不觉得孤单。她摸着额头上一块拇指甲大小的黑痂，满足地笑了，这黑痂“恰棒”，是朝圣者引以为傲的珍宝，因为“恰棒”，只有磕了超过一万个长头才能长出来。

跟多数藏北人一样，多吉把自己的一生分作两半，前半生为活着而活，后半生为朝圣而活。现在磕不动头了，也就活到头了。多吉笑着，满脸皱纹的沟沟壑壑，溢满了喜乐。她慢慢倒下了，掠过雪原的罡风，吹起多吉灰白的头发，她像一只垂死的黑鹳。风吹着，多吉一动不动，过了几炷香的时间，多吉奇迹般地活过来了，她挣扎着爬了起来，喃喃自语：“我不能就这样走了，昨天我发高烧，烧得厉害，绕过一个水洼没磕拜，那水洼在一里外，我要回去，回去补拜，要不，这额头上的恰棒是假的，罪过呢，佛主在看着呢！”

她开始往回爬，一寸寸地蠕动着。她没有想能不能爬到，她只想着要爬回去！

没有了恰克新和围裙，多吉爬过的地方，一路留下两道血线，迤逦在雪域高原的冻土上……

# 哭泣的石头

一进村，柳原就听说村里死了人。死的是一个查某（闽南语中女人的发音），年龄不大，仅二十五六岁。事不关己，柳原也只是听听而已，左边耳朵进去，右边耳朵出来，不大在意。他是来玩的，匆匆过客，碰上这种事，只能自认晦气，觉得有些扫兴。

柳原去的村子叫殿仔村，地处闽南金三角边缘，东接泉城，西邻崇武，交通十分便利。让人感到诧异的是，此地虽然靠海，却很少有讨海为生的渔民，这里出石匠，殿仔师傅，名闻遐迩。

殿仔村石匠的历史，可以追溯到哪朝哪代，没人考证过。不过据稗官野史流传，紫禁城里的丹焊玉阶、蟠龙梁柱，大多出自殿仔人之手。所以不知哪个朝代的皇上，一高兴把这些石匠视为直属的子民，赐他们居住的村子名曰“殿仔”。现时全村三百余户人家，仍然大半琢石为业，少数务农。殿仔石匠的活计揽到西藏、香港。早年香港虎豹别墅造石塔，西藏喇嘛庙砌角亭佛龛，都有殿仔人的身影，在那儿丁丁琢石。近年又涌来了台湾客，大单大单地订购殿仔村的石雕龙柱、狮子、香炉和大鼎等等，然后车拉船载，千山万水，运到台湾，安放在寺庙宫观、酒店食府，装潢门庭。石雕生意火爆，引得港商垂涎，在这里开设石雕厂、石雕工艺公司，大大小小，冒出一大堆。

柳原到殿仔村去，完全事出偶然。前几天他到泉城催货款，收妥之后，正准备打道回府，却突然接到阿乐的电话，他说听说柳原到泉城，特地赶回来，请柳原上他家做客。阿乐是殿仔村人，他怕柳原推辞，还搬出一条很有诱惑力的理由，他说殿仔村离崇武岛只一箭之遥，那座海岛，风光绮丽，最近刚被评为全国最美丽的十大海岛之一，路过门口不去看看，不是太遗憾了吗？在他煽动之下，加上盛情难却，柳原雇了一部的士，从泉城出发，直奔殿仔村而去。

车子约莫跑了一个多钟头，下了高速，拐进一条岔道，戛然停了下来。岔道离村口还有一段不短的砂石路，坑坑洼洼，凹凸不平。刚下过一场雨，路上烂渍渍像是墨盒粘糕。的士佬一看皱了眉瘪了嘴，好说歹说就是不肯往里开。他说他的车子崭崭新，跑这段“跳舞路”，骨架子都会散了，补钱也不干。柳原只好结了车资，徒步进村。幸好行李简便，只拎了一只小皮箧，要不然肯定狼狈不堪。

村道两旁是农地，夏雨初霁，地里的瓜果蔬菜油绿水汪。田头地角，散落着残缺的石块，还有缺胳膊断腿的石雕菩萨神兽，或斜欹或偃卧于乱草烂泥之中。如果这些石像没有被雕坏变残废了，而被供奉在庙堂之上，那就威风神气了，天天接受善男信女的顶礼膜拜，享不尽三牲祭品，吃不完人间烟火。不要说同人不同命，就是石头，也同石不同命哩。

## 一

殿仔村浴在雨后橘黄的夕照中，映入眼帘的是，新楼旧厝比肩而立，好像一位亭亭玉立的姑娘穿着花裙，裙摆上却还缀着一大块补丁。殿仔村也赶时髦的浪头，学县城大邑进行旧城改造，老厝舍不得拆，丢空了却仍然蓬头垢面地立在原址。而身旁新楼已拔地而起，清一色的小洋楼，但缺乏规划，爱怎么盖就怎么盖，横七竖八，杂乱无章。式样大多模仿大乡里万金油大王胡文虎的庄园“标顶”。三四层高的楼顶上，多擎起一座小阁楼，犹如冠冕。圆柱、弧窗、回廊、檐楣砌嵌画框，描着猩红浓绿的象征福禄寿的牡丹松鹤画图，或雕刻桃园西厢忠义孝悌的故事，亦中亦西，土洋结合，这就是闽南农村建筑的味道。以前只有侨字头的家庭才能住上这样的楼房，如今是“旧时王谢堂前燕，飞入寻常百姓家”了。

柳原看到一个拾荒的老妇，把丢弃在路边的一堆衣物，搬到平板车上。这时，坐在路边店门口的阿婶朝老妇抛过话来：“喜婆，那些东西不能要，秽气。”喜婆说：“秽什么气？这么四正，值好价钱哩！嘿嘿。”

喜婆头也不抬，边答话边往车上搬东西。阿婶又说："那女人是恶死的，猛鬼，要找替身，你不怕冤魂跟了你？"喜婆依旧嘿嘿地咧着嘴笑，缺了门牙的嘴像钉耙："那好哇，我这孤老婆子正缺一个伴哩。"喜婆捡起一件涤纶外套，喜滋滋地放在胸前比量着，扒下了自己身上油垢厚如硬币的外套，将死者的外套赶忙换上，然后左瞧右看，扯扯衣角抻抻袖，长短肥瘦正合身，喜婆笑歪了嘴，推起板车一颠一颠地走了。

闽南风俗，男人干瓷活，女人干瓦活。男人上等的漂洋过海当番客，二等的跑码头做买卖，或者做闲人泡工夫茶，打檀板唱芗曲，写些土呢八唧、花里胡哨的字画，到处张贴，就连茅厕的墙壁也不放过。地头田间，出力流汗的活全都丢给查某人。即便是末等的男人做了石匠，粗活还是让女人扛着，雕刻用的石料板材，全是查某人上山下海，采石凿石打石抬石，吭哧吭哧弄来的。闽南女人很能吃苦，她们身上的装束，一看就知道是甩膀子下力气干重活的。有首顺口溜说，闽南女人是：封建头民主肚，节省衣浪费裤。即是说，为了抵御风吹日晒，她们用花布把头裹得密密实实，故曰"封建头"。又为了通风散热，衣短露脐，故曰"民主肚"。裤管是宽幅的大喇叭，据说是为了解决如厕之需，在旷野干活时，只要撩起裤管，往地上一蹲，即可就地方便。生存的方式，砥砺了闽南查某的脾性。她们不怕打、不怕捶、不怕苦、不怕涩，就怕酸的、软的、阴的、柔的那一套，绝少会轻生寻短见，今天，却偏让柳原撞上一桩。

阿乐的家就矗在村口，很招眼。根据他在电话里的描述，柳原一眼就认出来了。这是一幢四层高的洋楼，宝蓝色的玻璃幕墙熠熠生辉，外观像酒楼宾馆，不像住宅。一扇大铁门，黑漆鎏金，图案是倒挂蝙蝠和缠藤葡萄，寓意福到和子孙繁盛。门是虚掩的，柳原推门而入，但见一庭小院，墙隅植了一丛斑竹，绿荫婆娑。院中央放置一套水磨石桌石凳。地上鸡屎斑斑点点，三两只醉冠公鸡正昂首挺胸，闲庭信步。柳原正避过一坨鸡屎，就听到一声问话："找谁啊？"檐廊下立着一个女人，柳原正欲答话，便听到客厅里传来大呼小叫："哎哟，老兄，你怎么关机了？把我急死了。快请，快请。"胖乎乎的阿乐扑了出来，把柳原延请入屋。柳原上楼，稍事盥洗，换了溅满泥星的衣服，容光焕发地走下楼来。

客厅里，阿乐的父母已候在那儿，刚才问话的是阿乐的查某。阿乐特地叫他父母过来食晏，让他的父亲陪柳原喝几杯。阿乐的父母并不住在这儿，他们住在村尾。自从实行计划生育，搞承包制，又盘活了经济后，过去什么古厝大屋、几世同堂、共享天伦之乐等等观念，全都背时了。兄弟姐妹翅膀一硬全都飞出去，开枝散叶，垒窝筑巢去了。

阿乐的父亲是村长，人称阿钦伯。母亲是村妇女主任，人称七婶。别看阿乐的父亲是一村之长，又是一家之主，其实在殿仔村七婶才是里里外外一把手的“话事”。七婶长得袖珍，又瘦又小，干干瘪瘪，但她胆识过人，村里的上上下下，男女老幼，全听她咋呼。七婶的威望，主要是来自她的肚皮，她能生，生了五胎，而且个个都是裤裆里多出二两肉的。阿乐五兄弟，号称殿仔五虎。

五兄弟中，阿乐排行老幺。老大在镇上办了家鞋厂，还挂了个镇商会副会长，有头有脸。二哥、三哥跑运输，那时社会上流行一种说法，说是论职业最吃香的是“一嘟嘟二杀猪”，嘟嘟就是开车的，更何况三哥走南闯北，还捎带倒卖南北特产，钞票一甩一大把。四哥呢，在县城开了间“咀香园酒楼”，生意红红火火。阿乐自己搞贸易跑单帮，也捞得风生水起。

殿仔村虽然出石匠，但是石匠被视为末等人，有民谣唱道：“石匠真甘苦，无钱娶查某，衫破无人补，呷粥配菜脯。”阿乐一家人除了父亲做过石匠外，到了阿乐这一代就没有一个做石匠的了，全都脱离了末等人的行列。柳原从楼上下来，看见满桌的菜肴说：“哎哟，整了这么多菜，让你们忙坏了。”阿乐摆摆手说：“没这话，都是向四哥咀香园订的，一个电话就送过来了。”

菜色除了几道闽南传统小吃土笋冻、蚝仔煎和面线糊之外，其他全为广东风味。改革开放的一个显著效果是，饮食文化随着粤港商人的脚印走遍了全国，征服了全国人的胃囊。

## 二

吃饭的当儿，跑来一个人，他在门口探个头，没吱声就又掉头走了。虽然只是“惊鸿一瞥”，但是那张脸还是给柳原留下深刻印象。那人戴着一副黑胶框眼镜，下颌尖削，脸色蜡黄得像一张毛边纸，脚步像猫一样，来去无声。过不多久，他又来了，站在门口，又瘦又高，背微驼，像一杆风中芦苇，搓着手，嗫嚅地说：“阿钦伯，你能不能出来一下。”阿钦伯站起来，跟柳原打了个招呼，就随那人去了。阿乐显然有些不高兴，嘟囔了一句：“就他家多事。”为了驱走不快，阿乐举杯劝酒：“大哥，来来，干了干了。”不一会，阿乐父亲转来了，还带来一个人。此人长得牛高马大，看了叫人感到有股压力。他看到柳原便声若洪钟地喊：“来客人啦，欢迎欢迎！”边说边抱拳施礼。阿乐起身介绍：“这位是香港的朋友柳先生，”又指着来人说，“这是我们镇上派出所的李所长。请坐，请坐。”“那就不客气了。”李所长欣然落座。

阿乐指着身后的酒柜说：“要什么酒，酒柜里摆着各种酒。”

“不啦，来点干红就好了。”“长城还是波尔多？”阿乐又问。“长城长城，喝爱国牌子好了。”

阿乐从酒柜里拿了一瓶长城干红。李所长接过去，熟练地用开瓶器旋开木塞，把木塞放在鼻头嗅了嗅，又拿了一个玻璃樽，将干红倒入一半，再掺入一罐七喜，用玻璃棒搅匀了，拿了几片柠檬将汁挤入葡萄酒中，调好了，这才斟了大半杯塑料杯的酒，高高举起，大声吆喝着：“来，都干了！”好像将军令下，随着他“来”的一声吆喝，大家都肃然起立。李所长一仰脖，带头把半杯干红倒入喉咙。大家也都跟着抿了一口杯中酒。李所长说：“不行不行，要检查落实，干了，干了。”李所长逐一劝饮。喝完了还要把杯底朝天，以示滴酒不剩，李所长才满意地说：“好，坐下，坐下。”

酒又过了几巡，酒精使气氛活络起来。大家都在兴头上的时候，那张毛边纸般的面孔又出现在门口。阿乐拉长了脸，问道：“什么事？”那人说：“找，找李所长。李所长能出来一下吗？”李所长站起来，边走边说："我不是跟你说过吗？你先跟蛋头讲，把情况说清楚。"蛋头是派出所的警员，正在那人家里录口供。法医也来了，正在那儿验尸。

李所长没有走出门去，站在院子里跟那人说话。那人说："他们说，明天要来砸东西。"李所长问："他们人呢？"

"刚走，他们说明天要来砸东西。"那人重复地说，声音有点发抖。

"他们敢？当我是死的么？你先去把情况跟蛋头说。明天一早我们就来，不用怕。"

"哦，哦，那谢谢你了，所长。"

那人走了。李所长返回，重新入座。他摇了摇头，叹了口气说："麻烦，这事恐怕会闹大。"

"阿珍不是自杀的吗？"阿乐说。自杀怪得了谁呢？事情不是那么单纯。李所长说："阿珍娘家的人，一口咬定说是被人害死的。害死她的人就是阿珍的老公志诚。"

"阿珍不是喝农药乐果死的吗？"阿乐的查某突然插嘴说道。

"喔，但是阿珍娘家的人说是先被打死后再灌农药的。""黑白说！那就把阿珍的肚皮打开，看看肠胃里有没有农药，如果是打死了再喂她，嘴里有，肚里不会有。"嗯，嗯。李所长鼻腔发出闷响，表示听进去了。李所长说："法医正在查，娘家的人坚决反对拿尸体开刀，但必要时，该开还得开。"李所长偏过头对阿乐父亲说："村长，明天娘家的人要来闹场，村里要协助做些工作。"

阿钦伯说："一定，一定！"

七婶说："娘家的人来闹主要是要钱，可是眼下天气热，死人不能放太久，还是办后事要紧，伊娘家的人乱闹可不行。"

"七婶说得对。"李所长接了话茬说："伊娘家人来闹场，交给我们警方处理，我们殿仔村这边乡亲的情绪就要你们帮助安抚安抚咯。"

七婶说："李所长，你宽心啦！"

"这就好，这就好。"李所长满面关公，喷着酒气说："今晚恐怕要熬通宵。"他还要到现场去，临走，他让阿乐的查某打包了一些酒菜，捎给蛋头和法医官。阿钦伯和七婶也都起身告辞。阿乐醉得有些晕乎，大着舌头对柳原说："大哥想不想搓几圈？我去约脚。"柳原说："困了，我先去歇。"说罢摇摇晃晃摸上楼去，进了房，往床上一歪，倒头便睡。

## 三

翌日，柳原宿醉初醒，脑袋瓜还隐隐作痛，就听得窗外传来低低的哭泣声，推窗外望，可以看到对面一幢丢空的老厝，瓦楞如鳞、墙灰剥落，门柱上的对联早已纸老红残。目光越过门槛，就看见厅堂里摆着一副棺木，一大早见到这东西，柳原不禁激灵了一下，酒醒了许多。棺木旁一块门板架在凳子上，上面直挺挺地躺着一具尸体，身着缟素，面盖方巾，柳原想那必是昨天听说的死者了。有几个妇人在那里忙乎，间中还会干哭几声。停尸板下摆着一个火盆，烧着冥镪符箓，边上还点着几支香烛。因为是查某人又是恶死，当然进不了祠堂，只好放在丢空的老厝。

阿珍是死在自己眠床上的，她口吐白沫，脸色发黑，身体像一条空麻布袋耷拉在床沿，床脚歪倒着一只乐果农药瓶。她没有留下只言片语，因此根本不知道她死前想些什么？蛋头在问阿珍的老公四眼仔时，四眼仔支支吾吾，颠来倒去，说不出个子丑寅卯。

四眼仔说："今天中午快吃饭的时候，她要带儿子水生出去。我就说：'快吃饭了，别出去了。'但是她不听，还是要出去。我拽住水生说：'要去你自己去，莫带水生。'她也没驳嘴就自个儿出去了。过了一袋烟的工夫，她就转来了。叫她她也不应，直直往屋里走。没多久，就听到'嘭'的一声，玻璃瓶破裂的声音，我立马冲进去，就见她伏在床边，头垂下来，半瓶乐果喝下去了，哪里还有命呢？呜，呜……"

"想想看，这几天她有什么异常表现？"蛋头问。"没有呀，今天早上好好的，昨天也是好好的。"四眼仔说，"我没打她，也没骂她，我只是对她说，要去你自己去，就这么轻轻一句话，她就受不了，就不活了。呜，呜……"

阿珍的娘家就在崇武岛，阿珍的哥哥金贵闻讯赶来，一进门二话没说，就抓起一把椅子砸了饭桌，饭菜碗碟打得稀巴烂。金贵扑过去揪住四眼仔，要跟他搏命。蛋头死死抱住，硬把他拉开。金贵边哭边吼："四眼仔，你害死了阿珍，我跟你拼了！阿珍你死得冤啊，你是被人打死的！"

四眼仔哭丧着说："我这两天没打她，连指头都没有碰过她，我只是说要去你自己去，她就不活了。"

"你不要讲鸡巴话了！全村的人都知道你是打老婆冠军，你没打她，没骂她，她会去寻死？她难道把乐果当茶喝？"说着说着，金贵号啕大哭起来，"阿珍，是哥害了你，哥要替你申冤！"

金贵和四眼仔志诚是中学时代的同班同学。阿珍跟志诚搞对象就是金贵扯的线。中学的时候，金贵和志诚是死党。四眼仔志诚是打游戏机的顶尖高手。有一次，他在天天游戏机中心和嘎仔赌钱。嘎仔也是他们的同学，大名蔡耀华，嘎仔是他的花名，他长得圆咕隆咚像碌碡，呆头呆脑，门门功课都吃鸭蛋，唯独打架，称霸全校。打游戏机，嘎仔哪是四眼仔的对手，几个回合下来，已经输了100多元。四眼仔说："不玩了，我要回家，你输的钱我也不要你给了。"嘎仔哪里肯依，堵住门口说："愿赌服输，你不收钱就是刷我的面子，你要继续陪我玩，直到分出真正输赢。"站在旁边的金贵跳出来帮四眼仔说话："嘎仔，你趁早算了吧，你怎么赌都是输，再赌下去，只怕你这一身肉当猪肉秤全卖了也不够赔。"金贵的话像刀子扎着嘎仔，嘎仔听了火冒三丈，"咚"的一拳捶在金贵脸上，立马两行鼻血从金贵的鼻孔爬了出来，沿着下巴往下淌。接着"咚咚咚"，嘎仔一阵连环拳落在金贵的胸部，金贵仰面八叉地倒在地上。嘎仔又蹿上前狠狠地踹了金贵几脚，这才扬长而去。

四眼仔扶起金贵，他很感激金贵。金贵是为了他才挨打的。金贵伤得很重，他捂住胸口，腰都直不起来了，四眼仔架着他的一条胳膊离开了游戏机中心。他们不敢即刻回家，又没有钱去看跌打郎中。两个难兄难弟，流落街头。四眼仔搀着金贵一瘸一拐地矩进一条巷子。这时他们看到巷子里正好几个小孩在玩耍，四眼仔想这不是现成的童子尿工厂吗？他灵机一动，赶紧跑到附近的杂货店买了个大纸杯，又买了几支棒棒糖，这点钱都是打机赢来的。他把糖派给那几个孩子，拉着一个五六岁的男孩到围墙的旮旯头，对他说："你有没有尿尿？"男孩子眼珠圆碌碌盯住他手上的棒棒糖。四眼仔说："我把糖都给你，你把尿尿小在这杯子里好吗？"男孩点点头，叉开腿，掏出小鸡鸡，一面朝着纸杯射尿，一面舔着棒棒糖。"慢点，慢点，别小歪了。"四眼仔叮嘱着，蹲在地上接尿。然后小心翼翼捧着杯子，递给金贵。金贵闭着眼捏着鼻子，咕噜咕噜把童子尿一口气喝光了。金贵不知道童子尿有没有功效，不过喝下去后胸口真的没那么痛了，不管是不是心理作用，反正觉得舒坦许多，就像落水的人，抓住一根稻草也会觉得有救一样。金贵噙着泪水，望着志诚，眼里充满着感激。他和志诚从此结下了用鲜血凝成的友谊，牢不可破。

可是，现在彻底破了。阿珍的死，金贵认为自己有一半的责任。怎么说呢？当初阿珍跑到深圳去，她说是在一家外资公司打工，不管怎么说，逢年过节，阿珍从深圳带着大包小包衣服，一大堆洋玩意回来，好像过去南洋番客，衣锦还乡，羡煞旁人。后来，金贵硬是追到深圳把她拉回来，又把她介绍给四眼仔，想不到竟害她丢了性命。

## 四

天大亮的时候，柳原看到驶来一辆黑色的凯迪拉克，打横停在村口的道上，这就像一根门闩，把殿仔村给封了。接着又来了两部警车，都被搁在村口。警车一部是蓝色轿车，另一部是小面包车，车厢顶上都戴着闪光灯帽，摆出一副随时捉人的架势。

殿仔村的人，三五成群散在各个角落，表面看上去懒懒散散，晃晃悠悠，但仍然让人感受到山雨欲来的低气压，笼罩在村子的上空。

李所长和几名公安在警车旁抽烟，他们也都在耐心地等候一场大戏的上演。

8点多钟，不知谁喊了一声："来了！"人们的目光不约而同地朝村口望去，赫然瞥见武侠片的情景：一彪人马，有的腰系绖带，有的身着黑衣，领头的额上绑着白布条，身披麻布褂，手擎一根竹竿，上挑一幅白幡，写着四个大字：沉冤待雪。墨渖如泪，十分醒目。近年古装电视连续剧看多了，套到现实生活中来了。阿乐定睛一看，领头的不是金贵是谁？

他边上紧跟着的是嘎仔。阿乐和他们都是同学。让他惊奇的是，小时候的死对头竟然结盟，向小时候的死党寻仇来了。

李所长和公安没有阻拦金贵的队伍，静静地看着他们从身边走过。有人把凯迪拉克往边上挪了挪，打开村道。金贵的队伍浩浩荡荡地进了村。他们直奔灵堂，到了门口，金贵把沉冤待雪的白幡往土堆里一插，扑通一声，跪倒在地，磕了几个响头，喊道："阿珍，哥替你申冤来了。"有人嚷："把凶手揪出来！"嘎仔带头往前冲，蛋头趋前拦住，双方推搡，嘎仔的同伙趁机起哄："公安打人啦！公安包庇杀人凶手！"金贵的人马擅拳捋袖，嘈嘈嚷嚷，乱成一窝蜂。

"不要吵了！"李所长一声吼，炸了个半天雷，一米八几的块头像根椽子杵在门口，人群怔住了，声浪像退潮般落了下去。李所长缓了口气说："乡亲们，法医正在写检验报告，报告没出来，不许乱闹，谁闹抓谁！"李所长的话管用，金贵带来的那帮人你看我，我看你，面面相觑，不知如何是好。来时那股气像气球被戳破了，泄光了。金贵也懵了，不知所措，他拿眼睛盯住嘎仔。嘎仔觉得自己是今天闹场的主角，应当有所作为，不能呆得像木鸡，那太掉价了。于是他的眼珠滴溜溜转，寻找周围有没有可以拿来发泄壮威的道具。他看到祠堂门口，临时支了一个灶，一口大铁锅正烧着水，旁边案板上摆着猪肉、米面、青菜、油盐等，还有一罐石油气。嘎仔就跑过去，一把抡起石油气罐，砸向铁锅，顿时锅破灶倾，滚水四溅，人们惊叫着争相走避。殿仔村的人被激怒了，呼地围了上来。公安大声喝止，隔在中间，不许两拨人马靠近。殿仔人瞥见七婶站在屋檐下，纹丝不动，也都静了下来。

嘎仔见对方没动手，公安没碰他，不禁洋洋得意。他纵身跃上一堵矮墙，坐在墙头，两条腿悬空吊着，轻松地荡来荡去。他的几个马仔围在他身边。有人点了一支烟，送到他嘴里。嘎仔叼着，烟棍儿从这嘴角移到那嘴角，鼻孔里钻出两条白色的毛毛虫。看到他那副嚣张的嘴脸，阿乐的气不打一处来。换是过去，他早就跟嘎仔干上了。现在他不能跟街头混混逞强斗狠，自贬身份。阿乐故意晃到嘎仔面前。嘎仔一见阿乐，把嘴上的烟屁股摘下来，摁熄，蹿下墙头，哈着腰说："乐哥，几时回来的？"阿乐答非所问地说："回来看大戏。"嘎仔嘿嘿地咧着嘴笑。阿乐说："嘎仔，你瞎掺和什么呀？这也关你事？"嘎仔说："乐哥，话可不能这么说，俗话说，受人钱财，替人消灾。今天金贵是我老板，请我来就得替他办事，对不对？再说阿珍是被害死的，她不能白死，要为她申冤，这也是仗义的事。"阿乐没再说什么，走开了。他知道跟嘎仔这号人讲道理，完全是白费口水，对牛弹琴。

喔欧喔欧，这时金贵又跑来跪在灵堂门口，呼天抢地地哭喊着："阿珍，你死得冤啊！我不信，我不信你是自杀的，天啊！欧呵呵……"

阿乐跑过去问李所长验尸报告出来没有，李所长说："出来了，确定阿珍是自杀的。现在还不宜公布，不要火上浇油。"阿乐听了，噢了一声。他说不清这个结论是好是坏，他只觉得像阿珍这么漂亮的女人，就这么死了，很可惜。

村子里出了事，崇武岛去不成了。柳原被好奇心驱使，走到人群聚集的大坪上来。当他近距离看清跪在地上痛哭的金贵时，惊得目瞪口呆。他一下子认出，这人正是五年前从他身边把丽珍带走的汉子。他顿然意识到，那个躺在厅堂里，冰冷僵硬的、死去的女人，正是曾经跟他同居过半年的郃丽珍。血，呼地涌上来，柳原突然感到屋外原本明晃晃的太阳，变得冷下来，亮得发白，但不刺眼，阳光像水波一样淹上了他的心头，浸润了他的眼睛，他感到眼前的景物变得扑朔迷离，变得不很真实。柳原像是走进了一片沼泽地，不知怎么进来，也不知怎么出去。他听到人们杂七杂八的议论——

她嫁给四眼仔，八辈子倒霉！

四眼仔把她当石头敲，一天到晚打她，不把她当人。她真歹命，她是被打怕了才去死的。听说那女人是贱骨头，四眼仔打她，她还笑……

四眼仔嫌弃她。你四眼仔有什么资格嫌人家，他算什么东西，痨病鬼一个！

柳原万万没想到，他与郃丽珍竟是这样重逢，见到的竟是她的尸体。柳原虽然与阿珍只同居了半年，俗话说，一日夫妻百日恩，半年，就是一生一世了哩。

邰丽珍走的那一天，柳原刚从外地回来。在住处海逸花园门口，他看见丽珍被一个男人拉着上的士，立即追过去。丽珍朝他喊：“阿原别追，我跟哥哥回老家几天就回来。”可是丽珍一去不复返。柳原曾到丽珍留的老家地址江西赣州某地查访，到了那里才知道那地址是虚报的。邰丽珍显然对他有所隐瞒，不想让他知道她是何方人氏。柳原多方寻找不果，只好放弃。直到去年，柳原才结婚成了家，邰丽珍也逐渐淡出他的记忆。

## 五

邰丽珍回到老家不久就下嫁给四眼仔志诚。志诚中学毕业后就去当石匠学徒。他脑瓜子聪明，手也很灵巧，很快就闯出名堂，成了远近闻名的石雕工艺师。金贵把妹妹说给他，看上的就是这一点。可是，好景不长，志诚30岁那年，年纪轻轻却得了硅肺，身体垮了。加上外商在这里开工厂，引进了许多机器代替人手，比如切割、打磨、抛光都让机器干了，设计、放样也都交给电脑去做。四眼仔就失业了，他的师兄弟和徒子徒孙，也有不少丢下榔头凿子，另谋饭碗去了。

四眼仔靠村里卖地的收入津贴过活。整天喝酒，喝得醉茫茫，好像无魂没体的稻草人。阿珍经常骂他是废物，怨叹自己歹命。说是如果没有水生她早就走了，她是被水生绑在这里的。

喝了酒，四眼仔镜片后面的眼珠子就有了亮光，细瘦的胳膊胀满了力气。他就开始打阿珍、把阿珍当石块敲，拳头像锤子落在阿珍身上，打得阿珍嗷嗷叫。开初的时候，左邻右舍听到阿珍的叫声，还会跑去劝架，后来就没人理了。因为他们跑去看到的情景，让他们傻了眼，阿珍虽然痛得嗷嗷叫，有时被打得鼻青眼肿，嘴角流血，但她非但没有哭，而且还在笑，好像很享受拳头滋味似的。有人要上去制止四眼仔，阿珍却大声喝叱：“走开！这里没有你的事，不用你管，走，走！”阿珍好像是一个欠打的贱骨头，她好像希望四眼仔揍得再狠一些，不断用语言刺激四眼仔，跳着脚骂：“你这痨病鬼呀，死不去的呀，哎呀呀，使劲，使劲呀，哈哈哈……”

四眼仔不是一直这么窝囊，他曾经风光过。20世纪80年代中，志诚的一个石雕作品被选送到法国巴黎参展，结果捧回了一个金奖，轰动了整个县城。县里不但给他开了庆功会，给他戴了大红花，就连北京的报纸都登了他的“玉照”，志诚风光得不得了。志诚失业以后，除了喝酒打老婆，他对石雕艺术仍然心有不甘，经常兀自躲在海边石屋敲敲凿凿。有时夜里也不肯歇息。乡村的夜晚，万籁俱寂，四眼仔“丁丁”的琢石声，传遍全村，扰人清梦，经常遭人詈骂。但四眼仔没有理会，当作耳边风。他照旧躲在海边石屋，敲呀凿呀，雕刻了许多公仔和禽兽。他雕的东西从不让人看，更不肯拿出去卖。曾经有人出很高价钱要买他的作品，他说什么也不肯。

有天夜里，阿乐睡不着，披衣而起，踏着溶溶的月色，向海边石屋走去。到了石屋，他蹑手蹑脚走近窗口，跳在窗台往里望，看见四眼仔坐在矮矮的板凳上，身边摆着一盏煤气灯，就着微弱昏黄的灯光，四跟仔在专注地用砂纸打磨一件石雕作品。阿乐还看到四跟仔的周遭还摆了十几件大大小小已经完成的石雕作品，有观音菩萨、弥勒佛、达摩，还有飞禽走兽，在摇曳的灯光下，仿佛都在那里走动，在地上跑来跑去。阿乐看得直揉眼睛，啧啧称奇。但更怪异的事情发生了，四眼仔突然疯也似的举起铁锤，对着那些石雕狂挥猛砸，砰砰嘭嘭，一阵乱锤之下，石雕应声碎裂，石赚公仔头断骨折，尸横遍地。四眼仔抱着一件石雕残骸，颓然坐在地上，痛哭起来。他的哭声像狼嗥，像一只受伤的狼，兀立在悬崖上，对着残月哀号，悲切凄楚，如尖锥刺入阿乐的耳鼓，令他毛孔恫立。阿乐不忍再看下去，急急脚逃离石屋。

柳原避开人群，返回阿乐的家。他不想撞上金贵。大坪上又响起嘈吵声，金贵为争取谈判的筹码，又发动新一波的冲击。他冲进灵堂追打四眼仔，四眼仔逃出。金贵追四眼仔，李所长追金贵。李所长边跑边喊：“金贵你给我站住，不许打人！”四眼仔看到老村长阿钦伯，就跑去缩在他背后。七婶站出来，拦住金贵，说：“金贵，有话坐下来说，不要胡闹。”金贵嚷：“我跟他没什么好说的，我要跟他搏命。”七婶说：“金贵，你不要花岗石脑壳好不好？眼下天气这么热，尸身容易腐烂发臭，再闹下去，耽搁了后事，只怕阿珍就要生蛆了，这样你对得起阿珍吗？你的心安乐吗？”

金贵说：“七婶，老村长，阿珍死得冤屈，如果草草把后事办了，她会阴魂不散，投不了胎。”

七婶说：“那好，你说个数口吧。”

金贵说：“阿珍的葬礼要办得风光，我们娘家要设坛，请青阳山的道士给阿珍做三天三夜法事，超度阿珍的亡魂。”

老村长说：“葬礼，村里会协助办妥，你们娘家那边做法事要多少钱？”

金贵说：“至少二万。”

“狮子开大口！”突然一个中年人插把口进来，嘲讽道：“你想发死人财呀？”

那人话音刚落，就被嘎仔揪住衣领，像麻鹰抓小鸡一样把他拎起来，然后重重地摔在地上，几个马仔一拥而上，对那人一阵拳打脚踢。殿仔村人又一次集结，两拨人马拉开架势，剑拔弩张，一触即发。李所长带着几个公安，冲进人群，李所长亮出手铐，在空中哼鸣作响。蛋头和他的伙计举起电击棒，盯着人群。李所长喝道：“退，退，都给我往后退！谁也不许乱动，谁动手打人就锁谁！”殿仔村这边有人喊：“嘎仔打人，把他先抓起来！”

李所长说：“嘎仔，你必须给我老实点，你已经两次犯规触红线了。我再给你一次机会，如果你乱动，我肯定拉你去坐班房，听到没有？”

“听到了！”嘎仔大声答道。他的两个脚板咔嚓一碰，立正，敬礼，一本正经地说：“是，所长，我洗干净屁股，等着去坐你们的班房！”

李所长听了既好气又好笑。这些地方上的混混最叫公安头疼，他们整日游手好闲，到处惹是生非，大错不犯，小错不断，拿他们没办法。

太阳火辣辣的，晒得地面冒着袅袅的热气。几个公安穿着那套制服，早已汗流浃背，风纪扣松松垮垮，脱下大盖帽攥在手上当扇子扑。李所长最忙，他把两边的族长、亲属代表召集来，共同商讨善后。但是两拨子人拢不到一块，各据一边，李所长只好来回跑，传话、劝说、调解，满头大汗，水也顾不上喝。别看他五大三粗，却有一张婆婆嘴，耐烦、耐磨、唠唠叨叨。当派出所所长就得具备这种能耐，硬的时候，要能压得住阵脚，软的时候，要能和好稀泥。

但是今天的事挺棘手，李所长眉头蹙成一团，一直没展开过。原因是即使阿珍娘家那方的要求一降再降，男方仍然做不到。四眼仔近几年已经穷到家徒四壁，买棺木的钱还是向村委会借的。谈了半天，毫无寸进，真叫李所长挠头。

## 六

中午时分，阿乐到镇上冷冻仓库拉了一车冰块，用来把阿珍的尸体冰镇起来。卸完了冰块，他才想起柳原，匆匆往家里赶。回到家里，不见柳原的影子，却在房间桌子上发现留下一包东西，用报纸包着，上面压了一张字条，抬头写着：郃丽珍小姐千古。中间写着：帛金。落款署着：无名氏。无名氏？阿乐知道了柳原的用意。打开那包东西，看见里边齐齐整整地摆着三大叠百元钞票，总共3万元。阿乐立即致电柳原，秘书台回音说，机主已关机，请在“哔”一声后留言。阿乐留言道：大哥，请放心，我会照办。

阿乐把这包钱交给李所长。李所长看着落款写着：无名氏，他念叨着无名氏，忽然发问，会不会是你家的那个客人呢？阿乐说：“我问了，他说不是。他有事先走了。再说这钱是我进城买冰时，发现包里多出来的。”李所长说：“这就奇离古怪了。现在火烧屁股，先把急事办了，寻找无名氏的事以后再说吧。”李所长嘘了口气，说：“有了这笔天上掉下来的钱，阿珍的丧事可以办妥了，祈愿她早日安息吧。”李所长的眉头终于被这3万元烫平了。

三天后，阿珍出殡。

送葬的仪式，中西合璧。队伍的最前头是几个道士作前导，道长舞着桃木剑，步罡踏斗，嘴里念念有词。一路走还一路大撒溪纸，有铜钱，还有印着阴曹地府的港币和美金。道士后面是20多人组成的西洋乐队，沿途吹奏着哀乐，接着是灵车，灵车后面水生捧着阿珍遗照，水生后面并排走着四眼仔和金贵，再接下来是花圈幡帐的队伍，押尾是中乐队，唢呐“嘀嘀嗒嗒”地吹着。殡葬队伍缓缓行进，穿过镇上最繁华的大街。

镇上的人围观如堵，议论纷纷——死的是什么人？听说是个查某人。

查某人死得这么风光，真是有福气啊！听说她是做小姐发的财！那钱只怕不干净哩。莫嚼烂舌头，鬼会抓你。啐，啐，啐！

送殡的队伍远去了，嘭嘭喳喳，嘀嘀嗒嗒的声音还袅袅传来。拾荒的喜婆站在路边，望着远去的队伍，喃喃地说：福气，福气！

街道上留下一地纸钱，风跟纸钱捉迷藏，追得纸钱满地乱跑。

# 山中奇谭

这个故事是我40年前的一段经历。我曾在人前讲过不下百遍，但从来没有人肯相信。讲着讲着，到如今连我自己也怀疑它的真实性了。

40年前，闽西北一个无名的深山老林。时值隆冬。霜天。月夜。山顶上一座破败的山神庙。五个笋客蜷缩在破庙一隅，裹着被筒，簌簌战栗如筛糠。我和伙伴忍饥挨冻为的是天一亮就可以抢先进入庙后的竹林挖冬笋。那年头，正在“割资本主义尾巴”，冬笋上了宴席便名曰“玉兰片”，珍馔佳肴，名贵的很。只能偷挖，抓到会被批斗半死。

山神庙兀立山顶，建于哪朝哪代已无从稽考。背山面谷，庙前有矮矮的护墙围着，墙外一条山径迤逦横过，咫尺处是悬崖峭壁，下临百丈深壑。

是夜，朔风料峭，月色皎洁。山里的月亮大如篮箕。就挑在森森的凤尾竹梢，贼大贼冷贼亮，照得破庙的院子犹如明晃晃的琉璃世界，尖锐的空气如刀，地上的霜芽如锯，月光更像是镜片，仿佛一碰就会跌碎满地。落在地板上的松子枚枚可数，竹篁绿雾也缕缕可辨。

夜半三更我被冻醒了，瞥见神龛里蹶起一条腿，金鸡独立的山神爷，胡子只剩下半边的一小撮，另一半不知是被人拔了还是被虫噬了，那样子实在滑稽。

山神爷凸出的金鱼眼瞪着我，伸出的二根指头正戳向我，像在喝叱：“呔！偷笋贼，哪里逃？”我不禁打了个冷噤、缩进被窝，不敢再伸出头来。

俄顷，忽闻旁边一阵骚动，是邻铺的“小和尚”阿宝尿急，他弹出被窝，跳着脚，向楼下奔去。如此霜天冻地、呵气成冰的寒夜，小便简直是一种惩罚！我宁可憋出“肾积水”，也要一忍到底！

我想，小和尚放尿的时候，会不会是喷出一条冰柱子？正想着，忽听楼下腾起小和尚的呼叫："快起来呀！我拽住老虎尾巴了！大家快来帮手啊！"

小和尚扯破嗓子拼命喊，楼上的哥儿们一概懒理，他喊得越凶，大伙被头裹得越紧。"小和尚胆小，怕鬼，睬他是憨佬！""笨！喊搂住一个大姑娘还差不离。"讪笑声响成一片。吼！一声地动山摇的虎啸，令众人猝然坐起。接着听到轰隆隆如雷滚动的巨响，大伙掀掉被子光着脚冲到楼下，趴在矮墙上，凭借月光俯瞰谷底，但见干涸的山涧乱石上，横卧着一只黄皮斑纹虎，大伙惊得眼珠子差点掉出来。

小和尚嗫嚅地说："我正尿得舒服，忽然发现墙洞里伸进一条毛茸茸的东西，在我冒着热气的尿洼里啪啪地搅，我就死命拽住，喊你们不来，没力气了，一松手，它就摔死了！"

"哦！"大伙欢呼起来，山鸣谷应，抬起小和尚把他抛到半空，寂静的山林一片欢腾！想不到平时胆小如鼠的小和尚，居然赤手空拳"摔死"一只吊睛白额大虫，真是了不起，大伙竖起大拇指，夸他是"活武松"。小和尚听了腼腆得像个大姑娘，又嗫嗫嚅嚅地说："其实我好害怕哩！刚好碰上了、谁碰上了也都会那样做，也许是那只老虎倒霉，命中该绝！"

翌日凌晨，大伙下到谷底，砍了树杈，扎了副担架，笋也不挖了，雄赳赳气昂昂地抬着老虎下山，凯旋而归。

下了山，初时小和尚神气活现，俨然是一个大英雄。但是当人们听闻他打虎的过程，都哄笑如雷，说武松打虎用的是木棍，小和尚更厉害，用的是"肉棍"。小和尚当场变得灰头土脸。肉棍打虎，风传山城，成为山城居民茶金饭后的谈资。小和尚走在街上，总有人指指点点，嗤嗤窃笑，更加离谱的是，说他的肉棍能缩能伸，小如指粗如杵；会变软变硬，软如泥硬如钢。害得全城的大姑娘老远看见他都避之唯恐不及。小和尚因此打了一辈子光棍。

40年后，我从海外返乡，街上偶遇小和尚，他虽然满头白发背脊佝偻，我仍一眼把他认出来，盛情邀他上酒楼叙旧。几杯酒落肚，我提起当年打虎的山中传奇，和他勇敢的壮举，我没说完，他陡然起身，愤愤地说："没这回事！"咚咚咚地下楼走了，撇下我，像他忘记带走的一只布袋扔在酒楼上。

# 乌石寨纪事

## 一

乌石寨是湘西的一个小镇，距县城30多公里，隔日有班车往返，进寨上山三十八盘，下山三十八盘，坡陡弯急，悬崖峭壁，直盘得你头昏眼花，心肝都提到嗓眼上了。因此乌石寨与外头几乎隔绝，这里常有一些怪事发生。

这天，镇上老街的云窝茶居里，几个老茶客不安地谈论着一桩怪事。

花白胡子说："听说前些日子，赶尸的巫嘎走脱了一具女尸！"

大卵葩阿茂说："都什么年代了，还有赶尸这回事？"哨牙苏说："你不要说没有噢，我是相信有鬼，也有灵魂。"

矮冬瓜说："宁可信其有不可信其无。但这女尸跟咱们乌石寨有什么关系？"

外号"百事通"的霍老大说道："怎么没关系？关系大着哩！这具女尸名叫裘莺莺，是100多年前，清末民初的时候，咱们乌石寨的首富裘家的千金。裘家把她许配给郴州府的阮家，花轿抬进阮府那天，裘莺莺发现阮少爷是个鸦片鬼、药罐子，她拼死不肯拜堂，头戴山茶花跑到街上唱歌跳舞，后来悬梁自尽了。"

讲到这里霍老大故意停顿了一下，茶客无不伸长脖子巴望他往下说。霍老大却不急，擎起茶盅，店掌柜连忙提了铜壶替他续水，霍老大呷了一口热茶，才说："前不久征地迁坟，阮家后人打开棺木一看，吓坏了，你说他们看到啥子？"

"看到啥子？"众人紧张地问。

“看到袭莺莺头上的山茶花还是活的！”

“这我就不信别啰，谁会把山茶花给她带进棺材？而且还是活的，100多年啊，鬼才信！”矮冬瓜表示怀疑。

“你不信？你不信的事多着哩！阮家人还把这百年不死的山茶花拿到拍卖行去拍卖，捞了好几百万。”

啧啧，听众羡慕得直咂舌头。

霍老大续说，阮家后人发了一笔横财，又见袭莺莺尸身不腐，变成木乃伊，生了后怕，这袭莺莺冤魂不散哩，虽经百年仍不瞑目，于是暗中请了巫嘎赶尸，把她送回乌石寨。听说是只猛鬼，天师符都降她不住，被她逃脱了。

哨牙苏说：“那么女尸回乌石寨是祸是福呢？”霍老大说：“难说，百年女鬼要找替身，可以附在女的身上，也可以附在男的身上。”

矮冬瓜说：“哎呀，那真的怕怕，晚上不敢出来啰！”霍老大说：“反正乌石寨有事情发生了，等着瞧吧。”

## 二

怪事真的发生了，小月民宿如花似玉的沈小月突然发了花癫。沈小月芳龄廿三，高中毕业，不单只人长得水灵灵的，而且精明能干，把个家庭旅馆打理得井井有条。如今好端端的突然癫了，镇上的人无不感到诡秘、惶惑。

这天正好是节令人日，镇上许多人看到小月发癫的情形。

咬春啰，咬春啰！小月头上簪着山茶花，手里舞着一枝腊梅，奔跑在田野上。她穿着橙色的风雪褛，跑过白芒茫的芦荡，像一星火苗跳跃在白浪里。

“阿月，阿月，回来！”小月的后面紧跟着瘸子老爹。雨后的村道滑得像泥鳅，瘸子老爹早已摔成泥猴子。

村口的屋檐下，几个老姑婆在看热闹，嚼舌头。

小月发癫了！听说金水要回来了。金水不是在外边蹲大牢吗？

你这人懵沉沉，人家早就放出来，发达啰，做大老板了。

瘸子老爹已经收了彩礼，满满一牛车哩！

这时，百事通霍老大路过，听到一些耳边风，加了一把嘴进来："你们都耳背，这门亲事吹了！"

"几时的事？"

"我刚从金水家来，他妈亲口说的。怎么说吹就吹呢？花癫婆，谁要？你儿子要？"呕！呸！老姑婆们啐着口水，散了。

瘸子老爹终于在桥头追上了小月，小月也不再闹，安安静静地跟着爹回家了。

霍老大远远瞥见小月头簪山茶花，心里一震，蓦然想起了什么，急步朝云窝茶居走去。

不久，镇上就风传僵尸裘莺莺附在沈小月的身上了，沈小月是裘莺莺的化身。

薄暮时分，突然下起雪，这是今年第一场雪。纷纷扬扬，漫天幕地，乌石寨的路上、田塍、树木、屋顶仿佛都一下子苍老了，霎时白了头。韩林紧了紧衣领，抬头看不远处一幢小阁楼，透出橘黄的灯光，他的心倏地一下子温暖了。再定睛一看，门外挂着"小月民宿"的招牌，韩林喜出望外，加快脚步向前走去。

街道上没有人，但是韩林确切地感受到，老街两旁住户窗子后面似乎都有一双眼睛盯着他。韩林觉得这个镇上的人怪怪的。

掀开挡风的门帘，韩林一脚跨进去，抖了抖身上的雪花，呵着手。他见厅里生着火塘，就坐下烤火。他看见偏厅有一对父女在吃晚饭，就耸耸鼻子说："啊好香哦！"瘸子老爹一跛一跛地走过来，满脸堆笑："老板住店呵。"韩林点点头："喔，好冷，有什么可以祭祭我的五脏庙么？""有有。"瘸子老爹说，"马上给你弄几碟小菜，下一碗面条，好吗？"韩林说："跑了一天的路，肚皮都贴到脊梁骨上了，来点现成的吧。"老爹说："这样呵……如果不嫌弃，我们就一起吃吧。"韩林朝饭桌瞄了瞄，老爹说："那是我女儿小月……"说着声音有些哽咽，韩林瞥见他眼眶里闪着泪光，不便多问，转了话茬说："那就不客气啰。"说罢大大咧咧坐上桌去。

## 三

“不好意思，我真有口福！”韩林嬉皮笑脸地自赞。

小月白了韩林一眼，低下头去，默不作声。老爹温了一壶自酿的沉缸红，端上桌来。韩林高兴得直搓手，斟了一盅干了：“哈，好酒！”摇头晃脑吟道，“绿蚁新醅酒，红泥小火炉。晚来天欲雪，能饮一杯无。只要把欲字改成大字，就是今夜的情景了。太好了，老爹来，干、干！”

老爹听不懂他念的诗，说：“今天要咬春吃春卷，保一年平安！”

韩林撮了一条春卷，咬了一口，嚼着。竖起大拇指夸道：“哇！长这么大没吃过这么好吃的东西！老爹好手艺！”

老爹朝小月努了努嘴。

“哦，是小姐做的啊！能做这么好的菜，这么好的春卷，那双手一定很巧、很美哦！”

“谁是小姐？你才小姐哩！”小月站起来要走。老爹马上安抚女儿，客人开个玩笑，莫当真。“哎呀，原来还是个美女，生气的样子很Q噢！”“你别骂人，讨厌！”小月站起来走了。“我没骂人呵？”韩林表示不解。“你说她很Q，她生气了。”“很Q的意思是小可爱呀。”

“Q，这里土话是骚货哩。你们城里话跟我们不一样。”“哈哈，原来如此，我明天向她道歉。”吃完饭，韩林上二楼客房休息。

第二天一早，雪霁放晴。韩林就到镇口架起相机，他要抢拍古桥晨曦。这座风雨桥建于明万历年间，古朴坚实，工艺精美。横跨碧水，如玉笛如宝瓶，沐浴在晨曦中，更散发出静穆悠远的历史光辉。韩林猛按快门，一口气拍了十几个镜头。正拍得起劲，突然见一个人闯进镜面。他抬头一看，原来是小月，她踏雪归来，头簪山茶花，身穿绿纹棉袄，宛如一株圣诞树，配上古桥，美不胜收！

哎呀太美了，山茶花，茶花女！美极了！韩林赞叹不已。

韩林见小月就要走过桥去，急忙喊：“哎哎，别动！”小月不理，继续往前走。韩林跑过去拦住小月说：“你做做我的模特儿，站在这儿别动，让我拍几张照片好吗？”

“我不！”小月扭身绕过韩林往前走。情急之下，韩林伸手去扯她，小月挣不脱，在韩林腕上狠狠咬了一口！

“哎哟！”韩林疼得松了手，他想不到小月真的敢咬，腕上留下上下两排浅红齿印，小月趁机跑了。

无巧不成书，小月咬韩林的时候，偏被百事通霍老大撞见，这下霍老大更确信小月是僵尸，那个外来的男子被咬后也变成僵尸。霍老大年轻时到长沙、上海求学，见过世面，读过洋书，知道吸血僵尸尼古拉伯爵的故事，他想鬼就是鬼，中外一样。现在乌石寨有两个吸血僵尸，一变二，二变四，很快吸血僵尸就会成倍增长，太可怕了！他觉得不能坐以待毙，要有所行动。匆匆去找云窝茶居的掌柜合计去了。

## 四

韩林并没有留意到霍老大，他望着小月的背影心里嘀咕道，真是个刁蛮公主，我偏喜欢这种有个性的女孩噢！韩林守在桥畔，等候夕阳西下，捕捉古桥夕照景致，拍竣，才拾掇好器材满意而归。这次到乌石寨拍摄古桥外景，是应香港一家画报社特约，因此他特别用心。现在终于大功告成，望着古桥不禁产生依恋之情。

回到民宿，韩林一跨进门就看见瘸子老爹在一旁抹泪，他关切地问：“出了什么事？”老爹摆摆手不答。韩林再问，瘸子老爹忍不住哭出声来，啜泣着说：“小月的婚事黄了，男家退婚了！”

老爹你别哭，韩林安慰道：“小月这么好的姑娘，他不要是他的损失！”

老爹哭得更凶了。

韩林说：“小月这么漂亮，这么聪明能干，还怕没人要？我如果能娶小月为妻，这辈子也就死而无憾了！”

“韩同志，此话当真？”瘸子老爹突然扬起头问道。“绝无戏言。”韩林说。

“听说今早她咬了你？”

“是呵，”韩林绾起袖筒露出两排齿痕说，“哪，这是我们定情的印证！哈哈。”

老爹破涕为笑，朝里屋喊：“小月，你出来跟韩同志说说话嘛。”

小月从玄关屏风转出来，指着韩林骂道：“你这个流氓，没说一句正经话！我就是嫁鸡嫁狗也不嫁给你！”说罢气呼呼地往外走。走到门口，她突然惊恐地向后退回来。

忽然，韩林听到门外传来嘈杂的喊声：“抓住她！抓住她！花癫婆！”他跑到门口一看，只见小月被人拽住，她呼叫：“放开我！放开我！”一面拼命挣扎。韩林见状，大喝一声：“你们干什么！”一个箭步蹿上前，扯下抓人的手，把小月拉回，搡进屋里。他张开双臂，一夫当关，挡在门口，怒喝：“大白天胡乱抓人，你们还有王法吗？”

门外聚集有三四十个老头子老太婆，口齿含混地嚷：“她是花癫，她是女鬼，复活僵尸！”领头的是霍老大。韩林知道跟他们无理可讲，他不再作声，只是挺身护着门口。突然人群中冲出矮冬瓜，手里端着一盆狗血，朝韩林兜头泼过来！直泼得韩林浑身鲜血淋漓。这时，突然有人喊公安来啰！闹事的人一哄而散，跑了！公安查问了韩林，韩林却一问三不知，公安说他们会调查，看看没人受伤，也没损坏东西，拉队撤了。

晚上，瘸子老爹备了酒菜向韩林表示谢意，他说：“韩同志，你的大恩大德我这辈子忘不了！”韩林说：“老爹你言重了，这算什么大恩大德？不就是替你们挡了一盆污水罢了，但是，我希望有的人不要门缝里看人，把人看扁了！”停了一下，韩林说：“老爹明天我就要走了。我在县文化馆工作，搞摄影的。你如果有进城记得来探我噢！”

瘸子老爹说：“一定一定！”

## 五

隔了一个月，瘸子老爹真的来文化馆找韩林，他带了山里的野味有冬笋、腊肉、蕨菜等，还带来了小月。正好午饭时间，韩林把父女俩领到附近一家酒楼，开了一个包间，连声说道：“见到你们真高兴！”点了套餐，就闲侃开来，问了围店那件事，公安调查结果如何？老爹说没点声息。韩林说，早就估到会不了了之。一会，菜上齐了，韩林端了酒杯说，头杯酒我欢迎你们，说罢干了。又斟了一杯说，这第二杯酒是罚酒，向小月姑娘赔礼道歉，说罢正要喝下，瘸子老爹一跃而起捉住酒杯说：“这酒不能喝不能喝！是小月对不起你，要喝让小月喝！”

韩林说：“老爹，我回来后不断反省自己，我感到在山上的时候，自己对小月确实很不礼貌，很不尊重，很放肆，小月说得对，我像个流氓！”

小月窘得满面通红，低声说：“韩大哥，你走后我也想了很多，你说的对，我确实门缝里看人，我错了，请你原谅。”

韩林说：“哎哎，小月，你没错呵，请你接受我的歉意！”

老爹说：“韩同志，你不要再念叨道歉的话了，你现在对小月还……”话说一半，嗫嚅难言。

“爹……”小月喊了声，脸颊绯红。韩林说：“老爹有话不妨直说。”

老爹道：“你在山上说，你愿娶小月为妻……”噢，噢！不等老爹说完，韩林连声道：“对不起，真的非常对不起！你看我是多么的轻浮，多么的妄为呵！”说着站起来向小月深深鞠躬。

韩林还没抬起头，小月已经捂着脸奔出包厢。“小月，小月！”瘸子老爹在后头喊着，跌跌撞撞地追出去。包厢里，撇下一脸愕然的韩林。

上次，在山上是小月转过头去，这次在山下是韩林转过头去，缘分这东西，一转头就错过了！

传闻随着神棍巫嘎盗墓被抓，渐渐被人淡忘，但花癫的花名一直跟随着小月，好像钉子一样钉在小月身上。年终，一个寒冷的雪夜，小月从古桥上跳下去，溺水自尽了。

小月死后三天，韩林收到一封信，信封里没有一个字，也没有寄信人，只有一朵压扁的山茶花！

·第二辑·

# 散文

## 山河驰笔

心中猛虎，细嗅蔷薇。

每一次心灵之旅，都令我赞叹与沉思，让我陶醉与歌哭。

——题记

# 承天寺的明月

一眨眼我旅居硅谷已近10年了。硅谷位于太平洋东岸的圣弗朗西斯科（旧金山）东南50公里处。今夜正值岁晚，一轮明月在天，清辉遍洒环宇。我站在硅谷桑尼维尔市寓所的窗台，眺望夜空，在李白的举头与低头之间缱绻着乡愁。想这异国之月也同是那枚十万八千里之外故国之月，今时之月亦是二千年前秦时之月。想到自己羁旅异国，“一年将尽夜，万里未归人”，不禁暗自潸然。

蓦然想起第一次离家远行，第一次体味人在异乡的滋味，是在15岁那年。时近中秋，厦门的表哥阿培带我到鲤城泉州游玩。是夜，阿培表哥去会女友，把我一个人撂在承天巷的一家小客栈。无意中推窗外望，见一轮冰魂雪魄航于天际，宛若一只玉盘，月色如水，慢慢漫上来，凉沁心肺。突然发觉自己独在异乡，漂泊孤寂的滋味涌上心头，月光顿时浸润了我的双眸，我眼中升起了一层雾。从那时起，我认识了乡愁，承天寺的月让我看到乡愁是被月光晶亮的丝线牵来的，乡愁的酒是以月光作酵母酿造而成。

第二天我们游览承天寺。出了客栈拐个弯便见庙门。门楣上悬挂一块木匾，上书“月台”二字，字是颜体，不事雕琢，系濡墨直书在紫檀木上再涂上桐油，油漆已剥落，显得斑驳古旧，有点寒碜。往里走，记得见过一处叫月台别院的，当年草草浏览，印象只是月朦胧鸟朦胧。在记忆的心版上，承天寺与月是紧紧连在一起了，夜店望月，门匾见月，别院又称月台，处处逢月，寺与月可谓缘深。及至后来读到弘一法师传略，方知大师晚年在此别院中度过14年之久，临终写下“悲欣交集”绝笔总此一生。还留下偈语“华枝春满，天心月圆”，如此春满月圆，喜乐光明，动人心魄。

我以为承天寺的月有两枚，一是天上的月，那是银河系的星球；一是心中的月，那便是弘一法师。

去年初夏，我自旅居地美国加州返国一行。沐着纤润如酥的小雨去寻访弘一法师，去仰望心中明月。

五月的泉州，在风里，在雨里，也在火里。

满城的刺桐花，像爆竹一夜之间哔哔叭叭炸响，佛焰苞状红萼火一般燃遍全城。南宋泉州郡守王十朋也被吓到，惊曰“初见枝头万绿浓，忽惊火伞欲烧空。”不远处，后渚港汩汩的涛声隐隐传来。泉州一半是火焰，一半是海水。

参谒承天寺，一堵红色的院墙，隔着两个世界，墙外市声沸沸，墙内桐叶萧萧。我像一尾热带鱼在巷道的溪涧里游进承天寺。

沿着曲仄的幽径踏寻。寺内几株百岁老榕，长髯飘拂，绿荫匝地，泼给香客一瓢清凉。拐进侧门，瞥见一栋小屋，新砌的水泥门框，粗大而笨拙，令玲珑雅致的小屋，像穿了一件肥大臃肿的衣服。门楣的匾额洋灰垩底上镌刻阴文“月台别院”四字，那靛蓝色楷书字清秀到弱不禁风，让人忍不住想伸手去扶她一把。字的颜色髹的那种蓝是“民国蓝”。记忆中是小时候在乡公所看到的，入口处屏风上髹的正是这种蓝，上面嵌着号称“青天白日”的国民党徽号。后来这种蓝很少见了，乍然复见有点古早的感觉，年代似乎很久远了。

进门，几盆红的紫的花寂寞无主地开着，法师若在应正泡着南安的石亭绿吧。

踏入厅堂，瞥见法师的蜡像正襟危坐在桌旁，搦管写帖。一身百衲布衣，面容清癯，蓄着短须，意态怡然。院内很静，静到仿佛可以听见笔毫在宣纸上游走，如蚕噬桑叶般沙沙的声响，不忍打扰大师，我们悄然退出。

一个人灿烂的时候灿烂到天上，平淡的时候平淡到泥土里去，真不知道如何能做到。与昨日之我诀别如此彻底，与世俗情爱斩缆如此决绝，古今有几人？前半生，他如一蓬烟花“嘭”的一声炸响，绚丽于20世纪初的中国天空。后半生遁入空门归于平淡，如一草芥飘落幽谷消失于红尘浊世。作为“二十文章惊海内”的天才，前半生做李叔同，他集诗词、书画、篆刻、音乐、戏剧、金石等多种天赋于一身。他的学生丰子恺说“文艺的园地，差不多被他走遍了。”而且他做什么像什么，做什么都做到极致。青少年时做公子哥儿，风流倜傥、风度翩翩，做成了“民国四少”，中年后出家当和尚，当成了南律宗师、大德高僧。他常开风气之先，创了好几个“中国第一”：他是中国话剧第一人、中国现代音乐第一人、中国现代绘画艺术第一人，他的高足丰子恺、潘天寿、刘质平、吴梦非均为一代著名的画家、音乐家……正是这样一个头上戴满光环的人，一日突然从家中甩门而出，径直走进杭州灵隐寺遁入空门，任凭亲朋戚友泣求苦劝，千呼万唤也不回头一顾。以前种种譬如昨日死，今后种种譬如今日生，从此布衣芒鞋、青灯黄卷了度一生。剃度之后，与他有过刻骨爱恋的日籍夫人雪子，携幼子千里迢迢赶到灵隐寺欲求一见，他“铁石”心肠，竟连庙门也不让进，雪子跪在紧闭的庙门外，啜泣诘问：“慈悲对世人，为何独伤我？”庙门无语，雪子空嗟！

这就是弘一法师，他一生都在写着一个“别”字，与妻小知交别、与名利奢华别、与昨日之我别、与红尘浊世别……从《送别》写起，一直写到临终绝笔“悲欣交集”，无不着墨“别”字。“天之涯，地之角，知交半零落；一觚浊酒尽余欢，今宵别梦寒。”但临终的一滴泪水仍映照出他心底深藏的奥秘：有悲有欣。按说既入佛门，四大皆空，对世事人心已是也无风雨也无晴，何来悲欣？既言悲欣，那么他的悲是什么欣又是什么呢？不少学者、法师认为，大师的“悲”是悲悯众生的苦恼，“欣”是欣幸自身得到解脱。亦即悲是悲他人，喜是喜自己。此说我大不以为然，若准此说，则大师私心未免太重且有倨傲之嫌。我以为临终时大师的悲与欣都只关乎自己。妙莲法师说大师常告诫他“应看一切人皆是菩萨，唯我自己是凡夫。”职是之故，没理由临终时他突然颠覆自己的观点，把自己当成菩萨而把别人都视为凡夫，不反躬自省倒觉得世人可悲可悯。倘若结合他弥留之际写的偈语“华枝春满，天心月圆”，就更清楚见到大师为此生证道成佛，光明圆满而欣喜，与此同时交集着今是昨非的忏悔，内心为昨日之我曾误入歧途，以致人生留下缺憾而感到隐隐的悲楚。也许这才是大师“悲欣交集”的真谛吧。

月台别院十分幽静，真是个“别有息心处，庭花相对眠”的所在，天井里青苔侵阶，花开无主。这里曾是大师“赠字处”，每逢赠字日，小院热闹异常，索字民众大排长龙，领了大师墨宝欢天喜地地走了。这些草民真是有福了。大师的字当时已誉满书坛，鲁迅赞曰“朴拙圆满，浑若天成”，他与郭沫若曾托人向大师“乞”字，名流富商皆以得到大师的墨宝为无上荣耀。

弘一的字让人一见心情就顿然安静下来。它有孩童的拙稚质朴，又有老者的沉稳恬静，散发一种“冲和”之美。它不像夏日那样热力四射、炫耀张扬，而如暮春一抹淡淡晚霞意态静默，举之可见，求之已遥。它不是黄钟大吕般洪亮雄浑，而是一支月夜洞箫如诉如慕，不绝于缕。弘一书法功力深厚，上至秦砖汉瓦、钟鼎铭文，下及魏晋六朝、唐宋碑版，无不涉猎，临摹研习夙夜匪懈，搦管不辍，以至退笔如山，磨墨似池。皈依佛门之后，渐渐走出碑版的窠臼，书风为之丕变，磨棱角为圆融，变险峻于平正。随佛教修养日深，笔墨愈见自在与适意，处处透露悟道的专注与虔诚。创出独树一帜的“弘体”，卓立书坛。

但在月台别院，弘一法师却无偿赠字，来者不拒，如派传单。弘一是以字结缘，但“非佛书不书”。他以书写对联、条幅、中堂等弘扬佛教。与他过从甚密的叶青眼居士感叹：“州人多来求字，少来求法，不无可惜。”弘一大师却说“余字即是法”。抗战期间，弘一法师为勉励佛教徒发扬爱国爱教的精神，曾于月台别院书写：“念佛不忘救国，救国必须念佛”。开元寺德升法师说，弘一大师以自己的方式为泉州留下了独特的印记。曩昔闽南僧人比较有文艺气息，喜吟诗作对，舞文弄墨，乃得益于弘一法师。你如果多走几座鲤城寺庙，便会发现很多寺庙的对联都是弘一题写的。特别是泉州晋江乡下的小庙，泰半都有大师的遗墨，可谓墨泽广被，蓬荜生辉。

人们苦苦追问李叔同为何看破红尘遁入空门？我则念念于弘一法师为何选定鲤城作为他住锡与圆寂之地？也许他首先喜欢的是这里浓郁的宗

教氛围吧。南宋王象之著《舆地纪胜》云“泉之为郡，风俗淳厚，其人乐善，素号佛国。”开元寺悬挂着朱熹手撰的一副对联：“此地古称佛国，满街都是圣人”，满街圣人乃夸张之词，但当年鲤城街头确实随处可见身披袈裟的僧侣，穿着海青的比丘尼，身着祭服颈挂十字架的神父，头缠戴斯达尔的阿訇，还有身穿长袍头挽发髻的道士……泉州是多种宗教聚集之地，鼎盛期有佛教、道教、景教、印度教、摩尼教、基督教、天主教和拜物教等，号称世界宗教博物馆，史上大小寺庙逾千，现尚存300余座。马可波罗在他游记中推崇泉州港与埃及亚历山大港齐名。她是郑和下西洋始发港，海上丝绸之路的起点，中西文化荟萃之地。

鲤城淳朴民风想必也为大师所喜。穿过承天寺畔的中山路遮天蔽日的绿荫和长长的骑楼，用心做导航去寻找被海风薰醉的闽南。走过泮宫，走过文庙，洙泗桥，接着是夫子泉、明伦堂、大成殿，每一个名字都是遥远的怀想，都是千年古城的文脉传承。至今那些赶赴考场的学子，仍会舀一瓢文庙前的夫子泉饮下，乞求先圣赐以慧心灵性。在大成殿孔子像前上炷香磕过头，站起来就成了男子汉带着神的庇佑从文庙出发奔向前程。入夜，古榕树下聚着一班南音“弦友”，他们手持琵琶洞箫、二弦响板这些祖传乐器，咿咿呀呀弹唱演奏。弦友们全情投入，如痴如醉，曼声清歌，古音悠扬。来往行人像水一样在此打个涡旋又流向前去，有的当他们透明而熟视无睹，有的偶尔驻足听上几分钟。弦友似乎并不在乎这一切，即使一个听众也没有，只剩下街灯对着他们，他们也照唱不误，每每唱到月落星稀，尽兴方歇。千万别小觑这南音，它是音乐的活化石，中原失传千年的唐朝宫商角徵羽，却在闽南乡野原汁原味地克隆复活……

礼佛崇文的泉州，海上丝路的泉州，南音古韵的泉州，海滨邹鲁的泉州……正是这样一个斑斓多彩而又写意闲适的泉州，让弘一法师实现了“天心月圆”的梦想。

天心月圆是弘一勾画的人生完美的结局。风一程，雨一程，风雨兼程走完人生路时，抬头望见月在中天，光华万丈，心中满溢欣喜温暖。然则人生不如意十有八九，何来圆满？圆满是因人因事因时而异。譬如于我而言，漂泊大半生，现在年近古稀，叶落归根即是我的“天心月圆”，圆满人生。乡愁不仅是一种地域概念，更是记忆、亲情与文化的灵根所栖。于我，疗治乡愁的灵丹妙药就是叶落归根。子女已成家立业，我这半路出家的“金山伯”，也该是踏上归途的时候了。

这次重游泉州，更燃亮了我叶落归根的热望。我特地去寻找几十年前下榻过的那家客栈。但经旧城改造，此地已旧貌换新颜。道路已经扩阔，高楼拔地而起，小店踪影已无处寻觅。我在承天寺附近的鲤城大酒店住下。夜晚独自出去溜达，新月团圞，月光皎洁，承天寺安详如梦，咫尺之外车水马龙，霓虹幻彩。正感叹世事沧桑，别梦依稀，却闻琵琶声袅袅飘来。循声寻去，见一老宅门外，三五弦友正在弹唱南音。唱腔虽然有些沙哑，做手关目依然一丝不苟、有板有眼。敞开的宅门，流淌出橘黄温暖的灯光，我忽然想起“天心月圆”，心头一热，泪就下来了。

那晚我站成了一盏街灯……

（本文获“世界华文文学散文大赛”一等奖）

# 走马宁夏

飞机降落在银川机场。我走出机舱，走到舷梯第三级台阶时，停下脚步，抬头望了一眼横在远处的贺兰山和山顶叆叇的冻云，高原的风像一盆冰水泼了我满脸。这是十月的银川，一股苍凉袭上心头。我预感未来的几天里，我的心将泅泳过一片粗粝的沙海。

深圳的老友李老板在银川搞房地产，邀我到宁夏一游，我立马飞了过去。笑容可掬的李老板等在门口，上了他的凯迪拉克，他说："最近忙得不可开交，非常对不起，只好让我的司机古斯塔陪你到处转转。"我说："好！你忙去吧。"

于是我像一件快递邮包，被转到了陌生的、长了络腮胡子的古斯塔手上。少了李老板这个细心周到的"保姆"，旅程就变成汪曾祺的散文，信马由缰，任凭兴之所至、自由挥洒了，省略了许多礼数上的枝节。

到宁夏，我以为就是寻找一种旷世的苍凉，一种生命感悟的自省；就是经历一次心灵的洗礼，一次天地本真的回归。

张贤亮曾指着他的西部影视城说："宁夏有什么，宁夏不就是有荒凉么，我这叫出卖荒凉。游客来这里带走的是脚下的泥土，留下的是口袋里的钱。"听听这苦涩的玩笑似的幽默，宁夏被他赤裸裸地还原成荒凉与泥土。然而唯其"荒凉"，唯其"泥土"，才保留了原生态的纯美与泥土的芬芳。这在污染遍地、拥挤浮躁的今天，宁夏不啻是一方令人向往的禅意净土。

翌日醒来，推窗外望，我深深吸了口气，带着花香的空气沁入心脾，心里发出感叹，啊天真蓝！很久很久没见过这么蓝的天了。我的旅程是从张贤亮的西部影视城开始的。

踏入影视城，你脚踩的是沙地黄土，眼见的是残旧苍凉，心底却袅袅地升起一股雄浑悲壮感。游客且行且看，游目四骋，尽览刀光剑影侠客飞来飞去的龙门客栈，唢呐嘹亮花轿摇荡的红高粱月亮门，光怪陆离神魔斗法的大话西游奇景，宫廷饮宴西域轻歌曼舞的古城堡，还有文革大院、长坂坡街道、老银川一条街……城内一路有织布、擀毡、打铁、刺绣、耍猴、斗鸡各种非物质文化民俗表演。让你看得眼花缭乱，感受一种原始美、朴素美。这里已拍摄百余部影视作品，大小场景300多处，分布在明、清两座城堡。当初张贤亮倾囊投入78万元起家，谁会料到，这样一个蜷缩在西北荒漠中残破不堪的羊圈，竟发展成今天上亿元的产业。目睹眼前的一切，你能不叹服张贤亮独到的眼光和超前的意识吗？能不钦佩他创基立业的雄心和魄力吗？

我与张贤亮曾有一面之缘，记得是2009年吧，张贤亮到香港参加一个文学研讨会。我在一个晚宴上遇见他。他一派儒雅之风，而又幽默爽朗。他是个老烟枪，平时吞云吐雾，当自己是菩萨一样供着，烟火不断。但香港酒楼禁烟，这使他感到很不自在，他只好抓一支没点着的烟棒，在指间搓来搓去过干瘾。那动作颇为怪趣，却更见他的率真和不羁。记得那晚他说的一句话：“所谓风格，就是作家的精神伤痕。”是的，只有走过苦难的人，才能“弹扣即响金石声”。他是记者宠儿，总被团团围住。好不容易我瞅了个空档，邀他合影，他欣然应允。一手搭着我的肩膀摆了个老友记的“甫士”，咔嚓一声，定格在我的相册中。

张贤亮是一只不死的沙狐。他19岁就被投入监狱，在贺兰山下的劳改农场辗转22年，重获自由后，本可远走高飞，永远离开这块伤心地。却不料他选择留下来，还泚笔写下“安心福地”四个大字，挂在他的小土坯房。“此心安处是吾乡”，祖籍江苏盱眙的张贤亮彻头彻尾地把自己视为宁夏人了，这块土地带给他太多的苦难，也成就了他一生的传奇。张贤亮直到走完生命最后一刻，也没离开过宁夏这块热土。他去世后埋葬在西部影视城，永远融入大漠的苍凉与雄浑！

我印象中的宁夏，总走不出荒寒凄苦的边塞诗词。王之涣的《凉州词》写道："黄河远上白云间，一片孤城万仞山。羌笛何须怨杨柳，春风不度玉门关。"直砭人心，令人对塞外裹足却步。而收入《嘉靖宁夏新志》里、清代张舜民一首七绝吟道："白骨似沙沙似雪，将军休上望乡台。"更是令人不寒而栗。车子开出影视城时，古斯塔突然问我以前是否到过宁夏，我摇头答道："没有，这是头一回。我对宁夏的认识全来自古代诗词。"古斯塔轻叹一声笑道："去看看沙湖吧，让沙湖给你洗洗脑。"

于是，我们驱车前往沙湖。站在观景台上眺望，我简直不敢相信自己的眼睛，眼前美景令我目瞪口呆。我看见周遭是一片黄沙，中间却嵌着一汪绿水，造化天工，上苍杰作，沙抱翠湖，湖捧黄沙，江南的灵秀与大漠的雄浑融为一体。宛如一块碧玉镶嵌在黄金指环的表面，又似一个美人横卧在武士的怀抱。妙就妙在大漠与江南之间的距离，竟是一步之遥，旋踵之间。我来迟了一步，眼下荷花已经开败，残茎乱立，如张旭的狂草写在湖面。设若夏日，必是另一番情景：放眼望去，"大漠孤烟直，长河落日圆"，塞北雄姿铺展眼底。俯瞰沙湖，"接天莲叶无穷碧，映日荷花别样红"，江南风韵盈于眉睫，那真是令人心旷神怡。这里的荷田竟有千顷之广，气势慑人，远胜杭州西湖的荷塘，甚至与白洋淀的荷田相比亦毫不逊色。

我看见，沙丘上一队骆驼正在行进，脚下是黄沙，侧面衬着红日。霞光染红黄沙，一串清脆的驼铃撒在风里。长长的骆驼队伍像移动的山丘走进红日的光影，走进庄严和肃穆。沙丘下，水光潋滟，芦苇丛丛，苍鹭野鹳高低翔舞，嘎嘎的鸣叫让沙湖更加天迥水阔，游艇犁过琉璃般的水面，拖着银色的水纹，镌刻下山的欢颜水的柔情。沙湖俨然是遗落在丝绸之路上的一块璞玉。

最让我啧啧称奇的是这里日夜进行着沙与水、火与冰的搏斗，在这生死搏斗中，它们终于找到一种共存的方式，找到彼此可以兼容的距离和平衡，这是自然界的生存法则。而人类的争斗则惨烈得多，结局总以一方流尽"最后一滴血"告终。

夜宿湖边客舍，月夜清寂，思绪纷扰，不知何故忽然想起西班牙作家伊巴涅斯的小说《血与沙》，喔，也许是书名与眼前的景物有所契合吧，小说的某些情节翩然浮现脑海。斗牛士加拉尔陀为了荣誉和金钱，为了讨好“像虎烈拉一样危险”的贵妇人，最后倒在斗牛场上，血染黄沙，他“身子蜷曲，像是一条绸缎和金线做的极大的蠕虫”……斗牛士魁梧挺拔的身姿，身穿华丽的捆着金线的绸缎衣服，让人羡慕、着迷、疯狂，但最后变成一条蠕虫……

我就这样胡思乱想着，脑细胞愈来愈亢奋，无法入眠。披衣而起，推门走出观景台。抬头望见月亮航于银河，清辉洒满山野，月光下的沙丘，竟像少女光滑细嫩的雪白肌肤，沙丘的“玉臂”伸向冰冷的湖水。我忽感霜侵鬓发，雪积眉峰，一丝怅惘从心底冉冉升起。

四周是如此静谧，仿佛可以听见风与沙的窃窃私语，瞥见月与水的秋波暗送。这时如果突然飘来一二声羌笛，我的泪窝一定会当场决堤，心的块垒一定会轰然崩塌，我真想像狼一样仰月嗥鸣，痛痛快快大哭一场。啊！沙湖的月夜，抚慰我躁动的心，令我开悟释然！

我带着一本旅游小册子，一路上按图索骥，去邂逅宁夏的美丽与神奇。古斯塔不仅是一个尽职的司机，而且是一个很好的导游，他对家乡风物了如指掌，不时加插一些民间典故的介绍，更令我游兴大发。这里有像风一样飘逝的西夏王朝与党项部族、有古老而神秘的西夏文字、有谜一样贺兰山人面像岩画，有宁夏古长城、塞上明珠青铜峡以及红旗漫卷西风的六盘山……任你驰目骋怀，缅今怀古。

我站在“东方金字塔”西夏王陵面前，静默无语，面对一座座被风雨剥蚀的陵墓，夹着沙尘的风掠过，一坨坨骆驼刺草在风中颤抖，我仿佛听到嘶嘶的马啸，想象着墓中人当年横槊跃马、叱咤风云的英姿。

1000多年前，麇聚在黄河河曲的党项羌族人像一股沙尘暴，掠过11世纪中国的天空。西北边陲崛起了西夏王朝，它刚呱呱坠地，雄踞南北的敌国亟欲将它扼杀在襁褓中，如狼似虎从四面八方扑向它。但“鹰狼之子”西夏王李元昊“西取回鹘灭青唐，南击宋土东敌辽”。一次次击溃了强敌。令人惊叹的是，一代天骄成吉思汗竟也曾是“鹰狼之子”的手下败将，他4次率领大军亲征西夏，却次次铩羽而归。直到李元昊因夺妻之恨，被其子宁令哥削鼻而亡，多年后蒙古人才把党项人高傲的头颅斩于马下。西夏王朝近200年短短的历史戛然而止，像流星一样消失在苍茫天际，党项人也走进历史深邃的丛林悄然而逝。他们所有秘密都埋藏在这片王陵中。方圆几十平方公里的陵园，分布着9座帝陵、250多座陪葬墓，这些就是西夏王朝留在世上的全部。

面对颓垣，荒茔，无边的孤寂，你难道无所憬悟无动于衷么？无论英雄豪杰也好，亿万富翁也罢，活着的时候纵然广厦万千，死时都终归一抔黄土。这是黄牙小儿也知道的道理，但是世人仍为头上的“顶戴花翎”，为了银行存折多几个零，拼死拼活，欲壑难填。

怀着对西夏王朝的唏嘘，踏上前往青铜峡的路途。沿途透过车窗可以眺望黄河。心中不禁默诵“九曲黄河万里沙，浪淘风簸自天涯。”黄河像一条游弋于云乡梦泽的巨龙，一路腾挪冲撞，开山劈岭，浩浩荡荡奔涌而来。奔流至此，青铜峡大坝犹如一把利刃，将河道拦腰截断，驯服狂龙，蓄水发电泄洪。万马奔腾的黄河水一头扎入坝槽，惊醒两岸璀璨灯火！

我最早听到黄河的名字，不是从书本上而是从北方难民惨白干裂的口中。小时候我住在穷乡僻壤的闽西北山城，从千里之外黄泛区逃来的难民让我知道了黄河。黄河在我儿时的认知中代表着苦难和血泪。

后来我在书本和抗战的歌声中拥抱黄河。李白一声长啸“君不见黄河之水天上来，奔流到海不复回”，响遏行云！中学时，我曾放声高唱：风在吼，马在啸，黄河在咆哮，黄河在咆哮……我也曾含泪呼喊：黄河黄河，我的母亲！今天我再一次走近黄河，在青铜峡触摸黄河的脉搏，谛听黄河的心跳！

深秋的青铜峡，轻纱般的雾霭从黎明的河曲隐退。青铜峡辽阔而原始的天空，走了一夜的冷月还在西行。我仿佛听到涛声的呼唤，去寻找那首台湾诗人余光中心中的民歌，一首只有黄河的肺活量才能歌唱的歌，那是红海的呼啸，热血的合唱，响彻天地。

我沿着青铜峡中华黄河坛大道疾走，风掀起我的衣袂飞扬如蝶。72米的青铜照壁，映现母亲河不老的容颜。黄河是中华民族的基因，炎黄子孙只要看一眼黄河，就知道自己为何长着黄色的皮肤。在世界之林，种族之列，炎黄子孙总是带着母亲的遗传、黄河的胎记傲然挺立，坚毅前行。海外游子归来，总想一掬黄河，让黄河从指缝流过，从心底流过，带着母亲的体温，带着母亲的叮咛走遍天涯。

我看见，黄河淌过青铜峡的臂弯，涛声像远雷隐隐传来。闪烁的波光如西夏冷锻铠甲，凛冽的峡风似西夏神弓箭簇。朝霞染红天边，令人浮想史上的一幕，西夏向宋廷进献西域美女和夏国剑，晁补之作歌赞曰：西域美女“红妆拥坐花照酒”，夏国剑“试人一缕立褫魄”。西夏王朝的辉煌刻在青铜峡岩壁，写在黄河的波涛上。

青铜峡市因黄河大坝而名闻遐迩。我惊叹小小青铜峡市何来如此大气魄，近年一群围绕黄河的主题建筑崛起，座座都是大手笔。沿着峡岸罗列巍峙的中华黄河坛、青铜牌坊、黄河大鼎、天赐阁以及中国四大名楼之一的黄河楼，无不气势恢宏，美轮美奂。这些建筑供炎黄子孙礼敬黄河、拜祭黄河、感恩黄河！此外这里还有青铜峡108塔、黄河大峡谷、金沙湾及北岔口长城……青铜峡市弹丸之地，聚集着如此稠密的巨型建筑和独特景观，真让人目不暇接，叹为观止。

出青铜峡，直奔六盘山。车子以80公里的时速，在旷野上急驰，车尾卷起黄沙，车头朝着一轮血红的落日。车子像野狼一样向落日扑去，司机古斯塔疯了吗？他想追上落日，他想把我们连人带车开进落日里去，然后熔化在那出炉钢水般的落日烈焰中去吗？其实无论我们的车子怎样加大马力，也无法缩短与夕阳的距离。它一直悬挂在挡风玻璃前方，只是光线在变化。光焰渐渐收敛，从刺眼的火球，逐渐光芒敛尽，剩下一个磨盘似的大红剪纸，贴在铺满玫瑰色晚霞的天幕。苍茫暮色随之涌来，像潮水般漫过车顶。我不再埋怨古斯塔开得太快，心里反而冀望他再开快点，眼睛睃寻着路边闪过的村落、房舍，祈盼出现一片密集的灯火，那便会是城池大邑，我们的目的地。

掌灯时分终于车抵固原市，吃过晚饭，早早歇息，养足精神以便次日攀登六盘山。

六盘山是我心目中的圣山，它是“天骄之薨”，也是“降龙令台”。一代天骄成吉思汗多年征伐西夏，师老兵疲，终于病殁此山，天骄魂归处，此山便“有龙则灵”了。遥想当年毛泽东屹立山顶，天高云淡，红旗漫卷，他发出豪言“不到长城非好汉”，号令红军长缨在手缚住苍龙！一曲《清平乐·六盘山》，气壮山河，声震霄汉！雄伟险峻的六盘山，自古就是兵家争战之地，从秦始皇、汉武帝，到唐太宗李世民，都曾登临骋目，在此环顾边塞，睥睨天下！

六盘山素有“山高太华三千丈，险居秦关二百重”之誉，是红军二万五千里长征的最后一道关口，翻越过此山，就到了陕北地界，红军自此从胜利走向胜利，直至解放全中国。眼下正值深秋，六盘山枫叶红了，层林尽染，万树飘丹。满山红枫如红军挥舞着万千杆红旗，海啸般呼喇喇扑向山顶。山顶上矗立着红军长征纪念亭，飞檐凌空，雄姿巍然。我临风抒怀，顿感热血沸腾……六盘山丹霞地貌，拥云海奇峰，赤壁丹崖，悬泉飞瀑之胜。此行我们还顺道游览了老龙潭、须弥山石窟，饱览名山，尽兴而返。

5天马不停蹄穿梭宁夏平原，我看见，边塞诗中的宁夏早已封藏在故纸堆中，一颗塞上明珠镶嵌在祖国冠冕的西北隅。“天下黄河富宁夏”，拜黄河乳汁所赐，宁夏勇斗旱魃。黄河蒸腾的水雾，与青藏高原炙人的阳光，在宁夏上空孕育出雨云，浇灌出一个蓊郁的塞上江南。

宁夏犹如幽谷的蔷薇，让我细嗅挹香。英国诗人西格夫里·萨松有句名言：“我心中有猛虎在细嗅蔷薇。”意指老虎也会有细嗅蔷薇的时候，忙碌而远大的雄心也会被温柔和美丽折服。我虽非虎，然而今生我仆仆于途，常错过身边的风月与繁花。宁夏像蓦然绽放在我人生旅途的一丛蔷薇，馨香扑鼻而又带刺，愉悦我亦戳痛我。这是一次心灵之旅，令我赞叹与沉思，让我陶醉与歌哭。

回程长驱直奔银川，古斯塔嘱我放心闭目养神，并播放用梵婀铃演奏的轻音乐《梁祝》，为我催眠。坐在车厢里摇摇晃晃，似睡非睡半睡半醒，时而昏昏，时而睁睁，两旁景物纷纷挤到窗前，跟我打个照面又迅速向后退去。高速公路像一条无限延伸的拉链，小车像链扣把两旁景物剪下收拢，一路滑向银川。

（本文获“黄河文学”奖）

# 叩访丝路

如果要选一个“一生最值得去的地方”，我会毫不犹豫地选择丝绸之路。这条历经2000多年沧桑的古道，交织映射着中华古今文明的光辉。

几年前我曾踏访丝路的甘肃段，出嘉峪关西行，经莫高窟、鸣沙山、敦煌，抵“春风不度”的玉门关，经受了一次心灵的洗礼。可惜那次没有继续西行进入新疆，留下遗憾。去年秋天，我重踏丝路畅游新疆，得偿夙愿。

## 一

提起丝绸、西域和丝路花雨，我的思绪就飞扬起来，飘向远古的波斯帝国和罗马帝国……

丝绸第一次出现在欧洲大陆时，其声势犹如天神降临！她不仅令罗马人为之疯狂，而且她改写了欧亚两大帝国的命运！

史书记载，公元前53年，罗马执政官克拉苏率领4万大军东征。剑指西亚的安息国。双方力量对比悬殊，安息人兵力不足罗马人的一半。狂妄自大的克拉苏原以为兵不血刃，就可以一举荡平安息国。

他们在卡尔莱展开决战。双方杀戮惨烈，死伤枕藉，战事胶着。一天正午，烈日高照，罗马人准备中线突破，克拉苏挥舞利剑号令将士冲杀。正当罗马人如狼似虎扑向敌方时，不可思议的事情发生了。

安息人突然展开数十面鲜艳夺目的军旗，这些军旗在阳光下折射出令人头晕目眩的光芒，军旗迎风猎猎飘扬，如惊涛拍岸。流淌闪耀的绸光，似霹雳闪电。罗马人惊恐莫名，战马觳觫不前，阵脚大乱。安息人趁机掩杀过去，罗马人丢盔弃甲，一败涂地。克拉苏战殁，儿子自杀。两万多名罗马士兵血染沙场，一万多名被俘，还有8000多名像是人间蒸发不知所终，至今仍是无解的谜团。

这是世界战争史上以少胜多的经典战例。

克拉苏百思不得其解安息人的战旗是什么做的？至死也想不通他是败给安息人还是败给了那面战旗？

卡尔莱战役之后第10年，恺撒大帝在罗马庆功会上，展示了他的战利品——他的一位凯旋的将军献上的丝绸。

当恺撒穿着紫红色丝绸长袍，出现在罗马大剧院的门口的时候，罗马民众第一次见到丝绸，那闪耀着光芒，流动着霞彩的丝袍，更烘托出这位罗马“终身独裁官”的高贵与尊崇。民众惊叹连连，山呼万岁！

罗马人疯狂地迷恋上丝绸，王公贵胄、商贾名流皆以衣丝披绸为时尚，借以炫富竞豪奢。罗马贵妇少女更是“我为卿狂”。在所有服装面料中，唯有细腻柔滑的丝绸，才能纤毫毕露地勾勒出她们玲珑浮凸的体态线条。

安息国的战旗和凯撒长袍的丝绸，都是西汉的张骞历经千难万险带过去的。

汉武帝派张骞出使西域，原本希望联合月氏夹击匈奴，结果军事战略的意图未能达成，却产生出“丝路”这个副产品。化干戈为玉帛，正是丝绸之路为人类镌刻下的伟大启示。自此之后漫长的2000多年岁月中，丝绸之路越走越宽，丝路上花雨遍洒，驼铃悠悠……

## 二

当我把目光从史书上收回投向新疆时，耳畔仿佛响起王洛宾的新疆民歌。

是的，每当想到新疆都会想起王洛宾。青涩的少年时代，新疆朦胧的印象都是这个西部歌王带给我们的。我常哼着《在那遥远的地方》，边哼边想，啥时我也能变成一只小羊，让心中的那个她“拿着细细的皮鞭，不断轻轻打在我身上”？或是不断地叩问，达坂城在哪儿？那里的姑娘真的很漂亮吗？还有她的妹妹、马车和嫁妆……忘不了高中时学校包场看电影《冰山上的来客》，美若天仙的女主角古兰丹姆，让全班男生信誓旦旦：“娶妻当如新疆俏姑娘”。新疆的西域风情、大漠冰川、花木瓜果，姑娘和歌舞成为梦魂欲渡苍茫的遥想。

终于来一次说走就走的旅行，我从加州飞抵香港随即转飞乌鲁木齐。走出机场闸口，一眼就瞥见一个壮实的汉子举着我的名牌。他便是朋友介绍的新疆哥们艾合买提。这次新疆行，他主动充当我的“柴可夫司机”。我把我的想法告诉他，让他设计一个行程。艾合买提提议先向南行再折向西，经吐鲁番、楼兰故城，穿越巴音布鲁克草原抵达赛里木湖，兜个圈再返回乌鲁木齐。

在南行途中，望见车窗外大佛寺、麴氏高昌故城、回鹘高昌故城、交河故城像一串岁月的梦痕闪现在旷野上。车行两个半小时便到了吐鲁番。吐鲁番是丝路重镇，唐僧取经曾路过这里。这里葡萄沟和火焰山冰火两重天。赭红色的火焰山，在金秋艳阳照射下，像熊熊燃烧的烈火，山体表面寸草不生，但山腹中的沟谷绿荫蔽日，溪涧潺潺，水冷刺骨，满谷葡萄瓜果飘香，是火洲中的“花果坞”。如此奇特的地貌，吴承恩将之演绎成孙悟空三借芭蕉扇，大战牛魔王，扑灭火焰山的奇幻故事。

走出葡萄沟已是中午，艾合买提说要送给我一个意外惊喜。我正想问，车子已转入一家花木掩映的“风味清真”饭店。艾合买提说这家店铺的清炖羊排，远近闻名值得一尝。顷刻菜肴上桌，焯煮过的羊排捞起沥干了水，盛在铝盆里，没有任何加工，没有伴碟卖相，全凭火候工夫。我撮了一块羊排学艾合买提蘸了盐巴送入口中，慢慢咀嚼，啊！竟然咸甜淡有味，鲜美无比！我从未吃过这么好吃的羊肉，难怪中午这里也宾客满座。席间，几个侍应生大妈跳起新疆舞助兴。一曲将终，突然闯进一个留着八字胡的大叔，与大妈共舞。大叔是饭店大厨，人称舞王，他舞技娴熟，抖肩顿足翘胡，动作风趣鬼马。他们的表演赢得阵阵掌声。

新疆歌舞汲取了印度波斯等地的音乐舞蹈的元素。中国的古典音乐只有宫商角徵羽五音，而新疆民歌旋律中大量采用装饰音滑音和半音，节奏欢快，婉转悠扬。新疆人能歌善舞，热情奔放。中午我们不仅享用了美食而且欣赏了歌舞，真的令我获得一个意外的惊喜。

## 三

午后的阳光照耀着博格达峰的积雪。

我们驱车直奔楼兰故城。看惯了北上广及港澳的现代喧嚣与繁华，都市人的内心情感都被挤压成薄片，扁平且坚硬，对石屎森林、霓虹幻彩产生审美疲劳。在这个时候突然来到一片断垣残壁的城堡面前，朔风夹裹着黄沙呼啸掠过，一股苍茫寥廓的沧桑感扑面袭来：一堵颓墙，一段枯木，一篷衰草，散落在沙土间的断辕残毂，白森森的骷髅兽骨……沧桑的美是一种震撼的美，它令人更能接近和体悟生命的本真。弗洛伊德的弟子荣格提出一个美学观点，他说："美其实不是一种存在，美是一种消失。"古楼兰消失了，我们却发现了她永恒的美。

楼兰古国地理位置特殊，她既是丝绸之路必经之地，又是汉匈之间必争之地。这就造成了她的幸与不幸。北边的匈奴如狼，南边的西汉似虎，虎狼卧榻之侧，岂容楼兰鼾睡？而且狼近虎远，迫不得已常自愿与不自愿地充当狼的耳目，拦截汉使。因此汉廷对它恨之入骨，派遣傅介子斩杀楼兰王。唐边塞诗人王昌龄吟叹道"黄沙百战穿金甲，不破楼兰终不还"！李白说"愿将腰下剑，直为斩楼兰"，杜甫也说"属国归何晚，楼兰斩未还"。什么怨仇？让唐朝的大诗人们，如此恨透了楼兰。冤哉枉也，其实楼兰小国并非什么大奸大恶。况且唐朝时，楼兰城已消失二三百年，因此唐诗中的楼兰只不过是北方外族敌人的指代泛称而已。楼兰国像谜又像梦，她仅生存了600年，然后消失得无影无踪。楼兰盛产美女，3000多年前美女干尸的发掘，惊艳天下！

行者无疆，大美无言。今天我们穿行在丝路上，依稀可以看到中国汉唐著名僧人法显、宝云、玄奘，以及印度高僧竺法兰、昙柯迦罗、鸠摩罗什，风尘仆仆于取经传道路上留下的踪迹。儒释道是中国传统文化之魂，佛教的传入，最终完成了中国传统文化板块的拼图。无论我们华夏儿女是否有儒释道这三种宗教的信仰，但儒释道文化显然已渗入了我们日常生活之中，影响着我们的思维和行为方式。

丝绸之路不仅是物流之路，她也是文化之路、文明之路。东西方的货物通过这条路源源不断地运送，东西方的文化和文明也从这条路上滔滔涌动。当我们看到戈壁荒漠上行进着长长的满载货物的驼峰队伍时，也仿佛看到茫茫天山的苍穹上叠映着取经传道行者的身影。当我们听到驼铃声声回荡时，也仿佛听到诵经梵音和波斯鼓乐翩翩飘来。

## 四

俗话说“不到新疆，不知道中国之大，不到伊犁，不知道新疆之美。”诚哉斯言！在新疆从一个景点到下一个景点往往跑上大半天甚至二三天。我们的车轱辘蹭脱了一层皮也没跑出戈壁滩。延绵不断的天山始终横亘在我们眼前。远处巍峨的雪峰矗立在苍穹下闪着白光，与我们的车子如影相随。如今我白发归来，面对天山，蓦然想起我的福建老乡、清朝贬官林则徐写的一首《塞外杂咏》：

天山万笏耸琼瑶，导我西行伴寂寥。
我与山灵相对笑，满头晴雪共难消。

林则徐在新疆写的最著名的一副对联是“苟利国家生死以，岂因祸福避趋之”。百多年来，激励多少仁人志士舍生忘死，奋斗不息！

跑不完的戈壁，看不尽的天山，也许你会觉得眼前景物缺少绿色，重复单调，但倘若据此以为新疆很萧索荒凉，那就大错特错了。

当你站在浩瀚的“大西洋最后一滴眼泪”的赛里木湖前，你会感叹造化的神奇和上苍对伊犁的厚爱。天山在伊犁这里开了个口，恰如对远道而来的大西洋水汽，敞开了一个温暖的怀抱，从而缠绵出一段花香似海如梦如幻的诗。可以想象，大西洋吹来湿润的水汽摇曳着绿色的裙裾，穿越西欧的田野、西亚的荒漠、中亚的砂质草原，终于在伊犁河谷凭借地势攀升，捧出千里携来的甘露——降水，遍洒下来……于是，把伊犁河谷润泽成人间仙境。

当你穿行在巴音布鲁克草原，放眼望去，雪山、云杉林、阔叶林、河谷草地、河滩、野花，由远及近，渐次展开。随晨昏阴阳变化，色彩丰富鲜明。更有那一望无际紫色的薰衣草花海，让你瞥上一眼便陶然心醉。

广袤的新疆大地，不仅是一块充满传奇的古老土地，而今更焕发出蓬勃的青春活力。

一个又一个世纪，丝绸之路宛如一条银色飘带，把中国和世界各国联结起来。从丝路上，“东方文明古国”出产的丝绸、茶叶、瓷器，以及活字排版、指南针和冶炼术源源输往西方。沿着这条古道，西域的汗血宝马、拜占庭珠宝、香料瓜果、玻璃器皿、金器银币等输入中国。时至今日中国制造风行世界，欧美和世界各国的产品也在丝路上物畅其流。

放眼今朝，中国提出“一带一路”倡议，以共商共建共享的中国行动，构建人类命运共同体。陆上丝绸之路和海上丝绸之路像一双张开的臂膀，挽起世界各国。中国理念之光，正照亮人类发展的前程！

“横空出世，莽昆仑，阅尽人间春色。”这是毛主席对丝路上的昆仑山豪情满怀的赞颂。“一带一路”正是要实现毛主席在这阕词中抒发的伟大情怀，“太平世界，环球同此凉热”。眼下虽是秋天，但我已感到丝路处处盎然的春意……

# 梦回扬州

到扬州最好头上戴几朵花，就像到旧金山一样。有一首西洋老歌这样唱道："到旧金山，别忘了头上戴几朵花。"旧金山是浪漫之都，扬州也一样浪漫得很。旧金山是花的世界，扬州是花的渊薮！

余平生浪游天下，所到之处不少。扬州却是让我梦萦神绕的地方。上次我去扬州，已是10年前的事了。眼下我羁旅旧金山，且鬓已星星。倘若再访扬州，我会"老夫聊发少年狂"，头戴草帽，上面插满花朵，衬着苍苍白发，畅游扬州。我想这样才不会辜负扬州满城的春光秋色，千古风流！

扬州的名片，非烟花莫属了。这张烫金名片是李白一手打造的，李白吟唱"故人西辞黄鹤楼，烟花三月下扬州"，传唱千年，震古烁今。

3月扬州，春城无处不飞花，柳絮如烟，繁花似锦，满城花团锦簇，云蒸霞蔚，美得令人目瞪口呆，心旌荡漾。

琼花是扬州市花。其花大如玉盘，由8朵五瓣大花围成一周，环绕着中间一颗白色珍珠似的小花，簇拥着一团蝴蝶般花蕊，微风拂来，轻轻摇曳，宛若蝴蝶戏珠，又似八仙起舞，仙姿绰约。琼花盛开时节，一团团一簇簇遮天幂地，不仅开得轰轰烈烈，而且馨香四溢，真个是"千点真珠擎素蕊，一环明月破香葩"。

与苏州杭州相比，扬州似乎是个"小"字辈，予人印象是小家碧玉，小桥流水，小巧玲珑。饶是如此，更显出她的秀、她的媚来。历代文人墨客搜肠刮肚、雕词琢句让她秀到秀色可餐，媚出百媚千娇。

譬如西湖吧，全国叫西湖的有30处之多，别处叫西湖就西湖了，扬州却偏要在西湖上面加个"瘦"字。湖水一瘦，就显出轻盈，令人蓦然想见美人婀娜的柳腰，临水照镜，人比黄花瘦，我见犹怜，风韵愈加迷人。

再说那桥，本来桥就桥吧，却又偏偏是二十四桥，玉带凌水，长虹卧波。二十四桥也罢，还要缀上明月，桥上月光如霜，天上月色似水，何等凄清孤寂，冷透心肺。加了明月总该够了吧？不，还揉进箫声，如泣如诉，隐约飘来。不知谁个佳人，也不知倚在哪座亭台楼阁，纤纤玉手持箫轻吹，那箫声硬是剥破月光皎洁的琉璃世界，袅袅婷婷飘落你的心头，“二十四桥明月夜，玉人何处教吹箫。”此情此景，怎不叫人心驰神往，魂萦梦杳？

风软软的，水软软的，吴语也软软的，扬州像是要把人化了。最是阴雨三月天，柳丝儿像美女的秀发，飘拂湖面，那迷迷蒙蒙的细雨，淅淅沥沥纷纷洒洒地落着，像抽不完的丝线，绣出一幅云遮雾绕氤氤氲氲的水墨画。

你穿过烟雨，把心空出来，不思不想地走着，冷不丁就看到一座宝塔矗在隆起的丘埠上，像一株圣诞树。隔着长江，对面是镇江，京口瓜洲一水间，金山古寺遥遥在望。骋目四望，岸边熠熠生辉的高楼大厦玻璃幕墙、缤纷闪烁的霓虹幻彩呈现着现代华美，与青砖黑瓦、小桥流水流宕出的古典之美，交织成一条彩色的纽带，融汇成一首管弦与丝竹的协奏曲，让你穿越古今，进出中西，细细体味岁月的沧桑。

扬州的朋友告诉我，扬州人的生活情趣是“早上皮包水，晚上水包皮”，即喫茶泡澡之谓也，如果不体验一把，就不算是来过扬州。一大早，朋友领着我上百年老店富春茶社。茶社门面古色古香，登楼满壁名人字画，吐露着悠悠的似水年华。落座，点了富春名特食品三丁包子，“扬州双绝”千层油糕、翡翠烧卖，朋友又说，没吃过富春这三种点心，就不算吃过扬州美食。动辄“没来过，没吃过”，我感叹，扬州的绝活真多啊！我们沏了“一壶水煮三省茶”的富春秘制魁龙珠，袅袅的茶烟中，看茶叶像一尾尾小鱼在杯中游动，如晤人生浮沉。晚上，到枝上泉澡堂泡澡，亲身体验了扬州师傅的“肉上雕花”的修脚工夫。一天下来，我实实在在地领略了一番扬州人优雅的市井生活。

如果问我到扬州最想做什么事？我的回答是最想寻踪踏访扬州八怪的遗迹流韵。想想看，当年那帮风流倜傥、恃才傲物的画坛怪才，为何都不约而同地选择扬州作他们的栖身之地，立命之所？这班桀骜狂狷之士，到了扬州似乎都静了下来，停歇下来，收敛了玩世不恭的脾性，戢止了浪游山川的步履。何故？扬州有何魔力降服这帮怪才，让他们潜心在这里“裁云入梦，束花归砚”，创作出许多惊世杰作。

扬州是一块艺术的沃土，她像磁铁般把众多画师名家吸住，揽入怀中。这里雅俗共冶一炉，各适其适的人文氛围，很大程度上满足了这帮名士们“大隐隐于市”的自矜心态，生活此间，如鱼得水，又大多终老于此。

扬州是适合做梦的地方，杜牧说“十年一觉扬州梦”。郑板桥说“我梦扬州，便想到，扬州梦我”，朝夕相处不够，还要夜夜入梦，郑板桥对扬州够缠绵痴情了。

郑板桥自谓“凡吾画竹，无所师承，多得于纸窗、粉壁、日光、月影中耳。”他的书法自称为“六分半书”，以“乱石铺街，浪里插篙”作为其书法变化与立论的依据。他所师法的竟是扬州寻常景致。扬州人很注重才艺的培养与生活的情趣，视丝竹重于女红，种花胜过种田，因而郑板桥吟唱扬州时说“千家养女先教曲，十里栽花算种田”。

你穿行在扬州街巷，江左名园个园、何园就厕身寻常巷陌中。你信步走去，不经意间一抬眼一偏头，双眸便会被那花窗月门燃亮，竹影湖石、蕉丛花姿闪现在窗棂门洞，一不小心头发被出墙的红杏勾到。阳光透过雕刻精美的窗棂，把竹影斑驳地写在墙上地上。郑板桥从中读出竹的神韵、字的章法。你走过拱桥时，不妨驻足片刻俯瞰桥下流水，也可到乾隆御码头，眺望一下对岸的烟村雾树。不远处一叶扁舟，唱着咿咿呀呀的橹歌悠悠荡来，那艄公舞动竹篙左右翻飞，犹如公孙大娘之舞剑，那篙影剑法，在郑板桥眼里都化作六分半书的点撇勾捺……如此生活的艺术，艺术的生活水乳交融，正是扬州别具的风韵。

千古风流扬州城，建城迄今已2500年。今秋，我将束装就道，期待与扬州再续前缘，带上我的花朵，重游故地，一亲古城芳泽。

（本文获“中国最美游记”二等奖）

# 古运河畅想曲

伫立于姑苏寒山寺侧畔的枫桥上，古运河迂缓地从眼底流过。时序正值初冬，一叶乌篷扁舟，载着唐朝诗人张继从古运河驶入枫桥镇，也许就系缆我身边的石驳。霜天，冷月，捋须吟哦，那咽吞的水声，回响着千古的绝唱：“月落乌啼霜满天，江枫渔火对愁眠。姑苏城外寒山寺，夜半钟声到客船。”

遥想当年，吴王夫差对越国和楚国军事得手后，企图北进中原一试吴钩的锋刃，他调集军民，在长江、淮河之间开凿了长180多公里的邗沟，用来运兵输粮，这就是运河的前身。迨至隋朝，隋炀帝杨广更不惜耗尽国库开凿运河，据说是这个皇帝老儿为着要到扬州去看琼花，而终招致亡国之恨。不过唐朝诗人皮日休则吟诵道：“尽道隋亡为此河，至今千里赖通波。若无水殿龙舟事，共禹论功不较多。”确实，千年运河与万里长城同属中国古老的伟大工程，是中国古代文明的象征，华夏民族的骄傲。它北起北京，南迄杭州，全长1794公里，对促进南北经济和文化交流起过巨大的作用。然而，到了清朝中叶，由于黄河迁徙，水源不足，南北断航，这条中国古老的动脉血管萎缩了。

这次漫游江苏，令人欣喜地看到运河正在恢复青春，沿途处处可见施工的场面，挖泥船、驳船“突突”奔忙，石驳岸节节延伸，古运河不仅将重振南北水上运输大动脉的雄风，而且将辟为一条“黄金旅游线”。

古运河，宛如一根银线把长江、太湖风景区，缀连成一串闪光的珠链。泛舟这段古运河中，既可观赏江南水乡风光和人民生活情趣，又可真切地看到中华民族灿烂的文化，真是其乐无穷！

游览古运河，必须水陆兼顾，时而登岸，时而泛舟。从扬州发船，先作陆上浏览。这里有唐代鉴真东渡扶桑的史迹、宋代欧阳修吟诗宴客的平山堂、“扬州八怪”的诗画……船出扬州三湾、瓜洲古渡，面前豁然开朗，运河与长江在此交汇，顿觉海阔天空，汪洋恣肆。对岸的金山、焦山、北固山鼎足而立，气势恢宏。三国吴王孙权曾将这里作为江防要地。而《白蛇传》里“水漫金山”的故事，又增添了神秘色彩。

江南运河是从镇江经太湖到达杭州的。从丹阳到常州是其中最狭最浅的一段，沿途山陵起伏，河岸高耸，那慢条斯理的水牛，包头巾的南国农妇，鳞次栉比的清水墙平房……呈现出一派朴实恬静的田园诗韵致。

我曾坐在常州运河边上的舣舟亭，凝视滔滔的江水，这里曾是乾隆皇帝下江南时系舟之处。这个风流皇帝，每到一处总爱御笔题铭，勒石纪胜。园内亦有一块御碑，但字迹残缺模糊，已无法卒读了。当年的系舟处，却见驳船牵引着长长的船队，宛如游龙，沿江而下。

船过常州，从西北方向逶迤进入无锡。首先映入眼帘的是河心小洲——黄埠墩，广不及半亩，却树木葱翠，楼台翼然。据说，文天祥被俘后押解大都途中，曾在墩上留宿，并写下正气凛然的《过无锡》诗。历史悲壮的一幕，如古运河的湍流澎湃于胸臆！

过了无锡，船就缓缓驶入姑苏。运河在城外的铁铃关拐了个弯，枫桥镇便闯入视野，游船穿行在水乡风情的画廊里。眼前掠过残存的纤道，古代饯别的“十里长亭”，勾起缠绵的思古幽情。

“欸乃，欸乃”的桨声，把人们从遐思中拉回现实，“船上人家”的船只不时交臂而过。那壮实的船老大有韵律地摇着橹，一样壮实的船家嫂怡然地摆着舵。你还可以瞥见，三四岁孩子被绳子系着在船板上玩耍。船上养有鸡鸭猫狗，船篷上摆着一排排花盆，在料峭的江风里，依然开得姹紫嫣红，而船头几个瓦罐里栽的葱，也长得青乎乎的，不由得叫人赞上一句：这些船上人家真懂得生活情趣！

进入苏州，那“人家尽枕河”的情景更令人神往。沿河户户前门临水，后门濒河。透过花墙，时时可瞥见院中主妇或在梳头，或在晾衣，或在做饭；老人临窗逗着小孙孙；姑娘们赤脚伸在河里，搓洗着花花绿绿的衣服。这般境界真是如诗如画，姑苏人的生活多么温馨啊！

古运河环抱着苏州城。这座建筑于春秋时期的历史文化名城，经历了千百年的沧桑，地理位置未曾移动，基址和格局未变，更令人啧啧称奇的是，与刻于宋代的“平江图”对照，不仅城内所有建筑地理位置分毫不差，而且全城周长同样是47公里，这在世界上是罕见的！而苏州之所以能如此完整地保存基址格局2500年不变，应当说是拜古运河所赐。古运河是她的护城河，千百年来呵护着这座文化名城。

在苏州，处处都有吸引人们寻踪探古的胜迹：埋葬吴王阖闾的虎丘，越王勾践的剑池，纪念兵家孙子的孙武亭，还有众多的名园，无不闪耀着中华民族悠久的历史文化之光。

# 椰树礼赞

当你看到她的身影，你就闻到了大海的气息，仿佛听到海浪向你涌来的跫音。

她那伟岸挺拔的身躯，是为迎接风暴而生。她那羽状的绿叶，像穿草裙的舞娘，在习习的海风中，曼妙起舞，摇曳生姿。她的树干不蔓不枝、无椏无杈，高达数丈，一柱擎天。到了顶端，突然像放礼炮，“嘭”地爆出一蓬翠叶，像雉尾，像箭镞，也像部落酋长的冠冕；叶下结着累累的卵球状果实，硕大丰满。啊！她就是椰子树——大海忠实的伴侣。

海岸因她的守候而更加旖旎妩媚，沙滩因她的映衬而散发出更加迷人的热带风情。椰树林静的时候，像站岗放哨的战士，英武挺立！动的时候，狂风中她用生命在呐喊和歌唱，像汹涌澎湃的波涛，雄伟壮阔！

南国有嘉木，嘉木是椰林。

日出的时候，她比北方的树木更早迎来第一缕阳光。傍晚，她把剪影贴在铺满玫瑰色晚霞的海空，树荫下的渔村农舍次第亮起灯火，像一双双深情的眼睛，眺望着海面的归帆。入夜，月光把椰子树的倩影投射在沙滩上，皎洁的月光和墨绿的树影，酿造出浪漫的酒，让依偎在树下，或漫步在银滩的恋人情侣，更加缠绵陶醉。

我是南方人，虽然对椰子树并不陌生，但真正认识椰子树还是去年的事。去年夏天，我应好友吴总之邀到海南一游。

我们从“椰城”海口出发，驱车南下。这次海南之旅，是从怀古开始。我们首先晋谒了素有“琼台名胜”“瀛海人文”之誉的五公祠。祠内供奉着五位唐宋年间的名相重臣，他们皆因刚正不阿，得罪权贵，被贬谪到蛮荒之地海南，悲怆沉郁，历尽磨难。我们哀其不幸，也对他们的德行和风骨肃然起敬，景仰膜拜。

我们怀着虔诚肃穆的心情，穿过幽径花坞，走过大殿长廊。那天游客稀少，蕉风吹过庭院，轻轻摇动檐角的风铃，清脆的铃声和着钟磬飘荡，耳畔似乎传来历史沉甸甸的回响，正如祠中一副对联所言："只知有国，不知有身，任凭千般折磨，益坚其志；先其所忧，后其所乐，但愿群才奋起，莫负斯楼。"这就是"五公"真切的写照。

我看到高耸的椰子树绿荫笼罩着古祠，庇护着古祠历经千载，依旧安然无恙、宁谧安详。纯朴善良的海南人，他们敢于拂逆圣谕，冒犯龙颜，以广阔的胸怀、坚实的臂膀接纳和保护了这些被朝廷发配放逐的贬官罪臣……

出了五公祠，我们来到毗邻的苏公祠，肃立于东坡居士雕像前，凝眸瞻仰这位宋代文豪，我不禁浮想联翩。苏东坡命运多舛，他为官一贬再贬，一生几乎在迁徙中度过。他用自嘲的口吻吟唱道："问汝平生功业，黄州惠州儋州。"一代文豪，一生的功业竟是颠沛辗转于黄、惠、儋三州，怎不令人扼腕叹息？62岁高龄时他被贬到海南儋州，那时他已年老体衰，他对北归已绝望，甚至做好客死他乡的准备。但他没有萎靡颓废，这位旷达潇洒的文豪，没有把儋州当作他乡，他写道："他年谁作舆地志，海南万里真吾乡。"让他深深爱上海南的缘由，是因为海岛绮丽奇绝的风光和敦厚淳朴的民风。他在横渡琼州海峡时，就豪迈放歌："九死南荒吾不恨，兹游奇绝冠平生。"

正午的阳光灿然耀眼，恍惚间我把眼前的东坡雕像与背后高大的椰子树叠映在一起。东坡的随遇而安，到哪里都能活出潇洒，不怨怼命运，不哀叹不幸，在艰难困苦中孕育出醇醪般的诗篇奉献给世人。这不恰如椰子树么？她的种子纵然漂流千里只要一靠岸，遇到一点泥土，就能落地生根，开花结果。她抗击狂风暴雨，抵御烈日沙尘，却结出蓄满琼浆玉液的椰子滋润人间。

我们从海口市驱车南下，一路上从车窗闪过的尽是苍翠葱茏的椰子树。或一棵，或一行，或一片，在路边，在水湄，在山崖，只要有泥土，有可以立足之地，不论多贫瘠，她都能存活，都能长成参天大树。

沿途穿过乡镇的马路边，有许多贩卖水果的摊档。我们把车停在一个摊档前，老吴下车挑了两颗椰子。摊主麻利地用大砍刀顺着椰子外壳那层厚厚的纤维，一刀刀砍下去，三砍两削就见到椰壳上面有3个小孔，如人面口目。他在其中一个小孔表面用刀尖轻轻一刮，然后插上一支吸管把开好的椰子递给老吴。第二颗也瞬间开好了。他扬起汗津津的脸庞笑了，露出扇贝般的皓齿。我这才看清小男孩约莫只有十三四岁，他赤裸着上身，黝黑的皮肤在阳光下像上了一层釉。我忽兴感叹，像他这样的年纪，许多城里的孩子上学放学还要母亲接送哩。

我不禁问道："你有上学吗？"

"有，他还是三好生哩！"不等男孩开口，旁边摊档的小女孩接了话茬抢着答道。

"那……今天不用上课？"

小女孩咯咯地笑着说："今天放假，帮家里干点活。先生，你不多买几个带在路上吃？"小女孩向我们兜揽生意。

"不啦，"我抱歉地说，"一路上都有，要买很方便哩。"

"那也是，"小女孩并不怪嗔，还送上一句，"祝你们玩得开心！"

老吴付了钱和我一起回到车上，刚坐定，车窗被笃笃叩响。小男孩晃着手里的一叠零钱嚷着："你的钱，找给你的钱。"

老吴摇下车窗说："不用找了。"

小男孩飞快地把钱塞进来，说声"谢谢！"转身跑了。

我们继续行程。我吮吸着清香甜美的椰汁，顿时觉得窗外炽热的阳光变得柔和了，车厢里漾起一片清凉。

我还惦着那小孩，喃喃地说："这些小孩可真不容易！"

老吴说："是啊，我们海南人从小就出来打拼，他们的生命力像椰子树一样顽强！"

"嗯，椰子树，椰子树……"我沉吟着。

老吴见我对椰子树饶有兴趣，便如数家珍般介绍椰子树的好处。他说，椰子益气、去风，可以果腹，具有养颜润肤的作用。椰肉大约50%可加工成椰蓉，还可榨取椰油，制成椰奶。椰壳可以制作酒杯、碗，还可以雕成各种各样的工艺品。椰根可以入药，树干可以当栋梁，果皮可以制扫帚，椰茎也可以编织出口……椰子树浑身都是宝，是名不虚传的“宝树”啊！

我一面听着老吴的絮叨，一面眺望着窗外。车子沿着平坦宽阔、纤尘不染的海南环岛高速公路滑行，放眼望去，满目苍翠，椰子树更是一路相伴，树影婆娑，令人心旷神怡。

车行4个多小时，抵达三亚已是薄暮时分。我们直奔天涯海角。此时太阳西下，落日熔金。夕阳的余晖把海面镀上一层金，粼粼的波光犹如万千蝴蝶扇动金色翅膀，闪闪烁烁，熠熠生辉。忽见几只海鸥从浪花中腾起，箭一般射向大红靶心似的夕阳光影中。

海滩上矗立着百余块巨石，其中两块石上镌刻着“天涯”“海角”四字。望文生义，以为到此会徒生萧疏怅惘之感。其实不然，眼前草木葳蕤，游人如织，一派勃勃生机。无怪乎赵朴初老先生吟唱道：“不知何处有天涯，四季和风四季花，为爱晚霞餐海色，不辞坐占白鸥沙。”是啊！这里并非天的尽头，这里是祖国万里海疆的起点！

倘若苏东坡再世，故地重游，目睹今日海南，他定会“当惊世界殊”，拊膺赞叹“兹游奇绝冠平生”！你看全球独一无二的环岛快速铁路，巨龙呼啸奔驰；度假天堂亚龙湾，游客趋之若鹜；美若仙境的热带雨林呀诺达、霸王岭、五指山、黎母山，令人流连忘返……

一阵笑声把我从遐想中拉回现实。我看见一个海军战士正和他的家人站在“南天一柱”的巨石前合影，一家人说说笑笑，和谐温馨。蓦然间，战士、磐石、大海、红日组成一幅英姿飒爽的画面，扑入我的眼帘。此情此景令我心潮起伏，联想到当前波谲云诡的南海局势，某些西方国家心怀鬼胎，觊觎南海丰饶的物产和战略地位，不断兴风作浪，挑衅骚扰……

我的目光移向海岸线，向远处望去，那里生长着郁郁葱葱、延绵不断的椰树林，傲然挺立，抗击风浪。啊！南海的祖国卫士和建设者们，你们不正是那椰树林吗？你们以坚韧不拔，顽强拼搏的精神，构成了铜墙铁壁，筑起了海上万里长城，日夜守卫着祖国的安宁，把南海建设成镶嵌在祖国桂冠上绚丽夺目的宝石！

伫立海角，遥望南天，衣袂飞扬，心潮逐浪！

（本文获“中国最美游记”优异奖）

# 小园听香

女儿在加州硅谷桑尼维尔市购置了一间寓所，新居有一小花园，夹在车房和饭厅之间，8米见方，上嵌一片蓝天，中留一块水泥小坪，三面环以花槽。我在园中可坐可卧可踱可蹴，望天观花看茶听香，小天地大快乐。

我和老妻营造了这块小天地。当初刚搬来时，小园已经荒芜倾圮，花槽挡板崩坏，泥土壅塞明沟，雨水无去路，烂泥淤积。玫瑰花残叶颓唯剩枯枝尖刺，狐蓟黑麦草疯长，如乱发披靡，绿苔侵阶，败叶委地，满目疮痍。我和老妻决定自己动手修葺花园，锄草清淤，砌砖扎篱，足足忙碌了半个月，终见花园焕然一新。

接着，我们到花圃挑选花苗。今朝一株明日一丛，像紫燕衔枝筑巢，慢慢装点我们的花园。又过一个月，花园已种植十几种花卉果木，有簕杜鹃、山茶花、含笑、六月雪、木槿和九里香等，还有西红柿、青椒、柠檬树。我们还专诚买来两个花盆，一个是欧式立柱花盆，一个是祖母绿釉罐，都种上宝石花。听听这花别名：粉莲、胧月、初霜，多富有诗意。她似花非花，亦叶亦花，卵形厚叶，粉莲座状，聚伞花序，腋生层叠，被誉为永不凋谢的花朵。这种花以前我在国内很少见到，当然对她另眼相看、特别青睐。

2月莳花，到了5月初夏，园子里的花已开得姹紫嫣红，而那些果蔬也都果实累累了。西红柿居然长了半个人高，蛮横地霸占了左侧半条花槽，骄傲地展示它通身挂满小红宫灯似的果实，挨着它的青椒不甘示弱，也枝杈横出，与西红柿拗手挤肩，通身也披挂示威：“我的果实比你大！”果然，滴里嘟噜的青椒，只只大若拳头。站在背后的柠檬像个谦谦君子，不介入它们的争拗，只默默地把黄澄澄的胸章似的果实挂满胸前……

一天，我听到嗡嗡嘤嘤的蜜蜂声，接着就嗅到一缕淡淡的花香，循声觅香，瞥见几只蜜蜂正围着山茶花翩翩翔舞，这才惊觉，昨天还像徽州羊毫笔头般紧闭的花苞，一夜之间竟破蕊而出，绽放如初冬的晴雪，白得有些眩目刺眼。最叫人惊喜的是蜜蜂把它的花香牵曳出来，幽幽地沁入心脾。

哦！香，竟是可以听的！我的花园给了我这么一个哲理的启示。正是：雨过树头云气湿，风来花底鸟声香。大自然美就美在各种物类的分工合作，互相协调，而达至和谐共存之美。鸟声、风声、水声以至琴笛之声，殷勤地把花讯从这个城市带到那个城市，带给乡村、溪流、田野和高山密林……

我第一次看到“听香”这个词，是在一个朋友家的书房。那天我不期造访，闯入他的书房，抬眼瞥见墙上挂着一副对联：“吃墨看茶听香读画；饮花卧酒喝月担云。”目光一触而惊，暗暗称奇。这对联不知谁作的，他把坚硬的汉字敲碎打乱，搭配重组，而生出一种似是而非又似非而是的妙趣。一个“听香”就让人醉了。

此后，我特别留意这两个字。我又在苏州园林狮子林的门洞上看到“读画”“听香”的题额。文人雅士的书房喜欢取名“听香室”“听香斋”“听香轩”。我想他们是不仅要嗅到香的气味，还要听出香的灵魂。

日本有一种香道，与花道、茶道并称日本的“雅道”。日本人把闻香、嗅香、品香总称为听香，每逢隆重场合有焚香沐浴的习俗。日本香道大师泓森道说：“燃我一生之忧伤，换你一丝之感悟。”他从缥缈的香气中听到了恋人的忧伤与哭泣。

心静便能听到香的心声，从一枝寒窗下的蜡梅上，能听到香的梦呓；从一朵初春绽放的香葩上，能听到香的私语；从一幅画的峰峦里，能听到香的浅笑；从一缕墨的游走里，能听到香的跫音……这样的人，心灵上长着耳朵，听出了世界的缤纷与美好。

一花一世界，一叶一菩提，佛祖拈花，迦叶微笑。从香中可以悟禅，宇宙间的奥秘，不过在一朵寻常的花中。禅便是个众香国。

“听香”乍然一听，让人感到突兀且新鲜。这种修辞手法叫通感，诗话中就有通感一说。钱钟书先生在《通感》一文中说道，在日常经验里，五官的感觉简直是有无互通，彼此相生，颜色似乎会有温度，声音似乎会有形象，冷暖似乎会有重量，气味似乎会有锋芒。花红得发“热”，山绿得发“冷”……

是的，紫燕呢喃桃红李白。春天柳絮在啁啾的黄鹂声中飞舞，杏花的香味是从牧童的笛声里传来的。鹧鸪声中映山红燃遍山野，稻花香里听取蛙声一片，蝉鸣荔红，雁啼菊黄，雪落无声，冷雨敲窗，却有梅花暗香浮动……而最令我愉悦的是，每天清晨我被园外枝头上的柳莺，绣眼鸟，黄雀等叫醒，听到它们叽叽喳喳的辩论声，窗未启帘未卷，已从鸟声中闻到窗外带露的青草香。

自从我有了这个小园，园中听香，十分惬意。小园不仅招蜂引蝶，还吸引了麻雀、蜂鸟和松鼠的光临。我还透过小园的上空，看到飞过的鸟群，它们向我报道了花期花汛的消息，让我从它们鸣唱中听到了花开花落，听到了四季更替。小园听香，常引领我走进诗情画意，走进淡泊与平和。

苏东坡有一首咏莲的诗吟唱道：“城中担上卖莲房，未抵西湖泛野航。旋折荷花剥莲子，露为风味月为香。”露是什么风味，月是怎样的香？有谁能知？朦朦胧胧你感觉去吧。在这里已不是听香而是看香了。苏东坡的诗词总叫人拍案叫绝。

清代诗人李慈铭则从“画中听香”，他在《湖南山桃花小景》题画诗中写道：“山气花香无着处，今朝来向画中听。”因为要闻山气花香，竟到画中来听，真是妙不可言。

蓦然想起张爱玲“衣上看香”的逸事。胡兰成在《民国女子》里写的一段话：“一日午后好天气，爱玲穿一件桃红单旗袍，我说好看。爱玲说，桃红的颜色闻得见香气。”桃红色，往往令人联想起桃花、蔷薇、玫瑰之类的花朵来，便仿佛闻到了花香。才女不愧是才女，张爱玲“衣上看香”，轻轻一句话便让衣服上的颜色变得“活色”生香了。

香因可听可看，而使你打开了心扉，让香随时随地都弥漫在你周围，驱散了你心中的阴霾。平时我喜欢搬一张椅子坐在园子里，沏一壶武夷岩茶，什么也不做，什么也不想，闭目听香，禅入我心，花落满怀，静凝红尘千虑，绽开一瓣心香。

# 茶禅一味

汕头友人赠我一套茶具，青花瓷纹，雪白釉底，形如上古先民用的豆灯，中一柄立柱檠托一漏杯，柱侧一小嘴下承一拳小壶，配有四盏薄如蛋壳的茶杯。柄柱的背后有一按钮，轻轻一摁，茶水便滴滴沥沥流入壶中。雪白的釉底上洒了三角梅的青花，亭亭玉柱戴着莲花帽，活脱脱是一位清纯窈窕的潮汕渔家妹子，教人爱怜。

我携着它飞渡万里关山，带到美国加州硅谷。

我把它摆在客厅的茶几上，阳光从百叶窗的窗櫺射入，洒在青花茶具上，异国的客厅乍然亮起唐诗宋词的光芒，杯盘磕碰叮㗰作响，仿佛李白苏轼举杯邀月的吟唱。

我拈一撮来自家乡的武夷岩茶，投入漏杯。煮沸桑尼维尔山谷的泉水，注入茶中，让茶叶与沸水交融。轻摁按钮，茶水从小嘴标出，壶嘴似有鸟声雾气腾起，啜一口香茗，“两腋清风起”，但我不是“欲上蓬莱”去，而是魂回武夷山了。盖因我用的茶叶是我的至爱武夷岩茶大红袍。

李白好酒，是诗仙，故云“李白斗酒诗百篇”。苏东坡好茶亦喜酒，号称诗神。他说：“休对故人思故国，且将新火试新茶。诗酒趁年华。”李白诗歌有仙气，东坡诗文有禅味。

苏东坡有一首词《行香子·述怀》，借酒抒怀，他吟唱道：

清夜无尘，月色如银。酒斟时、须满十分。浮名浮利，虚苦劳神。叹隙中驹，石中火，梦中身。

虽抱文章，开口谁亲。且陶陶、乐尽天真。几时归去，作个闲人。对一张琴，一壶酒，一溪云。

生性旷达的苏东坡喜欢把禅与酒连在一起，面对无尘清夜、如银月色，他就想到酒，而且要把酒杯斟得十分满。面对一张琴、一溪云，也想到酒，擎杯在手，抱壶于怀。情绪浓烈好酒，心境恬淡喜茶，中国文化离不开酒和茶，酒和茶是中国文人的至爱。尘寰喧嚣，世事纷扰，人们似乎更愿意把禅和茶联姻，冀望心灵的片刻宁静。人们常说茶禅一味就是这个意思。

唐代诗人卢仝《七碗茶歌》曰："一碗喉吻润，两碗破孤闷。三碗搜枯肠，唯有文字五千卷。四碗发轻汗，平生不平事，尽向毛孔散。五碗肌骨清，六碗通仙灵。七碗吃不得也，唯觉两腋习习清风生。"茶喝到七碗就飘飘欲仙了。

禅就是静虑。它不是向外探询，去追问而得到的东西；而是向内，通过内心的体悟到达明心见性。当真正到达了，便进入"万古长空，一朝风月"的境界。中国茶道的四谛是"正、清、和、雅"四个字，茶与禅都是追求淡泊乐生，虚静恬淡，所以说茶禅一味。

喝茶不像喝酒，喝酒拧开瓶盖斟酒便喝，干脆利索。喝茶讲茶道，过程就不那么随便了。喝酒常变斗酒，喝至兴起，划拳猜枚，吆喝拇战。喝茶则叫品茗，从容自若，促膝而谈，轻声细语，是谓武酒文茶。中国茶道其内涵是养生与修身。外延有六义，即茶理、茶艺、茶礼、茶器、茶情、茶说等。茶道要遵循一定的法则，真正品茗实属不简单，古代茶道法则相当严苛，唐朝时须克服"九难"，宋代为"三点与三不点"，到了明代为"十三宜与七忌"，更是烦到无以复加。今日泡茶已无那些繁文缛节，即使闽南潮汕一带的工夫茶，虽讲究程序，但也简便有趣，口诀十分生动：诸如凤凰三点头、关公巡城、韩信点兵、玉液回壶、乌龙入宫……看泡工夫茶甚为怡情逸兴。

喝茶第一个重要环节是"看茶"。看茶先看茶形、茶具、茶名，苏老夫子说"从来佳茗似佳人"，为描摹这位佳人，他发明创造了许多美丽的词汇：雀舌、雪花、雨脚、鸟味、麦粒，茶具则有黄金碾、兔毫盏、琢红玉，还有古茶叶名牌紫云堆、老龙团、真凤髓……至于现代名茶则有铁观音、大红袍、龙井、碧螺春、信阳毛尖、冻顶乌龙等等，喝茶人讲究茶水与器具相匹配。乌龙茶要用“曼生壶，若琛瓯”，必须将茶水从壶里倒到小瓯里，考究的还配有拇指大小的闻香杯，先闻后饮。绿茶就最好用玻璃杯，看茶叶在晶莹剔透的杯中如花般绽放，未饮先醉，自然别有风味。有的人还会无端生出许多人生感慨。

再看烹茶泡茶过程。苏老夫子写得极为生动，他在《试院煎茶》写道：“蟹眼已过鱼眼生，飕飕欲作松风鸣。蒙茸出磨细珠落，眩转绕瓯飞雪轻……”蟹眼水泡变成鱼眼，亦即大泡变小泡时，水就煮沸了。蒸汽顶起壶盖发出飕飕松风声，然后就是投茶注水，看珠落雪飞，玉盏霞生液，金瓯雪泛花了。《茶说》云：“汤者茶之司命，见其沸如鱼目，微微有声，是为一沸。铫缘涌如连珠，是为二沸。腾波鼓浪，是为三沸。一沸太稚，谓之婴儿沸；三沸太老，谓之百寿汤；若水面浮珠，声若松涛，是为二沸，正好之候也。”观赏煎水泡茶出水落盏到茶香摩鼻的过程，涤尘滤俗，心情愉悦。

此外，喝茶还要看环境，看茶友。酒友不大选择，茶友可得细挑。喝酒可以在酒楼食府，也可以在荒村野店，呼朋啸友，开怀畅饮。喝茶虽然可以上茶馆，也可像潮汕闽南一带，坐在榕树下的竹椅矮桌泡工夫茶摆龙门阵，但仍比喝酒雅气得多。苏东坡说：“从来名士能评水，自古高僧爱斗茶。”酒求人多，茶要人少。酒是越喝越热闹，越喝越兴奋；而茶，则越喝越清醒，越喝越淡泊。

品茶的环境宜清、宜静、宜闲、宜空，而不宜过雅。徐渭说：“茶宜精舍，云林，竹灶，幽人雅士，寒霄静坐，松月下，花鸟间，清白石，绿鲜苍苔，素手汲泉，红妆扫雪，船头吹火，竹里取烟。”不过这是文人雅士的品茗环境，似乎过于雅致，而难达禅宗论道“自心是佛”的空灵之境。不若以茶的本性来论说来得贴切：冷静、思索、理智。这和禅当下得到宁静的思想旨趣也是一致的。

我现在泡茶，还泡出乡愁。坐在硅谷桑尼维尔家中，煮水烹茶，看茶叶像是活的，在沸水中舒展浮动，耳畔仿佛传来家乡三月的茶山、躲在树丛里的鹧鸪咕咕咕咕的啼叫，那叫声带着湿漉漉的雨气雾气，浸润了我的乡愁。看那茶色渐泡渐浓，变得像家乡佳酿土黄酒澄黄的酒色。这时我便陶醉在往昔美好的回忆中，正是茶亦醉人何必酒。

酒独酌是为闷酒，越喝越孤独、越喝越闷闷不乐。茶可以独饮，“昏俗尘劳，一啜而散”。在美利坚我不识英文不懂驾车甚少与人交往，平时宅在家里上网读书写作，幸有汕头友人送我这副茶具，日日与我做伴，沏茶品茗自娱。苏东坡云：“不用撑肠拄腹文字五千卷，但愿一瓯常及睡足日高时。”所言极是，正是我当下生活的写照。

# 读 雪

我出生在闽西北一座山城，地属亚热带。我的家乡四季好像就缺了冬天，刚见到秋风秋雨愁煞人，忽地又见吹面不寒杨柳风，好像从秋一步跨到了春，中间删除了冬天，因而我也就特别稀罕冰和雪。人总是这样，缺什么就特别希冀得到什么，满足了便不在乎随意丢弃。雪夜绿醅，白色圣诞，一直令我憧憬，心向往之。

我生于福建，而立之年移居香港，花甲之年又旅居美国加州硅谷。漂泊大半生，横跨东西半球，却总是辗转于暖冬无雪的亚热带地区。我曾想象拥有一个白色的圣诞，那该是多么美多么温馨啊：一家人窝在大雪覆盖的木屋内围炉，像安徒生《雪人》的童话故事一样，炉火一闪一闪，屋内流泻着橘黄的火光、拢着一室的氤氲……不想这么简单的愿望，竟然一再蹉跎，到老亦未实现。

一曲《我爱你，塞北的雪》醉了大江南北，滋润了多少涸竭的心。雪蕴藏着春的奥秘，厚厚的雪被下萌动着春的嫩芽。雪是秋的希望，丰收的喜悦，瑞雪兆丰年啊！大河大江奔腾的波涛，都是雪的化身，雪的精魂！

说来颇为讶异，我第一次见到雪，竟是在几乎没有冬天的故乡。依稀记得，十三四岁那年吧，我跟随父母到乡下姑姑家过年。姑姑住在故乡戴云山的一个山坳里，那座山是故乡海拔最高的山。春节前一天，凌晨冻醒，推门外望，哇！一片白茫茫，天上飘下棉絮般的东西。父亲惊喜地嚷，下雪了！父亲说他也几十年未见过雪了。“喔，明年是个好年头！”父亲喃喃地说，因过去一年收入欠佳而时常紧锁的双眉，稍稍舒展了。全村老少倾巢而出，都跑到村口迎雪。我冲出门用手去捉棉絮般的飞花，一触手就化了，化成冰凉的水，从指缝滴落。我仰起头，伸出舌头去接，舌尖上舔到一丝冷冷的甜甜的刀锋味。我的眉毛上粘了雪花，小伙伴们嚷着，说我是白眉道长。雪越下越紧，越下越大，棉絮变成了鹅毛，纷纷扬扬，飘飘洒洒，遮天幕地。山头、屋顶、树巅刹那都白了头，仿佛一下子都老了。我和小伙伴们在雪地上打野仗，追逐着，笑声伴着雪花飞舞……那次之后，我再未曾见过故乡的雪。

虽然在异乡的日子，也偶遇下雪天，但第一次让我感受到雪的震撼美的是滇西玉龙雪山。一直被南方的丽日亲吻、和风抚摸变得娇贵的肌肤，在雪山面前显得羸弱羞涩。上山前，在缆车站领了厚厚的军大衣，把自己包得像裹蒸粽。上得山来，见到山上的雾哪是雾？分明是霏霏细雨，打在脸上生痛。抬头望，一条栈道弯弯曲曲地伸向云雾间。玉龙只把它的一段脊背露给你看，它的首尾都隐没在云雾中。这是一幅南宋陈容的《六龙图》，他跃然纸上的墨龙“云蒸雨飞、天垂海立、腾骧夭骄、幽怪潜见”。我看见铁灰色的岩石驮着雪，石缝里冒出一丛丛的红色植物，那便是“藏红花”了。悬崖旁裸露的山岩竟是晶莹剔透的玉石，穿透云层的阳光照射在玉石上，熠熠生辉，像打开一个八宝箱，耀眼的白玉竟让雪也逊它三分。当地的藏民说，那不是玉石，那是玉龙的鳞片盔甲。宋代张元咏雪诗曰：“战罢玉龙三百万，败鳞残甲满天飞。”

雪营造的不尽是磅礴、圣洁的气象，它也渲染苍茫、凄迷的情景。雾失楼台，雪迷津渡，是旅人的惆怅；风雪夜归人，那是怎样的凄楚啊！雪替水墨江南御了妆，红褪了，绿瘦了。让浓妆淡抹的江南以素颜示人。从撑着油纸伞穿过雨巷的丁香丽人，变成素手调羹汤的村姑。雪意漫然的江南，别有一番韵味，坐在江南小镇临河的月窗前，看粉蝶般的飘雪，雪光如霁月，雪意如冷泉，一叶扁舟荡过水巷浪街，梦魂欲渡苍茫。

鲁迅说：“孤独的雪，是死掉的雨，是雨的精魂。”雪是雨的精魂，编织缠绵，雪也是歌的精魂，酿造柔情！最美的情歌都是飞自雪域，《康定情歌》和《在那遥远的地方》都是雪捂出来的，纯洁孕育纯洁，晶莹凝结晶莹。还有刀郎的《西海情歌》，听一次就让我眼眶湿润一次，不忍多听。我从川南稻城亚丁到康定，从北疆伊犁到吐鲁番，看到雪山的姑娘，个个冰清玉洁，乌溜溜的眼睛、红扑扑的脸庞，像一朵朵盛开的格桑花和雪莲花，令我干涩的喉咙也想吼上几声……看到雪山闪在远处天幕，康定的折多河，吐鲁番的葡萄沟，奔湍着雪浪花，哗哗地唱着歌，唱着清亮动人的情歌。

我曾掬饮过折多河和葡萄沟的高原雪水。那年，我到加拿大的落基山万年冰原，像众多游客一样，捧起一勺雪水饮下。这座哥伦比亚冰原面积约为325平方公里，深度达180～300米，是地球上除了北极圈之外最大的冰原遗迹。由于全球气候变暖等原因，哥伦比亚冰原以每年15米的速度向后退缩，目前已经后退了1.5公里了。人们对此忧心忡忡，担心雪线一直后退，就像人的发际线不断向后退就会秃顶。雪线不断退缩的结果将使“圣婴”肆虐大地，人类生存的环境将变得赤日炎炎，草木枯焦或江河横溢，人为鱼鳖……

冰原是亿万年前地壳运动留下的泪。试想一下，当一座玉的长城、一块玉的广场展现在你面前。它原本是奔腾的浪，喧嚣的雨，如今都凝固了，都静默了，在艳阳下闪射着白光，在这里一站便是亿万年。你才惊觉，原来地球上留存最久的不是石头，而是雪！

有人观花兴叹，有人听雨悲歌，我则为雪落泪。有一次，为了走出南方郁闷的秋天，我决定跑去看雪山。孤身上路，风尘仆仆，抵达滇西，夜宿“三江并流”的德钦县城一家旅馆。一夜枕着溪声，辗转未眠，我殷切地企盼着黎明。一大早，我就跟着车队出发。爬上一处高坡，临风而立，等待“卡瓦格博”雪山露脸。俄顷，仿佛谁人持一把利剑刳开灰蒙蒙的云层，天穹出现一个大窟窿，射出湛蓝天光，深邃如海。金灿灿的阳光穿过云层洒下，一座圣殿金顶似的雪峰，徐徐揭下面纱，横空出世，矗立苍穹下。接着梅里“十三太保”次第现身，簇拥着主峰，像一盘闪闪发光的珍珠擎托于云端，展现惊心动魄的辉煌！经幡猎猎，梵呗袅袅，看见如此庄严、静穆、圣洁的雪山之神，我哭了。因为洁白所以庄严，因为庄严所以神圣，我第一次看山看哭了，看雪看哭了，泪下如雨。

美国盲人教育家海伦·凯勒出过一道命题：“假如你是个盲人，让你重见三天光明，你会做什么事？”我的答案是：“其中一天，我会奉献给梅里雪山！”

是的，我会去读雪！

（本文获“中国最美游记”优异奖）

# 苦楝树开花的时节

回想起那些往事，恍如隔世……

但年纪大了偏爱回忆往事。眼前的事常转个弯就忘了，往事却火烙刀刻般难以磨灭。它如不速之客常常不经意间闯入脑海，有时在静坐时，有时在睡梦中，突然灵光乍现。有时午夜梦回，倚床枕坐，往事纷至沓来，在脑颅里狼奔豕突。

每当往事来袭，便会呆上半晌，兀自沉思默想。想着想着，竟禁不住有时喃喃自语，有时轻轻叹喟，有时则笑出泪来。这时候又常被我的小孙女发现我眼中的泪光，于是她总是高声嚷嚷："爷爷，爷爷，你哭啦，又发梦啦！"

是的，往事如梦，我常在梦中——

那是20世纪60年代的事了，离现在已跨过半个多世纪。那时我在闽中山城三明一所中学读书。这所学校规模不大，全校师生初、高中加起来拢共800多人，校舍简陋，师资奇缺。缺到什么地步呢？很多老师是"全能杂家"，譬如数学老师兼教体育、政治，化学老师兼教音乐、生物，有的语文老师既教初中也教高中，初高中一竿子插到底，眉毛胡子一把抓。这种怪现象，人们习以为常，岁月平淡如水，静静地流逝。结果年年高考"剃光头"，人们对它失望透了。

后来情势出现了转圜。那年，学校调来一位新校长。她姓戚，人高马大，作风泼辣，号称"戚大胆"。她决心大刀阔斧改造学校，首先从增加师资入手。她多方奔波祈求调配教师，但不论是师范刚毕业的，还是外地老师没有人愿意屈尊俯就，到这山区中学任教。

失望之余，戚大胆竟把目光投向"劳改农场"。她打听到邻县一个劳改农场有几个教授级的右派分子，准备解除劳教，但有关部门对如何安置发落他们，正在犯愁。戚校长闻讯喜出望外，三脚并作两步跑去要人。上级领导认为让这班人重执教鞭，有风险，举棋不定。这时戚校长拍着胸脯担保："请放心，我一定能管好用好他们。否则，唯我是问！"经不起她软磨硬泡，领导终于签字画押，从农场抽调4个男女解除劳教分子，给了山城中学。

那年春天，校园里的苦楝树花开得正盛，轻风拂过，落了一地紫色的花瓣，像铺了一层毛茸茸的地毯。不知道这树为何姓"苦"，她的花呈紫色，细细碎碎，很漂亮，还散发出淡淡的清香。

校长办公室外围着栏杆，栏杆旁有一棵苦楝树，树杈上挂着一口小铜钟，上下课钟声当当响起，上课是四连声，下课是两短一长，每天都是戚校长亲自敲钟。本来敲钟是校工老梁的事，校长说这事由她包揽。

这天早上第一节课下课钟声刚响过，教室里便吱吱喳喳像雀儿般飞出一群群同学。跑出走廊，他们惊诧地看到学校操场上走来四个陌生人：三男一女。打头的是一个身材肥胖的男人，他上身穿着灰白条纹的西装外套，下身却穿着西装短裤。另一个男的穿着褪了色的蓝卡其中山装，虽然有点旧，但很整洁，领口的风纪扣扣得紧紧的。第三个是个女的，她头发卷曲，像一团鸡窝，嘴唇涂得红红的像在流血。押尾是一个年纪较大的男人，他左手拄着拐杖右手端着大烟斗。山区里的孩子没见过这样的奇装怪服的人，看得目瞪口呆，一脸迷茫。

"回去，都回到教室去！"戚校长站在坡顶上喊。同学们都很怕她，她一喊，就纷纷往教室里钻，很快教室的窗户上叠满了人头。

山区的孩子别的本事不大，起花名却是一流高手。于是，"四怪"很快都有了花名：那拄拐杖的老先生，叫文明棍；那胖老师，叫西装友；那穿中山装的，后来发现他长着酒糟鼻，不过大家嫌叫酒糟鼻太过粗俗，咬过一番耳朵之后，大家一致同意定为大红枣。至于那爱臭美的女老师，就叫花蝴蝶。

而且，"四怪"也都被"起底"。他们都是戴帽右派，在邻县明溪光明农场劳教。他们在农场可谓劣迹斑斑，搅得神憎鬼厌。叫他们去放牛，牛丢了，人跌崖底。叫他们喂鱼，鱼翻肚，满塘漂白。叫他们锄草，韭菜拔光，稗草留下……

可是，他们的来头却不小。文明棍，据说是某大学的英语教授。另外两个也是高校教师，西装友教俄语，花蝴蝶教数学，大红枣比较特别，是某部队的文化教官。除了文明棍，其他三位都是我的科任老师。

文明棍喜欢傍晚的时候在校园里漫步，他一手握着石楠木烟斗，一手扶着竹制拐杖，一步一步走着，不紧不慢，步步合尺。大有“泰山崩于前而色不变，麋鹿兴于左而目不瞬”之态。有一天，他正在操场上走着，骤然下起雷阵雨，噼噼啪啪，雨急似箭。大家纷纷躲避，抱头鼠窜。有人朝他喊“快跑”，他却慢条斯理地说：“跑什么跑？前面也是雨。”依然故我，雨中踱步。总以为这只是一则笑话，却不料现实生活中真有这号人。但他也不是样样事情都这么淡定，在教书上他就像个急匆匆的赶路人。

他有三件宝：除了文明棍、大烟斗，还有一部老式英文打字机。学校的英文教材全是他亲手编写，再一个字一个字敲打出来，油印成册。每当夜幕垂空，人们总可以看到他坐在宿舍的窗前，戴着老花镜，埋首打字，滴滴答答的键盘声，像淅淅漓漓的春雨般响个不停，一直响到深宵……据说他编写的教材，被省教育厅定名为《标准初中英语》出版发行，不过这是若干年后的事了。

大红枣，姓张，教我们地理和历史。他曾当过部队文化教官，所以服装整饬，一丝不苟。但他的鼻头有明显的红血丝，俗称酒糟鼻，影响了他的仪容，有碍观瞻。他讲课时眉飞色舞，声若洪钟。他对中国地理、历史可谓如数家珍，倒背如流。听他的课如听评书，尤其历史课讲到节点处，七情上面，十分肉紧。记得有一次他被同学作弄。那节地理课，他讲到东北物产丰饶，有森林煤矿，大豆高粱，还有东北三宝人参、貂皮、乌拉草。他说，值得一提的是辽宁的大平顶枣也很出名，它颜色深红，特别鲜艳，被称作“北方玛瑙”。

这时有一位同学举手提问：“报告老师，你的家乡有大红枣吗？”话音刚落，哄的一声，全班同学大笑起来。他不知道大家是在笑他，一本正经地回答说：“我的家乡是广西罗城，不产红枣，我国的红枣产地主要是……”不等他往下说，全班同学朗声齐诵“山西陕西、河北山东”。他高兴地说：“答得好！”大家笑得更欢，他也跟着咯咯傻笑。

西装友，上海人，姓冷，教俄语。那时跟苏联好，管苏联叫老大哥，俄语吃香。为了帮助记忆，同学们各自发明了汉字注音法。比如俄语“再见”，汉字注音“打死李大娘”，“公共汽车”——“阿姑大肚子”。这样发音当然不准，冷老师又特认真，音偏一点点也不放过。一个词，一句话，往往要领读十几二十遍。课堂上他竖着耳朵谛听，他的耳朵像蝙蝠一样灵敏，在轰响的朗读声中，他居然能准确无误地捕捉到发错音的人。经常大家正读着读着，他突然喊停，指着一个方向嚷道，某排某号某同学，你的浊音没发准，请跟我念。于是一遍、两遍……二三十遍，直念得口干舌燥、声嘶力竭。

花蝴蝶，姓夏。她戴发箍，穿花裙，涂口红，每天打扮得花枝招展，在这山旮旯的地方，不知她打扮给谁看。听说她四十好几还“云英未嫁”，单身一人。从外表来看，她更适合教音乐美术之类，人们很难把她和枯燥无味的阿拉伯数字连在一块。可她偏爱代数函数、点面线角，有人送她一副对联“人生轨迹，尽在曲线弧度里；岁月印痕，都含加减乘除中”。她很高兴，贴在门上。

她的板书堪称一绝，上课时从黑板左上角写起，边讲边写，写到右下角，下课铃响的时候，正好画上最后一个句号。满满当当一黑板，清清楚楚，不擦不改，不由人不佩服。

她常给学生“开小灶”补课。有时从食堂打了饭盒，刚回到宿舍坐下准备吃饭。补课的学生应约而来，她把饭盒往边上一推，立即给学生讲解辅导起来。一两个小时后，学生走了，饭菜凉了，她用煤油炉加热一下，囫囵吃完，又开始备课，直到月落星沉。这就是她的生活轨迹，日复一日，而她也更加人比黄花瘦了……

两年后，山城中学不仅高考“破蛋”，而且有8名被大学录取。30多名应届高中毕业生，有8名高中，这在当年比例相当高了。学校因此捧回了一面省教育先进单位的奖旗。山城沸腾了，大家欢天喜地，奔走相告，都说“四怪”功不可没。

时光荏苒，转眼间，又到了苦楝树开花的季节。苦楝树的花开得快谢得也快，前几天还不觉有什么动静，一夜之间，繁花已蓬勃于枝头。一不留神，花又凋零了，如紫色细雨簌簌飘落，在树下铺了一圈紫色的梦痕。

这天校门口开来一辆带篷的大卡车，“四怪”要走了。

消息传遍校园，大家都涌到校门口含泪相送。

学校工友把他们的行李搬上车，戚校长也帮忙搬东西。他们登车时，校长和他们一一握手。车子发动了，我看到校长背过脸去用袖口拭着眼泪……

据说他们已平反摘帽重返原单位。离别之后，他们的音讯杳然。但是他们走后不久，“文化大革命”爆发了。他们的命运如何？只有望天打卦。我默默地为他们祈祷，祈祷了十几年，直到改革开放的春雷响起……

如今我也已经是古稀之龄的老人了，我的老师，你们可安好？

# 老去的庙街

从九龙油麻地弥敦道普庆戏院拐进一条横街，走没多远就看到一座石牌坊，那便是庙街了。普庆戏院现在已经拆卸了，没了普庆戏院，庙街好像被脱去了一件外套。

庙街两旁的高楼像陡峭的堤岸，夹持着小街在岁月的长河里迂缓地流淌。仅仅是几个街口之隔，街外早已是霓虹焕彩、摩登繁华的现代都会，而这条小街像停滞在几十年前，依旧像穿着唐衫长褂的老者徘徊在时光隧道。

庙街的入口处有一座牌楼，横额上刻着庙街两字，北面的柱子上一副对联是新题写的："庙显什么文化，街现什么精神"云云，这种标语口号似的对联，真是大煞风景。感觉上就像一件古色古香的古董上，生生地让人刮了两刀，留下两道疤痕。

虽然不能把庙街贬为藏污纳垢之地，但它也戴不起如此冠冕堂皇的"继承弘扬"的高帽，庙街就是庙街，香港的一条特色街道。

庙街的历史可以追溯久远，早在1887年清光绪年间九龙地图已有记录。1968年，当时的港英当局拟在天后庙的广场附近兴建一个社区服务中心，引起该处经营的200多个流动小贩对搬迁安排的不满。在油麻地街坊会及香港警方协调后，政府决定在庙街及上海街近榕树头一带划出临时摊位，抽签安置小贩。迨至1975年3月，当时的香港市政局在庙街划出"小贩认可区"，庙街夜市于焉成形。

我对庙街的记忆，仍是当年"初到贵境"时的印象和感觉。遗失在岁月风尘中的记忆虽然已经泛黄，但并未飘逝。当年常去，印象深刻，庙街风物犹历历在目。

庙街又叫男人街，旺角还有一条街叫女人街。两街相距不远，步行约莫20分钟左右。女人街以贩卖女性用品为主，男人街则是吃喝玩乐俱全。

庙街和庙街的故事素来是香港电影的热门题材和拍片热点。《食神》《庙街故事》《庙街皇后》《庙街十二少》《庙街妈兄弟》等电影，都是以此地为背景。

华灯欲上未上时分，庙街就开始忙碌起来了。小贩们开始搭起凉棚，从街旁商铺拉出电线，摆摊开市。入夜，这里灯火辉煌，人头攒动。各种杂货从名贵的劳力士、欧米茄手表到十几块的电子表，冒牌手袋、朱义盛首饰、玉器古董、裸体打火机、印度神油、西班牙苍蝇、上蜡的水晶梨……琳琅满目，应有尽有。不仅港人喜欢到这里捡便宜货，“鬼佬”也喜欢到此游览。在摩肩接踵的庙街人流中，常见金发碧眼或乌黑如漆的老外，与小贩打着手势，比画着讨价还价，像在吆三喝六，猜枚划拳，鸡同鸭讲，实乃庙街一景，颇为搞笑。

早年这里是烟花之地，如今已式微流散，剩下一些一楼一凤，苟延残喘。一楼一凤多散布于小巷，那里灯火相对阑珊些，正适合这种半明半暗的存在。

与青楼一样，走进“无可奈何花落去”境地的是麻雀馆。原先这里的青楼莺寨是三步一楼，五步一寨，麻雀馆与她恰似一对孪生兄妹，荣枯与共，早年也是比肩林立，如今花果凋零，只有一些老年雀友光顾，麻雀搓牌声伴着咳嗽声此起彼落。

庙街长盛不衰的始终是夜市的摊贩，不但不见衰落，而且越做越旺，甚至把名气做到国际上去了。路边的熟食档炉火通红，火舌呼呼乱窜，油镬嗞嚓作响。掌厨的满头大汗，铲勺齐飞。东风螺、姜葱蚬、濑尿虾一盘盘现炒现爆。食客坐在路边，身旁人群川流不息，这毫不影响他们的食欲。生力啤、嘉士伯啤酒是一打一打地上，空罐成摞。不坐下来吃，路边叫卖的咖喱鱿鱼、鱼蛋串、臭豆腐，也是不错的选择。擎着用竹签串着的鱿鱼、鱼蛋边走边吃，就像京城庙会卖的糖葫芦串，乡土味十足。

庙街其实不长，从头到尾大约600米。中间有一座天后百年古庙，建于清同治四年，故而得名。庙前庭院，植有老榕数株，绿荫如盖，老藤垂拂，故庙街又名榕树头。天后庙香火素来鼎盛，榕树头则是老人的乐园，白日间他们常在这里遛鸟。树杈上挂满鸟笼，树下石凳上摆着棋盘，树上画眉、百灵、红子、黄鸟在斗嘴，吵落几片树叶，树下老人斗棋，丢落一地烟头。

庙街正好被天后庙切成南北两半：南面和东面是平民夜总会，庙街的“小贩认可区”包括文明里至众坊街一段。

如果要领略香港的民俗文化，那非得到庙街平民夜总会走一走不可，这里是香港地道的文化博览馆。当年，我家住九龙土瓜湾，离庙街不远，我常到这里凑热闹。那时初到贵境，人地生疏，庙街陪我度过许多寂寞彷徨的夜晚。从住处搭巴士在普庆戏院对面下车，横过弥敦道，进入庙街。我对那些廉价品、冒牌货，挤人头兴趣不大，所以常到南街溜达。

天后庙挨着南墙的一段，比较安静些，一溜儿都是看相、算命的摊子。摊主们一个个摆出一副半仙的模样。有用龟壳铜钱卜卦的，有用神雀叼卦的、有塔罗牌、有签筒。半仙、铁嘴、神算有盲公也有开眼的，有男的相士也有女的巫师。大多一张小桌上面摆着一盏煤气灯，有的干脆连桌子都省了，一张小板凳，一张阴阳八卦图往地上一铺就开档。着装上大多是长褂一袭，仙风道骨，飘然不凡，也有穿中山便装、对襟唐衫的。最特别是路口一档，一个中年相士，身着深蓝西装，头发梳得油光贼亮，苍蝇爬上去都会跌死。他的桌前布幔上写着告白：“哲学博士，学贯中西！”桌面上还竖着一副镜框，嵌着英文的博士证书，据说是美国宾夕法尼亚州某神学院的博士，但很少人深究是真是假。

有一天晚上，我闲逛至此，看见博士相士正就着电池灯管给一对情侣测算姻缘，便驻足旁观。博士排出一副紫微斗数命盘，说女的是什么“八字杀旺桃花”命，带煞当灾。女的闻言吓得花容失色，默默垂泪，男的一旁低声安慰。博士滔滔不绝地解说着，什么三方四正、劫空化忌、躔于陷地……讲者口若悬河，唾星四溅，听者藐藐，一头雾水。讲毕，博士拿出一串据说开过光的小叶紫檀佛珠手链递给女子，说可破煞辟邪，是护身符。男子询价，博士不悦，脸一沉说“佛珠无价，随喜供奉！”。男子连忙从钱包掏出所有金牛大钞，数也没敢数交到博士手上。博士暗掂大约有四五千之数，心中窃喜，纳入袋中，脸色立马阴转晴，堆起笑容说：“佛珠护身，趋吉避凶！”小情侣起身道谢，匆匆离去。见此一幕，我不禁暗自叹曰：“问世间情为何物，直教人倾囊相许。”相士的伶牙俐齿最容易咬开情侣钱包的拉链了，令他们荷包大出血。

庙街最热闹的地方是靠东边的大笪地，那里是吹拉弹唱，卖膏药、耍工夫的场所。一拐进街口，首先看到的是一个卖药的场子，这档口由一老汉、一男孩、一猴子组成。师傅是个山东老汉，银须垂胸，满口胶东腔。前几年尚能表演胸口碎大石，赤膊崩钢丝，空手劈砖等硬功夫。现在武师岁数大了，表演不动了。近年收了个十二三岁的小男孩为徒。他负责打锣和吆喝，小男孩表演翻筋斗、拱桥劈叉、耍刀剑花枪。最吸引眼球的是那只马骝（粤语“猴子”），它身穿大红马甲，头戴京剧武生帽冠上的雉翎，撅着屁股走路，像卓别林一样迈着外八字步，那模样实在搞笑。老汉给它取名叫弼马温。弼马温负责讨赏，它端着铜盘，一摇一摆，绕场向看客讨赏钱。每当看客把硬币投入盘中，当地一响，弼马温立即挺胸立正，举手行军礼表示答谢，引起一阵哄笑。

小男孩表演完了，轮到师傅出马。武师抬出一张方桌，喊道：“弼马温上来！”马骝精就跳到桌上蹲着。武师说：“各位看官，男欢女爱，人之常情。你看连马骝都寂寞难耐呐！”弼马温边把玩器官边点头。突然武师挥起藤鞭“啪”地向桌面抽了一鞭，把弼马温轰到桌子底下，吓得吱吱乱叫。武师举起藤鞭指向前方，人群豁开一个口子，让藤鞭直指巷底：“嗱，就是那个巷子里住着的阿兰，3个月不见大姨妈，面黄肌瘦，服了我三帖加味逍遥丸，立即来潮，面色红润！”武师展示一盒黑色药丸。观众知道表演已告一段落，接下来是卖药时间，便悄悄离去，蝉过别枝，纷纷过档到隔壁的粤曲班子去了。

这里一块不大的地方，聚集着四五个唱家班。他们以演唱粤曲为主，也穿插一些流行曲。有些还自己作曲填词，歌词糅入粗俗咸湿的广东俚语，精警抵死，鬼马风趣。别小看这些卖唱的艺人，从这里走出不少大牌的香港家喻户晓的歌手如尹光、朱咪咪、夏金城等。

有个班子是一家子人组成的，在这里驻唱了二三十年。我是这班子的忠实粉丝。虽然他们没有行头装扮，全靠裸唱，但“手眼身发步”，一招一式有板有眼，一丝不苟；唱腔声韵原汁原味。他们多数演唱粤曲，而最受欢迎的曲目竟是黄梅戏《游龙戏凤》。老街坊对此百听不厌，有的戏曲发烧友特地从元朗荃湾坐一个多小时巴士赶来听演唱。扮演风流正德皇帝的是父亲，年轻时他长相俊朗，风流倜傥，唱作俱佳，在庙街名气响当当。

原先和他搭档扮演梅龙镇酒家店主凤姐的是他的老婆，前几年因病去世了。顶替上来的是他的女儿。如今小生已老，发际线向后退缩，额头光秃，头顶毛发稀疏，脸上沟壑纵横。唱腔虽然还是那么有滋有味，但与他水灵灵、豆芽菜般脆卜卜的女儿演对手戏，就显得突兀。本来是风流皇帝戏凤姐，变成父女打情骂俏，老豆撩妹沟女，反差太大，形态滑稽，令人忍俊不禁，而看在老戏迷眼里则平添几分凄楚。

为了生计，他每场都落力演出绝不欺场。为了迎合观众不同口味，有时也穿插演唱几首流行曲，学着年轻歌手又蹦又跳，踏着令人发噱的新潮舞步。每次演唱流行曲总是掌声夹杂着嘘声，他不免感慨系之，时常汗水掺和着泪水。老年小生特别爱唱徐小凤的《掌声响起来》，歌声苍郁低回：孤独站在这舞台/听到掌声响起来/我的心中/有无限感慨/多少青春不在/多少情怀已更改/我还拥有你的爱……有时唱着唱着，感怀身世，潸然泪下，泣不成声。

去年我自旅居地美国加州返港，专诚到庙街怀旧一番。虽然眼前灯火依旧，喧闹依然，但我隐约感到庙街老了，昔日平民夜总会的“风采”正逐渐一点一滴地消融。

· 第三辑 ·

# 诗歌

## 散落诗草

我能一口饮尽远古的醉意，
却泅不过，
斟了又斟的苍茫。

——题记

# 母爱的真谛

一副雪白的鱼骨
躺在沙滩
身边散落着贝壳
风轻轻地走过
骨头里听到海浪的哭泣

她没有翅膀
用鳍一级一级地飞越瀑布
无数次挣脱鹰兽的铁爪利喙
只为了一次死亡的约会
跋涉万里

回到故乡
她不是一个凯旋的战士
她是一个遍体鳞伤的母亲
在故乡的小溪产下孩子
然后静静地死去

几千张嗷嗷待哺的小嘴
梅花针般扎在她的躯体
啃她的肉
吸她的血
直至完成一场辉煌的葬礼

大马哈鱼用生命
诠释了母爱的真谛
她的孩子又开启生命之旅
从故乡奔向海洋
再从海洋返回故乡的小溪
无悔地轮回

2014年5月23日

# 心乡明月

佛陀拈花
只等铿然一笑的回眸
秦月汉关
守候游子归来的翩然
最是月色朦胧中的故国
不敢回首
怕泪眼决堤瞬间

枫红露白时节
托彩云捎去祝福
春暖花开之际
当以融雪速度奔回
山一程，水一程
夜深梦更长
风一更，雪一更
故园一盏灯

佛说缘起性空
灵根所系不生不灭
凤凰涅槃
叹只叹，身老加州
心在唐山
渡苍茫，碧海青天
月朗心乡！

2015年2月3日

# 鹰的涅槃

太阳用老鹰的翅膀
覆盖了整个草原
中年的老鹰
在悬崖上筑巢
她要在那里走过死荫的幽谷

从绝望中孵化希望
从骷髅的眼睛里
读出黑夜的流萤
她啄击岩石敲断自己的喙
嚼石为火，嚼火为闪电为风

为了利爪不变成一种摆设
她拔光了指甲
为了飞翔不变成明日黄花
她拔光了羽毛
终于她浴血涅槃
从悬崖上一跃而下
用她的翅膀拥抱了整座天空！

2015年6月4日

# 白帝城怀古

拂晓
夔门上空的冷月
正向西行
我在甲板上犀牛望月
望向对岸的白帝城

彩云歇在托孤亭上
李白挥一挥袖
带走千年的缱绻，以及
两岸的猿声
一首诗
一座城
诗为城而生
城因诗而名

古色苍然的石阶
隐约着诗仙的履痕
拾阶而上
山翠从眉尖落下
江声自脚底升起
如腾云驾雾飘飘欲仙
白帝城
醉了古今

2015年9月5日

# 追 问

幡动风动还是心动
不必去问六祖
那是幡的心事

亚马孙森林的翅风
卷起千山外堪萨斯风暴
无须问蝴蝶
那不是它的阴谋
两颗陌生的心走在一起
且莫问为什么
那是眼神匆匆一握

寒晨疏钟，烟霭暮鼓
苍云白狗，朝花夕汐
往事不堪回首
回首已是百年
不必苦苦追问
无奈的熵增定律①
人生不过如此
且行且珍惜！

2016年10月4日

① 依据熵增定律，地球生物都会从有序走向无序，也就是走向死亡！

# 那 人

## ——致诗人范方

不与树争夺空间的、瘦得
可怜的那人，当风暴选定他为目标的时候
他坚持自己为一竿修长的竹子
甚至脑门激起的浪花，也梳成有限的一束
而不知道他胸中何能容纳这么多
世纪的心事以及那些无处归宿的星子
以及没人收藏的脚印

而把空心菜去营养整个天空的蓝的那人
烟酒是戒不掉的，总以醉眼去诠释清醒
以苦涩去反照芬芳，甚至
在每个方格里种一块岩石，又把岩石
嚼成火，嚼成阳光，甚至以火以阳光
去涂抹江河的走姿
百花的眼神

1990年2月20日

# 听 歌

都以为你加入
“地下党”
却惊见依旧泡在酒缸
民俗从酒里打捞起来
晾在阳台的竹竿
山歌、肩膀戏、族谱、菜单……
还有落满灰尘的星星以及
折断了的风的翅膀

山歌不再嘹亮
当年喊山
唷嗬一声直冲霄汉
如今粗着脖子
歌声却跌倒在门槛
来一段拿手的龙船调吧
胸脯依旧是一面鼓
擂一拳，却咳出一大口痰
老了，老了
连笑出的眼泪都已爬不动
在满脸的沟沟壑壑里冻僵

窗外，沙溪春潮正涌
山花烂漫

窗内，满头芦花摇雪
歌声沙哑低缓
你用烟的嗓音
火的喉咙
吼出滚烫的乡情
把我重重灼伤！

2015年4月25日于三明

（听老同学文艺家宋经文唱方言山歌）

# 游严子陵钓台有感

一丝鱼钩
抛入富春江
钓一江春雾，一顶
隐士的桂冠

先生身披羊裘手握钓竿
端坐岸边，闭目入禅
鱼来与不来
属于哲学问题，与他
垂钓无关

先生无所事事
先生悠悠晃晃
先生高风亮节
先生山高水长
钓台千古傲立
美名代代相传
可怜征夫戍卒
马革裹尸，抛骨异乡
凭谁问家在何方

严公祠前
游人如织
个个脸上写着景仰

那纪胜的碑文
在我的眸子里
模糊成一片薄霜

2017年9月15日于浙江旅次

# 天心月圆

月亮被李白定义成故乡
于是看见月亮如晤故人如见故乡
于是千百年，我们缱绻
于举头与低头之间
苏东坡千百次追问
明月几时有
为月的阴晴圆缺
翩然起舞，长啸低唱

月缺时像一叶扁舟
装载着漂泊与流浪
月圆时如车轮
向着故乡的方向驰骋
今夜天心月圆
似水的月光泼了一地
掬一捧月色饮下
陶令的东篱菊
在我心中绽放

古典诗词是月魂
回乡的路铺满
古典的月光
我是一杯酒、一朵菊、一片霜
我在唐诗宋词里
望乡！

2016年8月13日

# 栖霞畅想曲

云霞在空中流浪
流浪的云霞没有故乡
千百年寻寻觅觅
终于找到筑巢的地方
云霞翔落长江入海口
栖息三峰拱卫的宝地，虎踞龙盘

彩霞簇拥，擎托起栖霞山
历代五王十四帝登临览胜
在此睥睨天下，志得意满
一座栖霞山，半部金陵史
拂去六朝金粉，阅尽人间沧桑

云霞在这里繁衍生息
绵绵出岫，子孙满堂
走进栖霞山，看见
云霞家族扶老携幼，倾巢而出
在枫岭、桃花涧、红叶谷嬉戏游荡
栖霞山的红枫是10月的新娘
一年一度嫁给皑皑雪山
岁岁落叶，代代新人
盛大的婚礼延绵千年不断

彩霞是她的裙裾霓衫
红叶是她的霞帔凤冠
南朝为她涂抹第一道腮红
乾隆为她描画了五次眉黛
更有那栖霞寺如翠绿的玉簪
插在她高耸的云鬓雾鬟
云霞的族长是红枫的证婚人
婚宴上畅饮西风，满面酡颜
捋须而笑，嘿然一声
舍利塔拔地而起，直指霄汉

2016年9月7日于南京

# 栖霞览胜

一片枫叶
飘落栖霞山的手心
握着一把火一脉血
举起旷世的壮丽与悲凉
秋叶是静美的死亡
死亡的颜色是黑色，而你
鲜艳如2月的红花

血与火搏斗几千年
六朝金粉铸就金陵史册
烫金的封面
五王十四帝登临的龙辇
在卷帙上留下了斑驳的辙痕
红叶的书签，钤着
乾隆六下江南五次御览的印章
栖霞山你三分妩媚七分伟岸
北临长江三峰环峙虎踞龙盘

当凋零的日历越来越单薄
如约而至的西风
灌醉了满山的枫叶
层林尽染万树飘丹

10月的栖霞山
上演一年一度狂欢嘉年华
红枫摇曳着彩霞的裙裾霓衫
旋舞于枫岭桃花涧红叶谷
那是火的盛会血的红浪

10月的栖霞山是梦幻的剧场
揣着秋的请柬进山
拾到几枚红叶，一把鸟声
在通往栖霞寺的小路上
不期然遇见了禅

2016年9月14日

# 昙花的心事

暮春，细雨霏霏
古寺披上一袭轻纱
钟磬梵呗也难勘破
圣山的晓露与夕岚
一只老鹞惊起，聒噪树端
把鹧鸪唤醒，韦陀暗自神伤
眼下离六月盛夏还远
他等待一场流星雨
划破苍穹洒入荷塘
众荷喧哗，千萼万蕊之中
点亮那盏茫然

你是月下的美人
夏夜醒来
从瑶池翩然而降
一年365天，企盼
盛开的那一天
一天24小时，等候
凋零的那一刻
你没有怨怼
美其实不是一种存在
美是一种消失，而永恒
早已站在消失的门槛
你玉步娉婷

裙裾摇曳缀满星光
羊脂玉般千层长辫倏地一颤
放飞万千雪白的蝴蝶
耀眼夺目美得令人心旌荡漾

惊艳的目光还在迷眩
你的花瓣已缓缓合上
刹那间的美丽
一瞬间的永恒
一惊一乍一轮回
须臾千年
你是月光的一朵叹息
飘落韦陀的食指尖上
纵然花谢枝残
犹有香魂依旧，沿着
马齿苋啃嚼的山径一路弥漫

你为在最美的时刻
让心爱的人看上一眼
舔过刀刃淌过火海
渡过死亡的彼岸
露珠是黑夜滴在你腮边的泪
韦陀的双眸被露水拭得晶亮
佛说五百年的回眸
才换来今生一次美丽的邂逅
夜如山你的心事如浪
千堆雪，拍遍栏杆

2020年5月13日

（获“国际爱情诗大赛”三等奖）

# 圣克鲁斯咖啡店

圣克鲁斯海滩一家咖啡店
营业到子夜才打烊
我和自己相对而坐
喝着香草拿铁不加方糖
面对着自己裸泳的思想

总以为浪是风生的
海上的灯塔是星星点燃
圣克鲁斯的渔船告诉我
是它扯着风扯着浪
点亮灯塔的那盏茫然

远处的星星惺忪其眼
汐浪的鼾声断断续续
只有坐在黑暗里，才能
构造出一扇窗，以及
听到心的泪响

黑森林、千层酥、巧克力芝士
点心的香气飘散苏格兰的风笛
在圣克鲁斯的海滩
一家收留孤独的咖啡店
营业到子夜才打烊

2020年6月8日于加州硅谷

# 2020的武汉

云是花的口罩
花是亭的口罩
门是家的口罩
家是众生的口罩
只有风没有口罩
披着蝙蝠抛来的黑氅
在空荡荡的大街上舞蹈

阳光一下子老了
趴在窗台上喘息
冬眠的雷声在2月醒来
风炒着雪，雪燃烧着雨
唯有彼此茫然的眼神
温暖着2020的春天

商店回忆着脚步
杯子忘记了酒香
欢笑告别了脸颊
而墓碑疯狂生长

何时脱去口罩
何时山花烂漫
即使风雨过后还有风雨
悲伤过后延续悲伤

希望始终走在路上
就像穿透大气层抵达地球的星光
照亮远方的武汉和武汉的远方

2020年2月23日

# 4月4日有感

旗垂半杆警笛鸣，
海狱同泣动地哀。
抗疫逆行蹈火去，
驱瘟勇闯赴汤来。
千古长江千古楼，
无数史剧无数台。
荆楚自古英雄地，
毒霾散尽百花开。

2020年4月4日

# 江城抗疫

春寒毒雾侵江汉，
荆楚悲鸣凋丽颜。
鄂地无花辞逝者，
荒城有泪哭尘寰。
历经炼狱初心在，
誓灭瘟神奏凯还。
黄鹤楼高千载古，
相期携手共登攀。

2020年4月10日

# 禅意短诗一束

## 秋　雨

雨走向深山
秋跑来迎迓
月亮蹲在悬崖上

## 山　鸟

桂花子落下来
砸得空山喊痛
山鸟惊飞了月亮

## 松　林

山泉听着
远寺的钟声
太阳照得松林
更冷

## 渡　口

蝉声沿着小路
走到渡口

太阳浴在水里
炊烟醒了

## 山　月

山高月小
四野寂静
猛虎一声
山月一跳

## 佛　陀

佛陀拈花一笑
以手指月无语
心亮了

2019年5月8日

# 散文诗——

# 美哉！盛世莲花

## 一

美哉！盛世莲花，凝视着你，我心潮澎湃！

轻轻摩挲着《澳门纪略》，脑海里浮现740多年前的一幕。南宋末年的一个严冬，零丁洋上乱云飞渡，浊浪滔天。一艘战船驶入珠江口，船头伫立着一个扛枷的囚徒，海风撩起他的乱发，飞扬如黑色的火焰，锒铛作响的铁镣，震落寒星。兵败被俘的文天祥，仰天长啸吼出千古豪言：“人生自古谁无死，留取丹心照汗青！”响遏行云！这片南中国海，揭橥中华民族抗击外侮，宁死不屈的篇章！

回眸历史，我们看到宣传画上，一个头戴高帽、足蹬长靴、手持“司的克”、彬彬有礼的绅士，像张扑克牌，翻过一面却是青面獠牙的恶魔，它把鸦片倾销中国，荼毒吾国吾民。林则徐点燃虎门熊熊的烈火，滚滚浓烟吞噬了如山的鸦片。

英廷悍然出兵，发动鸦片战争，西方列强饿狼般扑向中国。毛瑟枪挑着八国联军的血旗，马刺靴践踏着东方的热土。兵燹焚毁圆明园，铁骑饮马紫禁城。刚愎自用的西太后裹胁傀儡光绪帝，仓皇辞庙仆仆于尘土飞扬的西安亡命之途。19世纪末的东方天穹，只留下一个王朝苍凉佝偻的背影。

翻开沉痛的历史记忆，双膝缺钙的满清只懂磕头下跪，欲壑难填的列强拼命敲骨吸髓。割地赔款，赔款割地，《南京条约》《中葡会议草约》……失去了香港，失去了澳门，中华民族在呼号悲泣！

## 二

请听一听这血泪迸发的呼唤吧！你可知“妈港”不是我的真名姓？/我离开你的襁褓太久了，母亲！/但是他们掳去的是我的肉体，/你依然保管我内心的灵魂。/那300年来梦寐不忘的生母啊！/请叫儿的乳名，/叫我一声“澳门”！/母亲！我要回来，母亲！

这呼声黄河长江的波涛听见，零丁洋的海风听见，澳门岛上的妈祖阁听见，炮台山下的大三巴牌坊听见，千千万万的炎黄子孙听见……呼喊的是诗人闻一多，他是一支红烛，为民族社稷燃烧罄尽。1946年暮夏，他倒在暗杀者子弹攒射的血泊中，然而他的呼声经久不息，回荡在海空江天。

为有牺牲多壮志，敢教日月换新天。为湔雪百年丧权辱国之耻，为让中华民族屹立于世界之林，多少仁人志士抛头颅洒热血，前仆后继，筚路蓝缕，艰苦奋斗，迎来了祖国今天的繁荣昌盛！

1997年我们见证了一个殖民历史的终结，日不落帝国如血的残阳，在远东最后一块殖民地上陨落！末代港督彭定康在滂沱大雨中，降下港督府的米字旗捧在手上，一步一步登上“不列颠安娜号”驶离香港，风雨卷走了他孤寂落寞的身影……

在庄严的中英两国香港政权交接仪式上，米字旗徐徐降下，五星红旗冉冉升起！1999年澳门也举行了交接仪式。香港回归，澳门回归，海外孤儿终于重投祖国母亲的怀抱，亿万国人热泪盈眶，振臂欢呼！我们看到澳门“五星照耀下的莲花”旗在风中飘扬，看到金莲花在阳光下灿然绽放。

## 三

世间的道路不会平坦，骤然而至的风雨不会消匿。草丛里还有蛇的冰冷的眼色，水潭中还会有泛起的沉滓！回归后，澳门的孪生兄弟香港风浪频生，始于己亥夏天的“修例风波”，黑暴肆虐，令人出离愤慨！

“天欲坠赖以柱其间”，中央高瞻远瞩，英明决策，止暴制乱，引领香港的航船冲开迷雾，劈波斩浪，驶向未来！

与香港隔海相望的澳门，回归后步履踏实稳健。且看今日之澳门，正努力实践着“一国两制”的构想，尽显澳门人的家国情怀。

当我们穿过大三巴街，沿着斜坡拾级而上，坡顶上巍然屹立着大三巴牌坊。这座被焚毁三次的圣保禄教堂，只剩下屏风般的前壁。历经350年的岁月，任凭风雨蹂躏、沙尘剥蚀，铜鸽圣婴的雕像依旧栩栩如生，石牌坊岿然不动，阅尽人间春色。

她像一块历史的拓片，向瞻仰者诉说澳门悠悠的似水年华，沧海桑田。她又像一只凤凰，浴火重生，展翅欲飞。人说她是“立体的圣经”，我说是百折不挠的澳门精神的象征！

啊！澳门，东方的蒙特卡洛，蕞尔小岛，娱乐场林立。威尼斯人、金沙、永利、葡京、美高梅融汇中西文化的不夜城，闪烁着古典的优雅与现代的华美。经历了金融风暴、新冠病毒疫情的冲击，澳门举步维艰，但依然一步一个脚印，坚毅前行。

世界文化遗产的澳门历史城区，海天飞镜的濠江镜湖，玉琢冰雕的竖琴似澳凼大桥，一一镶嵌在岛上。喷薄而出的旭日，铺满玫瑰色晚霞的地平线，海风轻拂的清晨，鸽铃呼哨的黄昏，满眼勃勃生机。澳门是一幅画，嵯峨罗列的楼宇，海面移动的风帆，框好画也好，充满动感与梦幻！

如今更有举世惊叹的港珠澳大桥，宛如一条游弋于云乡梦泽、浩瀚烟波的巨龙，凌波跨海而来，一桥飞架，挽起三地，天堑变通衢。她被誉为世界新第七大奇迹之一，载入人类伟大工程的煌煌史册。

放眼未来，粤港澳大湾区将横空出世，得天独厚的澳门，犹如一颗明珠，捧在大湾区的掌心，必将更加夺目璀璨！

2020年6月30日

·第四辑·

# 随笔

## 文林拾叶

深刻，都不是制造出來的。

——题记

# 冷香与梦魂

这是一幅斑斓的客家画卷，这是一朵亮丽的围屋灯花，这是一曲悠婉的客家山歌。秦蓝的《围里围外》引领你徜徉叶挺将军故里的山山水水、阡陌陇亩。用她纤纤玉手拂去岁月风尘，带你走进客家高墙厚壁的围屋，去触摸温热犹存的历史肌肤，去体味客家人的血性与柔情。秦蓝说，围屋打开门是一片天，关起门别有洞天。她说，那些围屋里的故事围屋外的人情，如同围屋前面干涸月池里年年开不败的独特的野姜花，娇黄着帝王家的颜色脆弱着民间女子的命数……

秦蓝笔下的客家风物，我并不陌生。事缘，2007年惠阳收留了我漂泊的脚印，这里成了我人生的一个驿站。每次我从旅居地美国归来，总在惠阳自置的寓所内居停小住。所以当我翻阅秦蓝《围里围外》图文并茂的样书时，客家聚居地惠阳的秋长、淡水、镇隆、永湖乡镇的山情水意、客家风物便扑面而来，燃亮我的双眸。

我讶然于秦蓝山涧般清亮的文字，惊艳于她那润泽着唐诗宋词的笔锋墨韵，更感受到她对客家文化那份浓得化不开的情愫。那天她约我到叶挺纪念园附近的农家山庄小聚。我送给她一幅字："冷香飞上诗句，梦魂欲渡苍茫。"这幅字我本来打算带到福建送给文友的。见了秦蓝，临时转念送给了她。我以为这幅联句的含义非常切合秦蓝。当我翻阅她的样书时，闪现在我脑海的第一印象是她惜墨如金，文字颇为精致。她的文字散发着"冷香"，静静的像雪后的梅花，不焦躁、不张扬，暗香浮动。而她诉说的围屋古老的传说与似水年华，充满了悲壮与沧桑。用安静的文字写粗砺的岁月，用诗意的笔触绘古朴的风物，这种强烈反差营造出的审美效果，尤为扣人心弦。

在《围里围外》这部书里，秦蓝笔底铺展了一幅古村落、老街、旧宅、名楼客家风情的画卷。她以散文诗的语言抒写了“一首无字歌”的古村落，“悲壮回归”的四角楼，“寂寞坚守”的旧城墙，“逃逸之美”的无名老屋。诉说围屋的兴衰：“曲水流觞”的碧滟楼，“百年名校”崇雅书院，“奕世其昌”的会新楼，“铁门扇”的南阳世居，以及崇芳楼、榴兆楼、瑞狮围、石狗屋……一一道来，如数家珍，令人把卷悦读，不忍释手。倘若说不足，窃以为全书的后面有一部分文章资料性嫌多了些，文学性则显得弱了些。

在这之前，我虽与秦蓝见过面但并不熟知，而读了《围里围外》，游走在她的字里行间，我逐渐走近了她。我喜欢她干净安静的文字，也喜欢她纯粹执着的精神。我仿佛看到一个娇弱的身影，风尘仆仆地奔走于叶挺将军故里的山山水水间，穿行在暮色苍茫的客家古厝围屋里，正如她夫子所言“在老房子、旧坟地、古井、桥头行走，不在意骄阳也不顾忌酷寒，足迹遍及150多个村落……”倾注了她对这一方热土的挚爱。

秦蓝要我为她的著作《围里围外》写几句话，我欣然命笔。上述文字算不上“序文”，只能说是一篇读后感吧。

序文是一部著作的窗口，是打开作者心扉的一把钥匙，也是读者阅读的向导。宋代的王应麟在《辞学指南》中说：“序者，序典籍之所作也。”明代的吴讷则说：“凡序文籍，当叙作者之意。”故写序当深知作者，知人方能善论。知之不深，焉敢为序？然序文还担负着对著作的介绍、推荐和品评的使命。倘若从“推荐”的角度而言，我这篇短文应是合格的。在此我诚意推荐秦蓝的《围里围外》，愿为它击鼓传花，摇旗呐喊。

# 醉荷堂主

王冷石作画，落款常署“荷间渔父”“洧水老渔”“醉荷堂”，是为其号与斋名也，乃知其旨趣矣。当今之世，红尘滚滚，物欲横流，冷石仍赏荷、惜荷、恋荷、痴荷、写荷、画荷，并以画荷名渐当今艺坛。荷乃花中君子，高洁清雅，冷石对荷情有独钟，可鉴其心好古，其情尚真也。故其所写荷花古趣盎然，绰约脱俗。冷石写荷，有墨荷、风荷、月荷、舞荷、肥荷、瘦荷、残荷、禅荷、醉荷……千姿百态，墨彩纷呈，令人赞叹不已！

冷石还喜作芦荻凫雁，断崖苍鹰，或作秋山寒水，疏林荒村，皆墨老笔古，满纸苍郁。那种淡穆古朴的气韵，正透过无数点和线的飞扬泼洒，形和色的涂抹濡染扑面而来，灼人眼眸。他还运用泼墨、破墨、焦墨、积墨等技法，浓淡枯润的墨彩变化，托物寄情，直抒胸臆。冷石服膺膜拜明末大画家徐渭和八大，常借客体的自然秉性来寄托主体的情感思绪，墨彩笔韵崇仰徐渭确立的大写意，故冷石云，他将穷其一生甘做“青藤门下走狗”。

吴冠中在其画论《三说意境》中写道：“海德格尔说，诗即思；我想，画即话。有人说诗是诗人的隐私，那么，画则是画家的隐痛。”冷石的画，墨老笔古、苍郁淡穆，这种鲜明的艺术风格的形成，正是与他的成长过程和人生阅历密切相关，他的画展现了他内心的“隐痛”。

王冷石乃河南洧川人氏。古籍载：“洧川乃古黄帝之墟。”《诗经》有溱洧记载，此地人文底蕴丰厚，渊源深长。冷石父亲擅丹青，系当地颇有名气的画师。冷石自幼得帝墟山川之灵气，承家学之渊源，青少年时已显露绘画天赋，被誉为“神童”。年轻时他曾入伍戍边，3年的军旅生涯，铸就了他坚强的体魄和不屈的意志。退伍后，决心浪游名山大川，“搜尽奇峰打草稿”。他背起简单的行囊和画板，跋山涉水，风餐露宿，4年间，徒步行程万里，足迹遍及大江南北。归来时，他带回两麻布袋的画稿，蓬头垢面如深山野人。儿时家乡美丽的河道和多情的荷塘，菡萏香飘、荻花阵阵；野凫相戏、征雁和鸣的情景常萦脑际，加之他浪游时广历祖国南北山川壮美，各地风土人情、人文物志都深深烙在他的脑海中，孕育成他心中爱与憎、苦与乐、美与丑“隐痛”的块垒，将此情感注入墨池，遣于笔端，便形成了冷石苍郁淡穆、古雅朴拙的画风。正所谓“道法自然”“大美无形”。

初识冷石，大约是10年前在深圳特区组织的一次大型文化活动上。那晚，冷石应酬完毕，从包里取出两幅字画送给我，说是受友人的嘱托。我接过当场拜读。字是行草“明月入怀”，画是“牡丹双鹤”，读罢，笑曰：“俗。”冷石一脸漠然，说道：“朋友只说是送给香港一位朋友，我以为是生意人，所以特意画了这幅福寿吉祥的画，不料是您，肯定不合您的口味，失敬，失敬。”语毕突然放声大笑，举杯向我“谢罪”。自兹，我们便有了过从，且渐甚密。那时冷石刚南下“闯荡江湖”，看来经济颇为拮据。我每过罗湖桥，总邀他小酌，几杯下肚，意兴遄飞，月旦人物，臧否是非。我说我的意识流后现代，他说他的“屋漏痕”和“折钗股”，意见相左处，争得面红耳赤；观点投契时，拊掌开怀大笑，过了一段很“文艺”的日子。后来他写了一首诗送给我，诗曰：

客居异地茹冷暖，南国逢君花正芳。
鬻画沽酒风两袖，借光磨墨月一窗。
岂只文章称怪才，分明先生爱把觞。
壶罄酩酊多壮语，常将心肺照香江。

这首诗上半阕写他，下半阕写我，是我们当年交游的写真。

冷石秉性“三直”：天性正直、为人率直、处事耿直。他拙于言辞，不擅交际。冷石鬻画为生，却常因“不屑其人”而毁画掷笔，让自己吃亏令别人难堪。他明知这种孤傲的名士脾性不合时宜，但他却无法摈除，年逾不惑，依然故我。真性情中人也。

冷石学画，可谓无师自通，他既未入美院深造，亦很少得名师亲炙，但他并不引以为憾，他以为习画必须奉“外师造化，中得心源”为圭臬。师造化则浪迹天下，得心源则面壁静悟。艺术产生于孤独，有志从事艺术者，定要耐得住寂寞，拥抱孤独，甚至享受孤独。冷石身处深圳繁华市廛，却常闭门幽居，甚或数日足不出户，竟夕作画，一管在手，神游大千。冷石在尘嚣蒸腾的环境中，依然写出意境澹远高古的画品，盖因他能慎独守静，故而“心静地自偏”。

冷石亦是书法名家，他的章草和狂草，已臻纯青之境，上摹怀素与二王，下临祝枝山、黄庭坚等诸贤。酒后挥毫，尤得怀素“狂来轻世界，醉里得真知”的神韵。驻足冷石狂草条幅前，如观点线飞瀑，铁划银钩，春蚓秋蛇，笔歌墨舞，正所谓：“每画一波三折笔，作一戈如百钧弩，作一点如高峰坠石，作一牵如百岁枯藤，作一放如惊蛇入草。”但他学古而不拘泥于古，尤以勾撇，别出机杼，勾如鹰喙撇似虎须，余戏称为冷石之“鹰勾虎撇”也。

丁亥冬，余自侨居地美国加州硅谷，返国一行，与暌违两年的冷石重逢于深圳。欣闻冷石即将出版第二册书画集，真为他高兴！本来冷石可以邀请多位名家为其作序，但久别重逢，冷石执意嘱我为文，盛情难却，爰笔缀言，以表祝贺之忱。

# 追光逐影

如果说建筑是凝固的音乐，书画是无声的诗歌。那么摄影呢？摄影镜头就是一个锁住回忆的魔盒。照片既是凝固的音乐，又是无声的诗歌，它把时间定格成永恒。新闻学上有句术语：一张新闻图片胜过千言万语。美国摄影大师马拉美最具逻辑性地说过："过去世上万物的存在终结于书本。如今万物的存在终结于照片。"由此可见，新闻图片、摄影艺术在现代生活中何其重要。光影充满激情，镜头充满浪漫，而把光与影、形与画、激情与浪漫糅合在一起的是马耳。

我与马耳份属发小，从小学直到高中毕业均为同学。相知相交半个世纪，人生途中纵有起伏跌宕，山水远隔，但我们始终互相牵挂，每在念中。

马耳自幼酷爱音乐，崇拜马思聪和聂耳。某日，他灵犀一动将两位音乐大师的姓名萃合为艺名"马耳"，顺手拈来，妙思成趣。此艺名表明了他的心迹，他立志追寻前辈大师的足迹，驰骋于音符世界。高中临毕业时蒙上海音乐学院副院长丁善德赏识，到三明一中点名特招入指挥系深造。可惜时运不济，"文革"爆发，特招梦断，他与音乐殿堂失之交臂。

小时候我们都很羡慕马耳，用现在流行语来说小时候我是他的"粉丝"。因为他的家庭条件比较好，所以他懂得比我们一班小伙伴多，会的也比我们多，他有的东西我们没有，他见多识广，是我们小伙伴中的佼佼者。马耳的父亲邓象绅，乃三元文化名宿，系三元解放初期首位中心小学校长。马耳幼承家学，聪颖早慧。他在家庭诗书翰墨气氛薰陶下，小学四五年级已崭露音乐天赋。记得小时候经过他家楼下，常瞥见他在楼上拉小提琴，有时从镂花窗棂飘出钢琴声。阁楼的走廊上摆放着绿萝紫薇吊兰之类盆栽，雅致且温馨，羡煞吾辈。那年头，西洋乐器在我生活的小县城实属凤毛麟角，我等连指头也没碰过，更遑论弹奏，而他已经可以娴熟地演奏中外名曲了。我和小伙伴们都相信，这小县城、山旮旯将会飞出一只金凤凰，这个马耳将来不是马思聪再世就是聂耳第二。岂料，“文化大革命”风起萍末，马耳音乐家梦断，马儿跑偏了，跑进了摄影师的岔道。改换了人生跑道，凭着勤奋和天赋，马耳很快脱颖而出，成了摄影界的一匹黑马，屡创佳绩。

按理说，我跟摄影机应更加有缘。何故？盖因我父亲早年在山城开了一爿照相馆，相机镜头养活了我一家人。早年乡下人蒙昧，对镜头怀有恐惧感。以为镜头会把人的灵魂吸走，收进一个黑匣子里关闭起来，因而街坊村民对照相惧而远之，可免则免，父亲的生意十分清淡。而我对镜头实属有缘无分，对镜头悟性极低，老搞不清楚镜头光影个中奥妙，至今只会摁傻瓜机。马耳却似乎天生属于镜头，特有光影艺术方面的天赋，欣闻他的作品多次获得全国性奖项，编选入国家级旅游和纪念画册，成为名扬海内外的摄影师，可喜可贺，堪称“光影魔手”！

有人说，相机的镜头就如诗人脑袋上的那只眼睛，马耳拥有捕光捉影的眼睛，而且是诗人敏悦灵动的眼睛。摄影师按下快门的一刹那快如闪电，然而在这电石火光瞬间往往凝聚了摄影师十数年的功力。古希腊哲学家赫拉克利特有句名言：“人不能两次踏入同一条河流。”说明世间万物瞬息变化，分秒迥异的哲理。因此每张照片都是独一无二的呈现，快门摁下去瞬间即定格成历史。马耳抓拍功夫十分了得，《入浴》就是他在西双版纳抓拍的杰作。他的名作《入浴》《黄山》《春潮》《玉盘晨露》等，不但光影捕捉慧眼独具，画面构图别出心裁，而且从画面中可以体味出诗的韵味，音符的跳动。《入浴》仿佛让人听到芦笙飘出西双版纳山寨，傣族姑娘裸露天乳，清溪沐浴，跃动着青春的诱惑。《黄山》和《春潮》若闻高山流水，古筝悠扬，《玉盘晨露》听到小提琴名曲《荷之韵》……

马耳人体摄影有他独特的审美视角。他常把美女模特置于特殊背景中，或玉体横陈于岩石，或秀发濯浣于清波，或娇躯斜倚于古木……常常以刚济柔，以黑衬白，以嫩映老，营造奇崛新颖、反差强烈的视角冲击。

人体摄影在马耳摄影作品中占有相当大分量。这类作品，在同行眼里看到光影构图，在美术家眼里看到曲线虚实，在小伙子眼里也许看到青春的躁动，而在卫道士眼里看到的可能是伤风败俗。其实，摄影作品终归是艺术，倘若不戴有色眼镜观之，则能静赏其美。

为了捕捉光影，马耳费尽心思。有时为拍云海日出、露泪荷韵、月影岚光、花笑鸟唱、烟崖苍鹰；为拍美人的一颦一笑，老人的皱纹须髯，稚童的明眸皓齿……或守上数日，或蹲上半天，或伏上几个小时，忍受寒暑饥渴，蚊虫叮咬。有一次，他去滇西拍梅里雪山。住在德钦县城一家客栈，天天一早就上山等候雪山露脸。不料，一等等了一个多月，梅里雪山天天云遮雾绕，始终不见露脸。羁旅德钦，盘缠告罄，只好变卖衣物，以敷日用。幸得好心人相助，才筹得路费回家，不致流落街头。

艺术家在创作的时候常受到姐妹艺术的潜在影响，如果一个艺术家具有多种艺术素养，他的创作手段就必将更加多样，触类旁通，表现力亦更加丰富！马耳将他的音乐和文学的素养融入他的摄影作品中，因而使他的摄影作品更具深度和内涵。马耳多才多艺，他为人热情风趣，常把笑声和快乐带给大家。他不仅深谙音乐琴弦，文墨之道，而且擅长话剧曲艺表演。犹记得中学时代他在话剧《夺印》中扮演瘸腿地主老财，技惊四座，轰动全校。美国摄影家爱德华·布巴说：“一个摄影家知道在花朵后面有全世界的苦难，经由这朵花，他可以触碰到别的东西。”马耳在音乐、文学和演艺上的才能丰富了他摄影机的“镜头语言”，透过他镜头绽放的花朵，触碰到光影背后情感的意蕴，每每令人心灵颤动，回味绵长！

日本摄影大师荒木经惟说：“随着快门的开启，时间被凝固下来，作为‘此时此刻’的记录是不可重复的，也就成为永远。”将一瞬变为永恒，把记忆锁住封存，记录美丽和苦难，让历史真实的面目在岁月的流逝中震撼重现，这正是摄影家的使命和价值。

意大利摄影大师伊莫金年近百岁仍机不离手，他说：“有人问我最喜欢自己哪张照片？我的回答是明天将要去拍的那张。”永不满足，永远奔跑在路上，追逐美，追逐光影，这就是伊莫金的一生。马耳为捕捉稍纵即逝的影像，竖起“马耳”，听风八面，老骥奋蹄，仆仆于途，足迹遍及大江南北、滇黔川藏，远涉南亚欧美，“吞风卧露，喝月担云”，拍下一帧帧照片，不懈地追求“明天那一张”，单凭这种精神，就值得我向他鞠躬致敬。

# 石簃先生

世上的人多如恒河之沙，两个风马牛不相及的人，在茫茫人海中因一次偶然的邂逅，而相交相识，进而介入了对方的生命成为彼此的牵挂，实在是一种奇妙的缘分。2010年秋，我自美国加州回国到惠阳小住。朋友带我去一家画院赏画品茗，从而认识了人称“小马哥”的马孟春。

小马来自科尔沁草原，因一次闯荡江湖的冲动，他撒蹄一奔奔到了南粤的大亚湾之滨——惠阳淡水镇，栖止于此。他身材魁梧，膀大腰圆，而且雄激素分泌过旺，毛发茂盛，胡须一个月不剃，长可及胸。他乍看像个杀猪的，五大三粗，不像个耍笔杆的，弱不禁风。有人说他像猛张飞，张飞生得“豹头环眼，燕领虎须”，以为是个大老粗，其实是大谬不然。张飞是一名兼工书法绘画的儒将，他的立马铭“八濛摩崖”，乃书坛一绝。小马小时候凭着个高力大，争强好胜，在老家经常打架斗殴，惹是生非，号称楞张飞。为了消弭他的戾气，他的父亲逼他画画练字，从此街头上少了一个小霸王，画坛上多了一个儒雅之士。

读小马的画，你就能感受他粗中有细。他的一幅《西双版纳雨林》，满纸古树乱石，虬枝纵横，藤蔓攀缠，草木葳蕤，八尺长幅密不透风，叶脉纤毫毕现，一丝不苟。他擅以篆籀之笔入画，用笔浑厚刚健，笔势沉静含蓄，潇洒遒劲，于是心生爱慕。

我们交往了一段时间后，有一天，我对他说，我帮你取个笔名吧。他抱拳说道我早有此意，只是不好意思开口。于是我就给他取了个笔名叫“石簃”。在取名时，从我脑海里跳出的第一个字眼就是石字。取石字为名，皆因对石的偏爱，国画中梅兰松竹常衬之以石，湖石、卧石、断石、片石，千姿百态。古人云：“山无石不奇，水无石不清，园无石不秀，室无石不雅。”纵目以观，书画大家的名号中带石字的，随手拈来便可罗列出一大串，如石涛、齐白石、傅抱石、尹瘦石、欧阳中石、石鲁……更有流传千年的“米芾拜石”的典故，以及他发明的“瘦、皱、漏、透”相石法，让石头身价倍增。故石头特别受书画家的青睐，喜以石字为名。而取簃字则因仰慕海上画家王个簃。王个簃是吴昌硕的入室弟子，他兼擅诗书画及金石篆刻，技艺精湛。小马对书画篆刻亦均有涉猎，样样皆能。他获得此名甚为欢喜，连夜就用珍藏的寿山石为自己刻了一枚朱文悬针篆章：石簃。

石簃，字面上的意思为楼阁旁的小石屋。屋子不仅小还要倚在楼阁旁，更是相形见绌。然而小石屋不与楼阁争长短高下，静静地默立一旁，显得敦实谦逊，这正是石簃先生的写照。石簃先生外表粗犷，内涵甚深。这让我想起苏州网师园的殿春簃，其建筑实中有虚，藏中有露，芭蕉翠竹倚窗而栽，山石清泉顺势而布，或以水漱石，或以石点水，相映成趣，令人渐悟其“渔隐”的主题。正如石簃，初识之时，印象平平，交往之后，好感日增，愈久愈觉有趣，觉得此君可交，可深交。

石簃有蒙古汉子的粗犷豪放，为人忠厚，待友真诚。他鬻画授徒为生，开了一家书画馆叫“松风阁”，租了一幢大厦的两层楼，楼下卖画楼上工作室兼会客厅。他所处的那条街麇集着十几家书画店，竞争激烈，挣钱不易。石簃虽然手头不宽裕，但松风阁宾客络绎，高朋满座，有落魄画家、失意诗人，还有引车卖浆者流。电水煲里的水常沸，水是叫人专诚送来的山泉水，茶全是好茶，酒则是杂酒：蒙古王、赤峰白、人头马、波尔多、长城红……到了吃饭时间，他常邀我到附近客家酒楼喝两杯。我住在酒店，电话一来我立马赶过去。一桌朋友，五湖四海。开头敬酒，毕恭毕敬，端起酒杯左一声“巴老师”右一句“巴桐兄”，几杯落肚后，面红耳赤，大呼小叫：“桐桐，干！”

我是松风阁的常客。常到那里写字，还字债。人家索字，我有求必应。每逢我挥毫时，石簃便充当书童，帮我备好笔墨伺候，研墨理纸，钤章盖印。我的字尚可入目，但章法布局凌乱，他不时从旁示范指点，令我受益匪浅。因此我写了一幅字送给他：亦师亦友石簃兄。裱了，却不见挂出来，他说不敢当！

松风阁终于扛不住店铺租金的重负，被迫搬迁。新租的地方缩水瘦了一半，仅租用二楼的一个单元。他刚搬好家，就迫不及待在微信群推文和在新旧大门张贴告示：欢迎新朋旧友移玉莅临，品茶雅聚。挪了个地方，继续着茶酒书画岁月。他说“杯小乾坤大，壶中日月长”，交友让他增广见识，洞察世态人生。那么他何时练字作画呢？答案是客走席散，夜阑人静时，此时他便聚精会神，伏案挥毫。他说夜让他清醒！这个习惯，他延续了十几二十年。我回到美国加州，有时想他，发个微信过去，已是凌晨三四点，他准在，“嗨”一声回应之后，我们聊上几句，以慰远念。

石簃先生的绘画、书法、篆刻技艺均无师自通，自学成才。现在他在深莞惠一带小有名气，许多人订购和收藏他的字画。而他的篆刻也大受欢迎，不少名家请他刻章。我的姓名章、压脚章、起首章、闲章，都是出自他的篆刻刀下。

若用粗线条勾勒一下他，他的概貌是：马孟春，笔名石簃，1979年出生，内蒙古科尔沁草原人，内蒙古师范大学毕业。自幼喜爱绘画、书法，绘画方面主攻山水、人物，兼习花鸟。书法初习欧楷二王，行书以米芾、黄庭坚入手，兼修诸家。篆刻受吴昌硕影响颇大，常年石屑纷飞，临池不辍。

贾平凹说：“人可以无才，不可无趣。”石簃是一个有才又有趣的人，因此是一个难得的朋友。

# 浅谈现代禅诗

我国是诗的国度，历代产生许多诗人，佳作迭出。也出现了许多流派，如浪漫派（代表诗人李白）、苦吟派（杜甫）、豪放派（苏东坡、辛弃疾）、田园派（王维、陶渊明）、边塞派（高适、岑参、王之涣）、婉约派（李清照、柳永）等等。也产生了许多桂冠名号，如诗仙李白、诗圣杜甫、诗魔白居易、诗佛王维、诗鬼李贺、诗豪刘禹锡、诗杰王勃、诗狂贺知章、诗骨陈子昂、诗囚孟郊、诗奴贾岛（郊寒岛瘦）、诗僧苏曼殊（到了清末民初的人了）。还有一个绝对不能漏掉，那就是苏东坡，他是诗神。众多古代诗人中，禅诗写得最好的我以为是王维和苏东坡。

年轻的时候，我们读诗喜欢浪漫派、豪放派、婉约派，这几类诗或豪言壮语，血脉偾张，或丽辞艳句，赏心悦目。到了中年，经历了人生坎坷，有点阅历了，就喜欢苦吟派、边塞派，想从诗词的字句中咀嚼出人生的苦涩、辛酸，这些诗很熨帖此时的心境。到了老年就喜欢山水田园派的诗了，这类诗清雅飘逸，润肌浃髓。南怀瑾说："三千年读史，不外功名利禄；九万里悟道，终归诗酒田园。"这个时候的心情是归于平静，饮食喜欢清淡，诗句也喜欢淡雅了，苏东坡说，人间有味是清欢，平平淡淡才是真。淡淡的忧愁，淡淡的悲伤，淡淡的回忆，淡淡的快乐。而山水田园诗的最高境界就是禅诗。

南宋评论家严羽在《沧浪诗话》中说："大抵禅道唯在妙悟，诗道亦在妙悟。"此语道出诗与禅的共通之处在于"妙悟"二字。

大凡诗作，旨在抒情言志。而情与志者，实非语言文字所能尽表，故诗重在言外之意，这就要靠悟了。禅是中国净土宗佛教的特色，有别于佛经，经是佛之言，禅是佛之意，佛之意也要靠悟。中国古代诗人喜欢以禅入诗，以禅喻诗。

禅诗兴于唐代。当时诞生了顿悟派禅宗六祖惠能，涌现了众多诗僧，如王梵志、寒山、拾得，皎然、贯休等。他们创作了许多偈示、偈颂、偈诗，这类禅诗，禅意盎然，诗味醇厚，既浓郁又淡雅，既空灵又悠远，诗禅合一，均“无意于工而无不工”。据《全唐诗》记载，仅入选该书的诗僧就有115人，著有禅诗2800首。“诗为禅客添花锦，禅是诗家切玉刀。”元好问这两句诗，道出了诗与禅紧密关联的玄机。以至于唐宋时流传这样一种说法：不懂禅不足以言诗。

在当今物欲横流的年代，人们追名逐利，陷于奔竞纷争的漩涡。空灵飘逸的禅诗不啻是一服良药，能抚慰安顿焦躁不安的心。正因如此现代禅诗兴起且越来越受欢迎。

要写禅诗，首先要了解禅是什么？禅，简而言之就是静虑。禅，是梵文音译，全称为瑚禅那玲。禅是一种修持的方法，安安静静地坐在那里思考，用思索的办法来调节心理，沉淀思想，叫作禅定或者坐禅。

“禅”的最高境界就是不“着相”。所谓着相就是执着于事物表象，而偏离本质。凡是着相的人很难进入“禅”的最高境界。《金刚经》里有一句非常经典、非常核心的话，也是大乘佛教的至高智慧：“凡所有相，皆是虚妄。若见诸相非相，即见如来。”通俗来说，就是说我们所生活的环境、所有呈现出来的事物都是假象，包括我们自己。

禅其实是哲学思想，禅意诗就是哲理诗，是别具风韵的诗。禅诗的意境有三美：虚无空灵、寂照清静、淡泊冲和。

现代禅诗近年在中国诗坛崛起，越来越受欢迎。这里先举四川古石写的《雪从天上飘落下来》来看看现代禅诗的趣味。

雪从天上飘落下来
先是在空中飘
然后落在树上
落在房顶上
最后落在地上落在河流上

看雪的人
已飘落进雪里
飘落到天上

禅不是向外探询，去追问而得到的东西，是要向内，通过内心的体悟而到达明心见性。当真正到达了，便进入“万古长空，一朝风月”的境界。

这首诗，最后三句才落到实处，前面好像都是废话。这首诗话很浅白，用词又重复，但却有浓郁的禅意，为什么？这有点像乾隆《咏雪》诗。有一天，乾隆看到下大雪诗兴大发，随口吟道：“一片两片三四片，五六七八九十片。千片万片无数片……”吟了一大串数字，想不出词来，卡壳了。正发窘，站在一边的纪晓岚补了一句：“飞入梅花都不见。”神来点睛之笔，全诗一下子活了，雪花不见了，都化作满山遍野盛开的梅花！

古石诗的最后三句奇峰突现，禅意破空而来，禅呈现后，幻觉式顿悟！观雪者在雪中成了雪人，与天、地、雪融为一体。前面五句写雪飘落的情形，落在树上、房顶上、河流上，这些都是相，最后观雪者变成雪人又飘落天上，无我了，无相了，悟禅了。

这就是诗的转，转就是升华，没有这个转，诗前面的铺垫基本上失去意义。所谓的转就是从物境转到情境再进入意境，三部曲，螺旋式上升，从眼前的实景转到人生的感悟。

诗有三境，这是唐朝诗人王昌龄提出，他认为诗歌的审美标尺有三种：物境、情境、意境。物境即是有形的物象。情境则是主客观交融之内心感受。意境则是更主观、更抽象的心灵感悟。

如果把三境比作三个台阶，我们现在写诗很多时候只是把脚踏在第一台阶也就是物境上，把眼前所看到的物象描写出来。最多踏了一只脚在第二台阶上，抒发了一两声内心的感叹。很少踏上第三级台阶——意境，把心灵感悟写出来。或者没感悟，或者写不出来。这就是为什么我们的诗流于一般和肤浅的原因。

我们再来看看台湾“诗魔”洛夫的一首经典禅诗《随雨声入山而不见雨》——

撑着一把油纸伞
唱着“三月李子酸”
众山之中
我是唯一的一双芒鞋

啄木鸟　空空
回声　洞洞
一棵树在啄痛中回旋而上

入山
不见雨
伞绕着一块青石飞
那里坐着一个抱头的男子
看烟蒂成灰

下山
仍不见雨
三粒苦松子
沿着路标一直滚到我的脚前
伸手抓起
竟是一把鸟声

洛夫早年为超现实主义诗人，表现手法近乎魔幻。而自《魔歌》以后，诗作风格渐变，由繁复趋于简洁，由激动趋于静观，素有“现代禅诗”之称。这首禅诗是现代禅诗的精品。

这首禅诗写一个人三月踏青入山，日暮下山这样一个历程。一路听着雨声而始终明白原本就没有雨，我认为这首诗的意象来自唐王维的诗《山中》，“山路原无雨，空翠湿人衣”。台湾诗人很聪明很多意境取自古诗，作现代的诠释，余光中也常这么干。美丽的雨声或许只是一种自造的幻象。所有的痛楚终在绝望里凝结为三粒苦松子，从树丫间静静坠下，滚落在地，沿着“我”举步的方向，相随而行，却已然是身外之物。“我”伸手抓起它们，宛若悄悄收拾起一段不为人知的苦涩记忆。

然而，令人惊诧的是，它们竟在那个被捡拾的瞬间，神秘地幻化成了一把清脆悦耳的鸟声，鲜活而灵动，永远清新、婉转地鸣叫在“我”的记忆深处……

这首诗整体感觉空空洞洞而又思绪纷繁，一系列灵动的意象在这空洞的表面轻盈地跳跃。有雨声而无雨，抽象而又迷幻。弄出声响的啄木鸟，回旋的树，飞动的伞，抱头的男人，滚动的苦松子……生命的繁复苦闷最终在空洞中消隐。一把鸟声，如同梦醒，无比惊艳。

诗有单一意象和叠加意象。一般来说，一个意象已足以成诗，一个意象一个转就够了。洛夫这首诗有四个叠加意象，形成了四个连环转，最后汇成一个升华的旋涡。第一个转：众山之中/我是唯一的一双芒鞋。意象：千山我独行，孤独。第二转：一棵树在啄痛中回旋而上。意象：内心疼痛的人。第三转：那里坐着一个抱头的男子/看烟蒂成灰。意象：解不开的忧愁。第四转：伸手抓起/竟是一把鸟声。意象：苦的坠落化成欢愉的鸟声。四个意象最后融合升华为一个意境：上山寻道，下山悟道，终于放下（抓起的鸟声仍然是空的），自在快乐。

诗的结句，往往就是诗眼，常常出现在诗的最后。没有诗眼（或称警句、精句，名言），这首诗就是盲诗，很难成为一首好诗。古诗中转结、诗眼俯拾皆是，如粒粒皆辛苦、低头思故乡、春风吹又生、更上一层楼……因此有的诗人是先有警句后有诗。当诗人被生活某事某物所触动，激发出写诗的冲动与灵感，他们首先的做法是捕捉和提炼出让自己感动的句子，或是让自己自鸣得意会心一笑的句子，再由这个句子生发开去，层层濡染，铺展成诗。而很多人匆匆下笔，通篇都是人云亦云，毫无新意的字句，这样焉能写出好诗？

有一则故事，生动地说明了“先有好句而后得诗”的构思过程。

宋代诗人晏殊有一次去杭州，住在大明寺。他让手下人给他读一读寺庙里的题壁诗，特意交代说不要讲作者姓名。听了很久，只有一个叫王琪的诗甚得他心。于是派人把王琪叫来一起吃饭。饭后散步时晏殊说，我有不少佳句有上句却百思不得下句，例如“无可奈何花落去”，不料话音刚落，王琪立即对道“似曾相识燕归来。”晏殊一听大喜，用这副对联填了一曲《浣溪沙》，此词震惊诗坛、流传千古：

一曲新词酒一杯，去年天气旧亭台。夕阳西下几时回。

无可奈何花落去，似曾相识燕归来。小园香径独徘徊。

写诗，词可以浅白，意境不可不新。我们写诗经常本末倒置，拼命堆砌词汇，而将意境弃之如敝屣。

我在这里尝试引用席慕蓉的《一棵开花的树》和舒婷的《致橡树》（从略），来看看诗的具象、意象和意境之间转化的关系。

现代禅诗里，席慕蓉的爱情禅诗独树一帜。

## 一棵开花的树

如何让你遇见我
在我最美丽的时刻

为这
我已在佛前求了500年
求佛让我们结一段尘缘
佛于是把我化作一棵树
长在你必经的路旁

阳光下

慎重地开满了花
朵朵都是我前世的盼望

当你走近
请你细听
那颤抖的叶
是我等待的热情

而当你终于无视地走过
在你身后落了一地的
朋友啊
那不是花瓣
那是我凋零的心

席慕蓉把自己比作“长在你必经的路旁”的树，同样地舒婷的《致橡树》也把自己比作木棉树。她写道：“我必须是你近旁的一株木棉，/作为树的形象和你站在一起。”树，就是她们捕捉到的“爱人”的意象。不同的是，席慕蓉这首诗是单一意象，而舒婷的诗是叠加意象。

两位诗人为什么都把树作为爱情的意象呢？首先爱人和树有一个共同点：美。爱追求美，树呈现美。树的美体现在她的外观和内在的特性：红花绿叶，生机勃勃，挺拔坚毅，象征着爱。我们知道诗歌最终要表达的是情感，属于精神层面的东西。所谓，“诗言志，歌咏言”。而精神层面的东西是虚的、抽象的，看不见摸不着的。我们要把她呈现出来，就需要把她具象化（亦即物境）。这里她们找到了树，抽象的“爱”物化为具体的树，化爱为树，化虚为实，爱就有了附着物，诗情诗意就变成可感可视可触的，形象具体地呈现出来。

有了具象的树，就自然产生与树有关的联想：绿叶、鲜花、枝干、风雨雷电、土地山峦……呈现纷繁的具象（亦即物境）。有了具象（物境）便生发出意象（情境）。

有了意象诗就长出了翅膀。

意象是诗歌的基本元素，也可以说是最重要的一环。美国诺奖诗人庞德说，“意象是一刹那间思想和感情的复合体。”意象的类型大致有四：一是描述性意象，即诗人对客观物象的直观性描写。二是比喻性意象，是用比喻手法创造的意象。三是象征性意象，通过联想赋予物象象征含义，以拓展物象的深度广度。四是通感性意象，是沟通各种感觉而形成的意象。

舒婷的《致橡树》中的木棉，就是一个独立自主憧憬爱情的女性形象的象征。席慕蓉这首诗也同样用的是象征意象。

席慕蓉从“路旁树”生发出的意象有：花是“前世的盼望”，叶是“等待的热情”，花瓣是“凋寒的心”。这样从具象上升到意象再升华到意境，整首诗的“思核”就跃然纸上了：“如何让你遇见我/在我最美丽的时刻。”与通常“诗眼”出现在结尾不同，席慕蓉把这句“诗眼”放在了篇首，起到提纲挈领、一泻千里的效果。

舒婷的《致橡树》联想颇为庞杂：凌霄花、小鸟、泉源、险峰，甚至日光、春雨以及树、根……继而由具象进入意象：凌霄花的炫耀，小鸟的痴情，泉源的慰藉，险峰的威仪。两个相爱的人，必须以两棵树的形象站在一起，“根，紧握在地下；叶，相触在云里。”最后升华到意境作结：“爱——不仅爱你伟岸的身躯，/也爱你坚持的位置，/足下的土地。”

意象充分挥洒抒写后，诗的意境便瓜熟蒂落，水到渠成了。

禅诗修辞手法上常用“通感”。通感修辞就是把五官的感觉互通，如洛夫名句：“伸手抓起/竟是一把鸟声。”“故国的泥土，伸手可及/但我抓回来的仍是一掌冷雾。”抓鸟声、抓冷雾，把本属听觉的鸟声，皮肤触觉的冷雾，变成可用手抓的，两种或以上不同感觉互通互用了。在词性配搭组合上产生耳目一新的趣味。

钱锺书先生在《通感》一文中说道，在日常经验里，五官的感觉简直是有无互通，彼此相生：颜色似乎会有温度，声音似乎会有形象，冷暖似乎会有重量，气味似乎会有锋芒。花红得发“热”，山绿得发“冷”，光度和音量忽然有了体积——红了樱桃绿了芭蕉，颜色和香气忽然都有了声息——红杏枝头春意闹，鸟声熏了“香”，风声竟染了“绿”；白云

“学”流水声，绿荫“生”寂静感，日色与风共“香”，月色有音籁可“听”；燕语和剪刀一样“锋利”，鸟语如弹“丸”可以抛落……

如果把她们两人的诗作比较，席慕蓉的诗禅味更浓些，她的诗中富有禅意的警句和诗眼比比皆是，随手拈来，如：

你错过的昨夜
曾有过，怎样皎洁的月

我曾踏月而去
只因你在山中

而时光越去越远，终于
只剩下几首佚名的诗，和一抹
淡淡的，斜阳

没有芳香，再无声息
窗外那时，也许
会正落着细细的细细的雨

写禅诗的过程，也是自我禅修的过程，向内探索，自性明心。

# 散文絮语

我从文的道路是从诗歌开始的，然后是散文，再尔是小说。我想这或许也是众多文学爱好者蹒跚跋涉的文学路径。记得上初中一年级的时候，我就热衷于写诗，梦想当一名诗人。那时认为写诗比较容易，字数少、篇幅短，结构简单。后来才发现诗歌易学难精，篇幅短小反而成为囿限思想和情感自由挥洒的篱篱，因此转而追求容量更大，形式更自由的文学式样散文。

散文有广义和狭义之分，在中国自魏晋南北朝以降，古代文学中，把凡属不押韵、不重排偶的散体文章，概称为散文，这是广义上的散文。过去某个历史时期也曾将小说纳入散文之列。后来随着文学概念的演变和文学体裁的发展，散文的概念也随之变化。在中国现代文学中，散文指与诗歌、小说、戏剧并行的一种文学体裁。这是狭义上的散文。

我比较主张初学写作的人从散文入手，多写散文。因为小说需要编故事，讲求构造布局，初学比较难驾驭。而诗歌易学难精况且现代诗有些走火入魔，不知所云，容易迷失。散文更适合抒发内心的情感，语言也不必像诗一样精炼，可以自由松散些。散文讲求真字：真人、真事、真心、真情。

散文是十分自由阔大的文体。南朝刘勰的《文心雕龙》中说，思接千载，视通万里。西晋陆机在《文赋》中说，精骛八极，心游万仞，达至“澄观一心而腾踔万象”境界。散文的笔触可上天入地，纵横古今中外。

散文又是精微细致的艺术形式。散文的笔尖可以探入心灵深处，游刃于毛发毫末。可以写一滴泪、一瓣花、一片月，也可以抒一声叹息，一朵微笑，一丝伤感。可以忧国忧民，慷慨激昂，也可以身边琐事私情，絮絮叨叨……

有人把现代散文大刀阔斧地一分为二：一种是轻散文，另一种是大散文。学院派的学者散文也可归入大散文这一类。这类散文思辨多于写景和抒情。如余秋雨的散文，他将散文艺术有机的融合于中国传统文化史学中，表现出一种历史浓郁的厚重感与沧桑感。篇幅宏大，大开大阖。

我们写的多属轻散文。轻散文大致可以分为五大类：一、叙事散文；二、抒情散文；三、写景散文；四、人物散文；五、哲理散文。纯哲理散文比较少人写，代表作家是台湾的林清玄。

铁凝谈到散文时说，啥叫散文？在古代非韵文即散文，序、跋、笔记、碑记、书信、日记、游记、演讲等等，都是散文。铁凝说，散文能不能写的不像散文。现在的散文形成范式。总结起来，散文的范式有如下几种：杨朔式，先写生活，写人，最后拔高升华；朱自清式，一种是"荷塘月色"式，美词丽句浓得化不开，一种是"背影"式，写爹娘亲情，打"催泪瓦斯"；秦牧式，写知识小品，抄抄书；余秋雨式，文化散文，游记加掉书袋。

我们写的最多的是写景散文，也就是游记散文。但是最让人感到无聊和无奈的散文也就是游记散文。因为很多游记面目都似曾相识：写点眼前所见的景物加抄点历史故事传说和诗词再加点赞美词，炒成一碟。在景物这盘例菜上撒点典故诗词之类的胡椒粉。其内容和文采不如旅游书籍，甚至不如旅行社导游解说词。

我以为要写好游记散文，必须尽量远离旅游书籍、景点简介等文字，只能采用它们记载的史料，而要力避它们的描述。因为读者要了解某地名胜古迹，毋须有劳你大老远跑去那里帮他抄回来，他们只要上网一搜，全齐了。这样的拾人牙慧、搬字过纸的游记，毫无意义。因此你的游记必须是你亲临其境的描述与抒写，写出你心目中的这方山水景色风光以及对其独特的感受，写出你此行的所见所闻所思所感。

所以要写出好的游记，一定要写出你对这方山水独特的视角和情感，同时融入对历史对人生的思索。登山而情满青山，观海则意溢大海。落笔烟霞，满纸诗情画意！

苏东坡写庐山的两首禅诗体现了散文写作的审美旨趣。大家熟悉的《题西林壁》中吟道："横看成岭侧成峰，远近高低各不同，不识庐山真面目，只缘身在此山中。"同样的山水你看跟我看不同，身在山中看不清真面目，要拉开距离才能审视这片山水，产生距离美。另一首："庐山烟雨浙江潮，未到千般恨不消，及至到来无一事，庐山烟雨浙江潮。"有一句调侃旅游的话说：没去过终生遗憾，去过后遗憾终生。其实山川烟雨，亘古不变，但登临的人变了，欣赏的角度不同，走进文本的山水也就呈现缤纷迥异的姿采。常言道，散文有三个境界：先是看山是山看水是水，进而看山不是山看水不是水，最后看山还是山看水还是水。山水似乎经过一番轮回，重新回到原点。但其实此山水已非彼山水，面对山水凝思静虑，体悟出个中的哲理与禅意，山水就发生了蜕变。从山水中读出人生感悟，读出山水背后的历史沉思，读出山水之外的文化回响。

那么好散文的标准是什么？中国散文学会常务副秘书长、散文作家红孩也说："我心中的好散文，它第一提供了多少情感含量，第二提供了多少文化思考含量，第三提供多少信息含量，第四在技术上是不是有大的突破，最后一点，语言是不是有独特性。"

说到语言，小说诗歌散文都讲究语言。文学说到底是语言艺术，我认为语言是一个作家的身份证。每一个成功的作家，都必须有他独特的语言风格，没有形成语言个人风格的作家不算是真正的作家。

不能搬字过纸，人云亦云。我认识的一帮文友，都已六七十岁，写了几十年，堪称老作家了。但写出的文章，不单只语言没有特色，而且几十年如一日，颠来倒去使用的那些词语都是初中时代学的，不断重复着别人也重复着自己，毫无新意，令人叹息。一个作家怎样分辨他的语言有没有特色呢？我想，如果把一篇文章作者的名字遮掩起来，读完这篇文章后仍能一下子判断出作者是谁，那么这位作者庶几可以称为真正的作家了。

什么是好的语言？贾平凹下了个定义：一是准确，二是形象，三是音乐性。捷克作家米兰·昆德拉说；"好的语言像音乐。"汪曾祺的语言就像音乐，有重叠、和谐、回环的音乐性、节奏感。

语言，年轻时可以华丽些，年老了平淡些。汪曾祺说太早平淡，到老了就会淡如白开水了。

中国人很喜欢用水来做文章的比喻。文起八代之衰的韩愈其文“如长江大河，浑浩流转，鱼鼋蛟龙，万怪遑惑”。苏东坡说“吾文如万斛源泉，不择地涌出”“但行于所当行，止于所不可不止”。流动的水，是语言最好的形象。中国人说“行文”，是很好的说法。语言，是内在地运行着的。缺乏内在的运动，这样的语言就会没有生气，没有韵味。

现在让我们管蠡窥测一下，当今中国最具代表性的四位散文作家的风格。他们的散文技法极具借鉴价值。

第一位是乡土派散文家汪曾祺，汪先生被称为“中国最后一个纯粹的文人”“中国最后一个士大夫”和中国最有人文情怀的风土作家。在汪曾祺的笔下，地方上的风土人情被描绘得细腻动人，仿佛一幅幅唯美的风景画，令人久久沉醉其中。

汪曾祺的散文语言闲适且富有诗性魅力。在他的文章里，事物很随意地出现，人物很随和地被描写刻画。没有结构上的复杂编制，一切都是如话家常，娓娓道来，如小桥下的流水，浅吟低唱，充满着生活的灵动，风流的雅趣和景色与人内在的和谐之美。

汪曾祺的散文将传统文化融入作品中，内容大多与吃、喝、玩，习俗有关。集中体现了一个“闲”字，有闲物之雅趣，闲情之平和，闲心之超然，闲语之气韵。他的文字鲜活自然，色香味俱全。最常被人引用的一个例子是他写家乡高邮的咸鸭蛋，让人看了口水直流：“高邮咸鸭蛋的特点是质细而油多……平常食用，一般都是敲破空头用筷子挖着吃。筷子头一扎下去，吱——红油就冒出来了。”

有一位评论家评论汪先生的作品，说汪曾祺的语言很怪，拆开来每一句都是平平常常的话，放在一起，就有点味道。我想任何人的语言都是这样，每句话都是警句，那是会叫人受不了的。语言不是一句一句写出来的，“加”在一起的。语言不能像盖房子一样，一块砖一块砖，垒起来。那样就会成为“堆砌”。语言的美不在一句一句的话，而在话与话之间的关系。包世臣论王羲之的字，说单看一个一个的字，并不怎么好看，但是字的各部分，字与字之间“如老翁携带幼孙，顾盼有情，痛痒相关”。

第二位是文化大散文的作家余秋雨，他开创了文化散文的先河。通过从笔端流淌的优美文字，追索思考人类历史文化，反思社会发展对人文精神的冲击，感慨历史文化发展中的失落，感悟生命情感的沧桑，呼唤文明的理性回归。

余秋雨的散文丰富了散文的表达方式。他的叙述风格具有一种诗意，综合运用议论、描写以及抒情等传统手法。除此之外，他还把戏剧笔法、小说笔法以及故事的传奇等手法揉进散文中，重建和审视了散文的内在世界，建立和健全散文的文化个性。

余秋雨把小说等笔法引入散文写作，确实是一个突破性的创举。历来散文理论都强调散文抒写的真情实感，甚至说散文拒绝虚构。而小说恰恰是虚构的艺术。余氏把虚构掺入散文，会削弱散文的真实性和感染力吗？显然这个担忧是多余的。事实证明适当的、合理的虚构性推论及描述，增强了文章的张力和深度，更加引人入胜。

第三位是黄土派散文家贾平凹，他的散文内容浩瀚庞杂，文采缤纷炫目。他的散文，擅于从日常生活中撷取题材，许多生活的琐事趣事随手拈来，点墨成采。凡对社会、人生的独特体察、个人内心的悲欢爱恨，或偶尔感悟到的某些哲理等，都坦荡地呈现于文本。他那份真诚朴实、不摆架子、不扮高深的行文风格，语言“短平快”，节奏感很强，娓娓道来，妙趣横生，赢得读者的青睐。

贾平凹的散文，在一种古朴而又平淡的氛围中，道出对生命、历史、宇宙的深邃思索，闪烁着哲理的火花。贾平凹散文在结构上看似散漫随意，实则匠心独运。其笔调细腻，段落与段落之间若断若续，延绵铺展成一幅写意画卷。贾平凹的语言平实、质朴、大气，善用白描手法。他的散文浓的如酒般醇厚绵长，淡的如溪水清纯透明。

第四位是台湾佛系散文家林清玄。林清玄一派佛家风范，清清玄玄，不悲不嗔。在博大精深、烟波浩渺的佛教艺术和佛教哲学的海洋里泅渡，将之化为气息，化为血脉，是内容和形式、灵魂和肉体、历史和现实、瞬间和永恒的结合体。他的散文笔法和语言诗的意境，流泻千里而又隐晦婉转。

林清玄用一颗菩提之心关注现世人生，呈现出博大的悲悯情怀。其散文质朴、清新、真纯。悲悯情怀是林清玄的情感内核，也是其散文的精神特质，清新真纯则是他散文的美学风格。他的散文，一般从比较细小的事物切入，娓娓而谈，紧贴人生，关注世事。他用细腻明澈的禅理智慧，唤醒每个人内心的觉悟。他非常善于运用隐喻性的符号，选择具体的人、事、物附丽其上，构成一种发人深省的隐喻情境。林清玄的文字值得斟一盏清茶细细品味捧读。

许多作家都有谈论散文的文章面世，在众多此类文章中，我以为冯骥才的《趣说散文》最为形象生动，读之令人茅塞顿开。他在这篇短文中写道："散文，就是写平常生活中那些最值得写下来的东西。不使劲，不刻意，不矫情，不营造，更无须'绞尽脑汁'。散文最终只是写一点感觉、一点情境、一点滋味罢了。当然这'一点'往往令人深切难忘。"

在艺术中，深刻的都不是制造出来的。

散文生发出来时，也挺特别，也不像小说和诗歌。小说是想出来的，诗歌是蹦出来的；小说是大脑紧张劳作的结果，诗歌却好似根本没用大脑，那些千古绝句，都如天外来客，不期而至地撞上心头。

那么散文呢？它好像天上的云，不知由何而来，不知何时生成。你的生活，你的心，如同澄澈的蓝天。你一仰头，呵呵，一些散文片段仿佛片片白云，已然浮现出来了。

我喜欢这样说散文：它是悟出来的。

散文主要的特征是形散神不散，也就是"形散神聚"。散，主要表现在选材，材料组织和表达方式运用这些外在形式上。神，则是指蕴涵于内在的思想感情，或曰作者的写作意图。神是文章的灵魂，它统驭着看似散乱的"形"。

散文写作"形散神不散"的观点，最早是由作家肖云儒提出来的。他指出所谓"形散"是指"散文的运笔如风，不拘成法，尤贵清淡自然、平易近人"；所谓"神不散"，是指"中心明确，紧凑集中"。

肖云儒系作家、学者、评论家、书法家，1940年生于江西赣州。他提出的"形散神不散"这五个字，令他名垂文林，胜过他写的千言万语。肖云儒著述甚丰，但长期居于陕西一隅，加上生性淡泊，故声名不显。他把自己书房名为“不散斋”，像一匹文牛默默笔耕。他曾把自己比作“北方面食中的臊子”，一勺一勺舀到别人碗里，却很难有自己的一碗面。他感喟人生“却顾所来径，苍苍横翠微”。

虽然他“形散神聚”的主张受到广大读者和散文界的肯定和推崇，但也引起了一些争议，包括著名作家贾平凹也曾对它提出过批评，他们认为“形散神不散”的概括不免单薄和模式化，没有跳出特定时代“左”的和形而上学的文艺思想和思维局限。

但不可否认，“形散神不散”这一观点，很简洁准确地概括了散文的基本特征。至今这一写进大学和中学教材的理论，几乎成了散文作者们自觉或不自觉地遵循的不二法门，成为散文写作一种极具权威性和代表性的主张。

文无定法，写谈论写作技巧的文章是吃力不讨好的事。然而，愚见从大的方向谈谈自己的写作体验与教训，也许对同好有些助益，正如金代著名学者王若虚所说：“或问文章有体乎？曰：无。又问无体乎？曰：有。然则果如何？曰：定体则无，大体则有。”因此写下了这篇碎片化的、散珠式的琐议。

# 闲话小说

引发我写这篇谈论小说写作文章的念头，缘于一次送书的经历。近些年，我每年都会从旅居地美国加州返国一行，而每次回国总会下榻广东惠阳丽景花园酒店，住上个把月。这家酒店的老板曾柏涛是我的好友，因此住在这里特别舒适，得到悉心的照料。如此一来二往，我与酒店的服务员混得稔熟。我把这家酒店当作人生的一个驿站，外游时把大件行李寄托酒店内库。两个酒店门卫服务员特别热情周到，令我甚为感动。

为感谢他们，有一天，我主动提出送给他们一人一本我的短篇小说集。谁知，他们瞄了一眼书的封面，立即甩手拧头，连声说不要不要，你送给别人好了，别浪费。我说这是我的一点心意，不浪费。他们说他们不读这种书。“那读什么书？”我问道。他们说：“电子书。”他们天天追看网红作家，如我吃西红柿、唐家三少、天蚕土豆等。我问他们的书写些什么？答曰：“比如唐家三少有魂，珠，酒，魔系列仙侠奇幻小说。”我又问：“要付钱吗？”虽然觉得问题很傻，但我还是忍不住问了。答曰：“那当然。哪有免费的？”我的纸本小说签名赠送都不要，顿感耳根发热，一脸尴尬，夹着那本书溜回房去了。

我感叹纯文学小说的衰落与网络小说的崛起。网络小说动辄几百万的阅读量，网红作家唐家三少年收入高达到2600多万元。而纯文学呢？往往一位小说作家呕心沥血的作品，还要自掏腰包，自费出版，完了，摆在书店的书架蒙灰生尘，乏人问津。

网络小说的崛起是因为它迎合市场的需要。它主要功能是娱乐，让人缓解紧张的生活、工作和学习压力。它的特点是通俗易懂，没有太深奥的文法和思想，读者并不需要多高的学历，和对文字有多高的理解和鉴赏能力。

而纯文学则不同，它一般都是具有很深的文字功底的作家或作者创作，它具有文学审美价值。它所表达的东西也带着隐晦性，现代文学是需要读者有一定的理解能力，启发读者的思考，在读者思考之后，获得精神上的追求，感悟生活，或获得启迪。

我爬了大半辈子格子，只会写些纯文学的小说。在这里与读者诸君和文友分享个人在小说写作上，特别是短篇与小小说写作上的一些体验和感悟。

我写小说的最大教训是，小说讲述的故事似乎不是发生在人物身上，而是发生在我的嘴巴上。小说中的人物现在、过去、将来所发生的事全由我一张嘴说出来。就好比一部影片，人物没有动作没有语言，画面是静止的，只有作者喋喋不休的旁白。记住：故事不是靠作者讲出来，是靠人物“演”出来，人物要动起来，活起来！

小说是什么？简单来说小说就是讲故事。莫言说：“我是一个讲故事的人。”那么这故事怎么讲呢？我们读莫言的小说发现似乎被莫言“蒙骗”了，因为一大摞莫言的作品中，莫言不见了，他躲了起来，躲得无影无踪，一点马脚也不露。在他的小说里我们看到一个个活生生的、有血有肉的人物在奔跑，在跳跃，在摸爬滚打，在哭，在笑，在呐喊呼号……

小说的作者是第三者，要躲在小说的背后，做“藏镜人”。读者最讨厌作者公开跳出来赤膊上阵，指手画脚，说三道四，那不是小说。小说要让人物说话。小说的故事不是靠作者旁白式的叙述出来，而是靠小说中的人物用他自身的行动和语言鲜活地表现出来。

当然也有一种理论认为小说不是讲故事。现代派和先锋派的小说家认为小说不是故事，主张不要故事，要解构故事，打破小说的叙事结构和方法。但由于这类小说不大适合中国人的阅读口味，始终流行不起来，结果沦为小圈子孤芳自赏。

福建作家陈贵平有段评论说得好：“在我看来，没有故事或者故事不精彩的小说和影视，就像没有乳房的女人，长得再漂亮，也是白搭。当然，这个乳房必须是天然的，而不是填了硅胶的假乳。故事是小说的筋骨，语言是小说的血肉，筋骨与血肉充分糅合，才能创造出有思想有灵魂的伟大小说。”

我写了两部长篇小说，4个短篇小说集。最深的体验有两条。

一是，世上小说千千万，写来写去都只围绕着8个字：生老病死，爱恨情仇。

二是，我的小说的技巧观归结起来24个字：情节可以荒诞，情理不可悖逆，峰回还要路转，柳暗不必花明。

本文主要谈的是短篇小说和小小说。前者在体量上大概是3千字到3万字，后者是两千字以内，最短的仅百来字。

以下选了6篇世界最著名、最具代表性的小小说来探讨一下小说写作方法上的一些问题。这六个名篇是：美国欧・亨利《最后一片长青藤》《麦琪的礼物》、法国都德《最后一课》、日本栗良平《一碗清汤荞麦面》、俄国契诃夫《变色龙》以及中国曹乃谦《莜麦秸窝里》。

许多人认为短篇小说的典范应该是美国作家欧・亨利式的。我们看看他最著名的两个短篇——

第一篇《最后一片长青藤》，写的是华盛顿贫民窟的两个年青女画家的故事。一个叫琼西女画家患上了严重的肺炎。她将生命的希望寄托在窗外最后一片藤叶上，当那片藤叶落下之时，她生命也就结束了。这栋楼里还住着一个老画家贝尔曼，是个脾气火爆的酒鬼，终日喝得醉醺醺。画了近40年的画一事无成，每天都说要创作出一幅惊世之作，却始终只是空谈。琼西的室友把她的病情和希望告诉了贝尔曼。

这天夜里狂风暴雨来袭，琼西认为那片叶子肯定掉落了，自己也要死了。翌日早晨，令琼西惊奇万分的是，那片最后的叶子竟仍然高高挂在藤枝上。她想叶子经过一夜风雨的摧残依然可以存留下来，自己为什么不能？于是又重拾生的信念，顽强地活了下来。可是故事并不是到此就结束了，那不是真的叶子是画上去的。谜底揭开：原来是年过六旬的贝尔曼，为了鼓励琼西活下去，在寒夜冒着风雨，爬上楼梯在墙上画下了最后一片藤叶，因着凉染上了肺炎。在他生命的最后时刻，终于完成了令人震撼的杰作。

第二篇《麦琪的礼物》，讲述了一个贫贱夫妻百事哀的故事。男主人公吉姆是一位薪金仅够维持生活的小职员，妻子德拉是一位贤惠善良的主妇。他们十分贫穷，但他们各自拥有一样珍贵的宝物。吉姆有祖传的一块金表，德拉有一头美丽的瀑布般的秀发。为了能在圣诞节送给对方一件礼物，吉姆卖掉了他的金表为德拉买了一套“纯玳瑁做的，边上镶着珠宝”的梳子；德拉卖掉了自己的长发为吉姆买了一条白金表链。结果两人的礼物都变成没用的东西。这个凄美的故事表达这对贫穷的夫妻之间纯洁的爱情，也表达的人性中最重要的一个方面——“爱的无私奉献”。

王安忆赞叹道，不得不承认，这些短篇编的真好。这种脱胎于古代寓言式的写作技巧，使小说极具哲理，它的故事既在情理之中，又在意料之外。

再看法国作家都德的《最后一课》，这个短篇用第一人称视角来叙述故事。通过一个叫小弗朗士的小学生的眼睛来展现整个事件。小说重点写法国阿尔萨斯地区被德国普鲁士军队占领以后，侵略者强迫当地学校改教德语的事件。最后一课，是一个具有特殊意义的典型环境，因为从此以后学校里不许再教法语了，小孩从此要学习异国统治者的语言，接受异国文化。

作家在这里把一个小学校里的一堂课的意义提高到向祖国告别的高度，使这一堂课的任何场景、细节都具有了庄严的意义。

日本栗良平著的《一碗清汤荞麦面》是一个感人至深的故事：大年夜，开在北海道的一家夫妻面馆，正要打烊的时候迎来母子三人，三个人却只要了一碗阳春面，老板夫妇没有歧视他们，而是热情地接待了他们，并且对他们非常尊重。第二年大年夜，他们又来了，从他们的谈话中老板夫妇得知，原来母亲之所以拼命工作节衣缩食，是为攒钱还清丈夫生前欠下的巨额债务，此后每年除夕老板夫妇都会专门留下那张幸福的桌子等待他们到来，但是直到14年后，这家人才再次来到北海道，那位母亲的长子告诉老板，是这碗面在精神上支持他们一直生活下来，后来他们还清债务，并且挺过了人生中最艰难的一段时光。结局是两个孩子学业有成，大学毕业后拥有体面的工作。

小说中母子三人面对逆境时的勇气和努力，面馆老板夫妇的人性之美，感动了无数读者。韩国三星集团董事长在45000人的职工大会上朗读了这篇小说，据说读了十几分钟，台下已哭成一片。

但我认为这篇小说有一个情节是很不合理的。那就是三母子把发生的事情都拿到店里来说，故事都是靠他们的嘴巴说出来。比如第一年来吃面说为什么穷，父亲死了，欠债。第二年又跑到店里吃面说还债的事，第三年说大学毕业、工作的事。难道他们平时都不交谈？只到吃面时才吧啦吧啦讲个不停，好像是特地送到这里讲给面店老板夫妇听，有为了博同情之嫌，也不合情理。

《变色龙》是俄国作家契诃夫早期创作的一篇短篇小说。小市民赫留申被一只狗咬了，他向巡警奥楚蔑洛夫告状，巡警以为小狗是普通人家的狗时，就扬言要弄死它并惩罚其主人。当他听说狗主人是席加洛夫将军时，一会儿额头冒汗，一会儿又全身哆嗦。通过人物如同变色龙似的不断变化态度的细节描写，栩栩如生地塑造了虚伪逢迎、见风使舵的巡警，有力地嘲讽了沙皇专制制度下封建卫道士的卑躬屈膝的嘴脸。

中国作家曹乃谦著的《莜麦秸堆里》，全文不足千字，通篇几乎由一男一女的对话来完成，在那一字千金的简约文字里，读者能感受到环境、气氛、动作乃至情绪，讲述了一段有情人不能终成眷属的爱情悲剧。

故事是悲剧性的，洋溢的情感却健康清新的。丑哥的憨厚与质朴，以及女子对丑哥真情实意的爱跃然纸上，掩卷令人五味杂陈。

上述6个例子为我们提供了短篇小说的4种表现范式，欧·亨利展示的是寓言式的文本，都德和栗良平是写实的故事，契诃夫的《变色龙》夸张漫画式的描述，而曹乃谦的极短篇则是浪漫诗意的叙事。

6个短篇小说有个共同点，题材都是写穷人的。为什么？正如托尔斯泰在小说《安娜·卡列尼娜》中所说:幸福的人都是相似的，不幸的人各有各的不幸。我们可以这样说：“幸福的人都是相似的，不幸的人各有各的故事。”穷人比较有故事，因为草根阶层的经历比较艰辛曲折比较励志也比较催泪。富人比较没故事，他们解决问题的方法比较简单粗暴，那就是用钱砸下去，有钱能使鬼推磨嘛。如果他们有故事也是发生在由穷人变富之前，或者由富人变穷之后。琼瑶的小说基础是故意造成贫富的失衡和倾斜，永远是千金小姐爱上穷小子，富家少爷痴恋灰姑娘，一对鸳鸯同命鸟，两只蝴蝶可怜虫，结果门不当户不对，哭哭啼啼，爱得死去活来……

德国哲学家叔本华说："生命的真相，就是痛苦。"唯有苦难才是人生的本义，唯有苦难才能揭示人性的本真，所以我以为作家就是苦难的代名词。当你立志要当一名作家的那天起，你就背上苦难的行囊踏上了苦难的征程。只有经历大喜大悲，才能写出撼动人心的作品。

我以为，作家还必须是个思想家，没有深邃的思想，哪来深刻的作品？所以作家注定有一副痛苦的灵魂！而同时又有一颗善良天真的心。

小说的三大要素是：一、故事；二、语言；三、细节。20世纪50、60年代中国的文艺理论主要来自俄国文学，而俄国文学理论认为：小说最重的审美标的是，塑造典型环境里的典型人物和性格。何谓典型，典型就是个别的特殊的艺术形象所具有的体现出生活中某些普遍意义的特性。注意，典型是：个别的、特殊的、艺术的，而体现出来的却是要达到：生活中的、具有普遍意义的这么一种艺术形象。正如车尔尼雪夫斯基说的"这一个"。因此不是生活里发生的事都能成为小说。所以选材非常重要，动笔写小说遇到的第一个难题也是最重要的问题就是选材。选材对了小说已经成功一半。选材还要力避雷同，如有雷同或撞车这篇小说基本报废了。

一、构思一个故事，通过这个故事想表达一个什么主题。

二、设计好人物，矛盾冲突的双方。

三、小说要设计多个矛盾冲突，营造一波三折，跌宕起伏的情节。

四、设计人物的年龄、外貌、语言特征及人物间的关系。

五、为人物设计几个细节，独特习惯动作、语言或者道具。不要小看细节，很多时候细节关系到一篇小说成败，魔鬼存在于细节之中。

小小说的特点是以小见大，以微知著。举司玉笙的《书法家》为例，这篇百来字的小小说辛辣地讽刺了当今社会沽名钓誉、阿谀奉承的风气。全文如下：

书法比赛会上，人们围住前来观看的高局长，请他留字。

“写什么呢？”高局长笑眯眯地提起笔，歪着头问。

“写什么都行，就写局长最得心应手的字吧。”

“那我就献丑了。”高局长沉吟半刻，轻抖手腕落下笔去，立刻，两个劲秀的大字就从笔端跳到宣纸上：“同意”。

人群发出啧啧的惊叹声，有人大声嚷道：“请再写几个。”

高局长循声望去，面露难色地说：“不写了吧——能写好的就数这两个字……”

从上面例子，我们可以归纳出小小说的几个特点：一、选材上，可以截取生活中的一个片段、一个镜头，甚至一个剪影；二、构思上，讲求含蓄，许多地方留有飞白，结尾戛然而止留下悬念，意味深长；三、表现手法上，采取白描手法，语言干净利落，准确生动，如笑眯眯、歪着头、沉吟半刻、轻抖手腕……寥寥数笔，就把一个不学无术又八面玲珑，春风得意又善于钻营的官僚嘴脸，刻画得入木三分。此外，篇幅虽短，但在布局上一样有起伏转折。在书法比赛会上，局长从旁观者变成主角，官员摇身一变成了书法家。这个小小说表面上如平静小池塘，但背后含义却水深千尺。

那么小说是怎样产生出来的呢？

天津作家冯骥才论说散文小说诗歌的产生过程，做了十分有趣的比喻：“一个人在路上走着，是散文，突然被人从背后推了一下，跌进河里，这就是小说，这人走着走着，突然弹到树上去了，甚至弹到月亮上去了，这就是诗歌。”

总而言之：诗歌要有奇想，小说要有奇事，散文要有奇情。

冯骥才说：“突然被人从背后推了一下，跌进河里，这就是小说。”也就是说，一个正常的秩序，被某种外力突然打破，于是生出故事。犹如一粒石子扔进池塘，冒起串串水泡，漾起层层涟漪：谁推的？为什么推？是谋财害命还是情杀抑或仇杀？他死了吗，还是被救了？谁救了他，他会拜师习武然后下山复仇吗？从而江湖掀起血雨腥风，演绎一场曲折离奇的故事……

小说由三部分组成，开头、主体、结尾。写小说，首先要有一个故事（即主题），其次要有矛盾冲突的双方。题材选对了，小说就成功了一半。而没有矛盾冲突的小说就没有波澜起伏，也不会有高潮，当然也就不好看。矛盾冲突的对方可以是实的，也可以是虚的。实的，比如敌人坏人，贫穷、疾病、灾难。虚的可以是观念、陋习、内心自我交战等。多数是有虚有实，虚实交错，相辅相成。

比如《最后一片长青藤》，矛盾冲突的双方不是人与人，而是人与命运、人与疾病、人与大自然，而《麦琪的礼物》则是人与贫穷。两个小说的故事都是寓言式的，富有戏剧性，呈现错位的美，以及走向预设情景反面的结局，如相声的包袱直到最后才抖开，从而迸发出极具震撼的感染力。前一个故事：女生的生死系于一叶，而这片树叶竟是画上去的，酒鬼老画家用生命，完成了他一生最后的杰作。后一个故事中，夫妻的深爱寄托于圣诞礼物，得失之间的错位造成美意成空，但却收获了更加美好的爱情。

短篇小说、小小说，麻雀虽小五脏俱全。明代李笠翁谈写作技巧时说：凤头、猪肚、豹尾，即：开头要绚丽多彩，中间要浑圆饱满，结尾要刚劲利落。

小说的开头五花八门，有说古道今的、写景绘貌的、抒情议论的，林林总总不下十几款。而刘心武说，小说最好的开头是从动作开始。特别是短篇小说的“大幕”一拉开，开场锣鼓响过一通，主角就要尽快登场，越快越好，千万别磨叽。

在通往故事结局、终点的道路上，要多设置几道障碍，要让主人翁在风口浪尖中摔打，一山放出一山拦，过了一关又一关。弯弯曲曲，一波三折，跌宕起伏，引人入胜。

关于小说结尾，最好的结尾是没有结尾。我们的传统阅读习惯是故事要有头有尾，大团圆、大结局，有情人终成眷属，好人得到好报，坏人不得善终。但小说最好的结尾是没有结局，故事好像没完，在某个片段戛然而止，留下悬念，让读者自己去完成，这样就有N种结尾。一千个读者就有一千个哈姆雷特，这样的结尾使人浮想联翩，余味无穷。

小说是靠人物的行为举止和语言对话去推动故事的情节的。除了行为举止之外，对话是刻画人物极重要的手段。他必须符合人物的年龄、性别、身份、职业、性格、教育程度等等。方言俚语、口音腔调还能一下点出人物籍贯。俗话说，什么山上唱什么歌，什么阶级说什么话。有一个小故事很能形象地说明语言与身份的对应关系，有一天下大雪，三个人分别是秀才、县太爷、财主来到一座亭子，秀才诗兴大发，吟道“大雪纷纷落地”，县太爷感谢皇恩“想是皇家瑞气”，披着狐皮大衣的老财主哈哈大笑喊道“再下三年何妨”。这时正好一个乞丐路过，呸了一声骂道“放你妈的狗屁！”我们不少作者在写人物对话时，往往语言与人物的身份对不上号，满口学生腔。鲁迅短篇小说《孔乙己》，一句“多乎哉？不多也。”使得一个落魄的老秀才形象活灵活现地跃然纸上。

冯骥才说：“小小说还有一个重要的特征，就是视语言为生命。”由于它篇幅短，必须做到既要“惜墨如金”又要韵味绵长。

小说是语言的艺术，更是细节的艺术。可以这样说，小说小说就是往小处说说。张洁在谈及迟子建《世界上所有的夜晚》里某个细节时说：“我看到那种细节，自己写不出，恨不得哭出来。”对于中长篇小说而言，细节之美、之难、之可贵，更是至关重要。

每个人的写作习惯不同，有的人在构思一部小说时，草稿做得很细，而我却认为有一个大体的轮廓和故事梗概就可以动笔了。细节不必想得太细，因为写的时候情节是随着人物的行动走的，在写的过程中会冒出许多新的想法和情节，不是预先想好的。而且这些新冒出来的，往往是小说闪光点和神来之笔。就像河里的流水，本来沿着河道顺畅地奔流，突然遇到河里冒出的礁石，河水就会拐弯打漩，与礁石碰撞飞溅起朵朵浪花！

此外，小说的叙事视角是很重要的，然而却常被忽视。视角作为小说创作的宏观起点，决定了作家的生命体验以何种角度与方向进入到文本。

文学作品的叙事按视角可以分为第一人称、第二人称、第三人称等。第一人称视角就是本人的视角，又叫内视角或主人公视角。第二人称视角是不存在的，只有第二人称叙述。小说叙事角度最多采用的是第三视角。

第三人称其实又分三种，分别是全知视角、受限视角和客观视角。

“全知视角”是绝大多数的故事所采用的手法，此外，我国的古典的章回小说大多采用这一手法。在这种视角中，作者是全知全能的上帝，他的描写不存在任何客观限制，哪怕是世界上不可能有第二个人知道的事，也可以写得活灵活现，比如他可以写一个人自杀前的心理独白，也可以写一个永无破获之日的案件真相。

“受限视角”就是从作品中的某个人物出发，作者的认知不能超越这个人物的认知，也就是说，是“从这个人物的眼睛看出去的故事”。不少侦探作品采用“受限视角”，最著名的就是《福尔摩斯探案集》，所有的叙述都是从华生大夫的视角出发的，而非全知全能。一知半解，扑朔迷离，华生代表了读者的眼睛去追踪、代表读者的脑袋提出疑问。然后像剥笋壳，一层层剥开。读者更有参与感，更引人入胜。

“客观视角”，作者把自己放在和读者同样的层面上，只能以客观的角度去了解事件。用这种手法的话，不能直接去描写人物的心理活动，而只能记录人物展现在外的语言和行为，剩下的交给读者去评判，也就是只能记录人物“怎么说”“怎么做”，但不能记录“怎么想”。纪晓岚《阅微草堂笔记》中说，人心隔肚皮，你又不是他肚子里的蛔虫，你怎么知道他想什么。你没躲在他的床下，你怎么知道他们夫妻床笫之事？这种写法就太平面刻板了，与现代小说注重刻画内心世界、探索心灵背道而驰。

现代作家最喜欢用的叙述手法是意识流。意识流小说的特点：

一、打破时空观念。意识像水一样自由流动。叙述方式有：倒时序、循环时序、颠倒时序、闪回时序和预见时序。

二、作家退出小说。开掘人物的深层意识来展露隐蔽的灵魂和内心世界。多作内心独白。

三、淡化故事情节。意识流小说很少描道写人物的体貌特征，消解故事，事件极微小，却谱写出一曲曲心灵之歌。

现代派小说越来越让人看不懂，正如现代绘画艺术中的抽象画，很多人看不懂。什么是艺术？有人认为艺术必须是看不懂，看得懂就不叫艺术。

有一则小故事，很好地诠释了“艺术必须是看不懂”这一观点。有人对毕加索说：“你画的东西我都看不懂。”毕加索问：“你听过鸟叫吗？”答：“听过。”“好听吗？”“好听。”“听懂了吗？”“没有。”“那不就得了！”毕加索说罢头也不回地走了。那么，是不是所有看不懂的都是艺术呢？答案：当然不是。有人认为艺术不是再现生活，艺术必须引领生活。

现代文学发展到现阶段主要流派是现代主义，网络小说的主导思想是后现代主义。我们知道传统文学是理性的，现代主义是对传统的否定，是非理性的。而后现代主义则是否定之否定。但不是向传统的回归，而是反理性。表现为不确定性、非中心性、非整体性和非连续性。

小说的故事情节是荒诞的，这正是后现代主义的小说特色。奥地利小说家卡夫卡的中篇小说《变形记》，是后现代小说经典代表。

推销员格里高尔某天早上醒来后变成了甲虫，这一变故对其本人和家庭却产生了很大的影响。格里高尔彷徨惊慌，忧郁无助。而此时并未得到帮助的他被激怒的父亲大怒赶回自己的卧室。变成甲虫的格里高尔，在生活习惯上已然成为甲虫，但是仍然具有人类的意识。虽已失业的他，仍旧关心父亲的债务问题，怎么样送妹妹去音乐学院，关心家里的各种琐事。数日之后，全家人都将格里高尔视为累赘。父亲、母亲、妹妹对他以往的态度转变成了厌恶、嫌弃；为了能够继续生存，除了格里高尔全家人只能打工挣钱，对变为甲虫的格里高尔忍无可忍。妹妹提出将自己的亲哥哥赶出家门。格里高尔在亲情冷漠的情况下饥寒交迫，并且患病在身，但仍心系家人，然后他的头就不由自主地垂倒在地板上，鼻孔呼出了最后一丝气息，带着满腹的担忧和内疚看着家庭的不幸，而更不幸的是他终遭社会和家庭的唾弃，在无声无息中死去。

《变形记》从“虫”的视角，来对人的生活态度、道德观念、价值观、存在主义的变化扭曲的透视。它用表面的荒诞不经，来诉说作者自己内心的生活理想。

现代主义发端于19世纪末西班牙的文学运动。它的显著标签是：反叛、异化和崇尚非理性。现代主义的显著特征是荒谬，是混乱、无意义、无理性、荒诞，认为人类处于毫无意义的世界、毫无意义的人生这种境地的一种空虚感之中。

后现代主义的显著特征是消解。消解深度、消解历史、消解主体意识、消解审美距离。正如美国诗人艾伦·金斯堡说的“所有成熟的诗都是海洛因”，它代表的垮掉的一代，认为人类正走向精神的荒漠。

世界小说潮流正被各种现代流派席卷裹挟。而中国的作家似乎还守着传统小说的原乡故土。中国短篇小说的两个扛鼎作家贾平凹和汪曾祺，他们的小说创作原则是：融传统于现代。汪曾祺在《小小说写作论》中写道：“大体上，短篇小说散文的成分更多一些，而小小说则应有更多诗的成分。”他还认为小小说要有一点“禅机”，有点哲理，又有点朦胧，如一湾溪水，浅而不露，正是“此中有真意，欲辩已忘言”。

最早提出小说散文化主张的是20世纪初英国女作家弗吉尼亚·伍尔夫，她在《走过狭窄的艺术桥梁》一文中说，未来小说的趋势是碎片化、诗化和散文化。

有人把短篇小说的写作技巧归纳为“四字要诀”：奇巧妙讽。为什么特别提到“讽”字呢？因为短篇小说特别是小小说篇幅短小精悍，语言精简，犹如朝天椒又小又辣，尤合嘲讽题材。四字要诀：奇，曲折离奇；巧，巧设关目；妙，出人意料；讽，讽喻警世，故成作者手中利器。

# 儒释道与四大名著

我接触四大名著是上初中的时候。当年家里穷，莫说买书，连买根冰棍的两分钱也掏不出。全是当蠹虫，做书钉一本本站着啃完。

故乡老街有一家新华书店，店员是一个40多岁单身油腻大叔，老是坐在柜台后面打嗑铳，任由我揩书油。于是我断断续续，花了一年半啃完了4本书。

当年的印象，按个人喜好给四大名著排位：第一《水浒传》，第二《西游记》，第三《三国演义》，第四《红楼梦》。为什么《水浒传》独占鳌头？因为当年身材瘦小常被欺负，恨不得是水浒中的绿林好汉，可以快意恩仇！大块吃肉大碗喝酒，路见不平拔刀相助。结果路上不平是遇见过，但无力相助，无刀可拔，只好拔腿就跑，喝酒倒很快学会了，而且当了半辈子酒鬼。

《红楼梦》排在最尾巴是因为当年我讨厌脂粉味，加上情窦迟迟未开，不解风情，而且觉得它不如《西游记》好玩，也不如《三国演义》刺激，因此名落三甲。

好，闲话表过，言归正传。

对于儒释道三家的功用及其特质，世人多有论述。

我归纳了一下，儒释道大致有十大不同，厘清这十不同，基本上就掌握了这三大宗教文化的内涵。

一、儒家讲人与人的关系，佛家讲人与心的关系，道家讲人与自然的关系。

二、儒家讲养性，佛家讲养心，道家讲养生。

三、儒家讲入世，佛家讲出世，道家讲避世。

四、儒家讲有为，佛家讲修为，道家讲无为。

五、儒家读书，佛家念经，道家练功。

六、儒家讲仁义道德，佛家讲缘起性空，道家讲天人合一。

七、儒家讲给当官听，佛家讲给百姓听，道家讲给自己听。

八、儒家讲入世，做君子圣贤；佛家讲出世，做好人善人；道家讲避世，做逍遥隐士。

九、儒家教你做有用的人，佛家教你做好人，道家教你做无用的人。

十、总而言之：儒家讲拿得起，佛家讲放得下，道家讲想得开。

有一则小故事，道出了儒释道的区别。

一天晚上，儒释道三家走在路上，遇到一个打着灯笼的瞎子向他们走来。有人问："他是瞎子，还打什么灯笼？"佛家说："阿弥陀佛，他打灯笼是为了照亮别人，怕别人跌倒。"儒家接着说："非也，他打灯笼是为了照亮自己，怕别人撞到自己。"道家摇着头说："二位所言差矣，他打灯笼不是照亮别人，也非照亮自己。是因为天黑了，该点灯了，就点亮灯笼，如此而已。"孰是孰非，见仁见智。

南怀瑾论儒释道：佛学像百货店，里面百货杂陈，样样俱全，有钱有时间，就可去逛逛。逛了买东西也可，不买东西也可，根本不去逛也可以，但是社会需要它。道家则像药店，不生病可以不去，生了病则非去不可。一个国家民族生病，非去这个药店不可。儒家的孔孟思想则是粮食店，是天天要吃的。如此看来，南师轻佛学，重道家，尊儒家？其实不然。南怀瑾认为人生最高境界是儒为表，佛为心，道为骨，三教融于一身。

佛教是舶来教，来自古印度迦毗罗卫国（今尼泊尔境内），道教是国教，儒教也是本土教。三教相比，哪一种教更好，很难定论。有言道：治世道，乱世佛，由治到乱是儒家。

佛教的虚无，道教的超脱，儒教的忠恕思想都对文学艺术产生广泛而深刻的影响。

《道德经》说：大音希声、大象无形、大道至简。意思说，越好听的音乐越悠远潜低，越好的形象越缥缈宏大。大锣大鼓，大槌大擂，不算最感人，最感人的是如泣如诉，低声啜泣反而催人泪下。还有大道至简，最高的道理往往是最简明的。在此影响下，于是有了艺术创作上写意、飞白、悬念等手段。音乐上的二泉映月，江河水，国画上，月下无暗影，舟过无水痕，一点是鸟眼，空白是云烟。

原中国军事科学院刘亚洲上将说："宗教决定了一个民族的文化，一个民族的文化决定了一个民族的性格，而一个民族的性格决定了这个民族的命运。"

显然我国的四大名著都浸淫着宗教文化色彩。《三国演义》和《水浒传》写的是道教文化，《红楼梦》是亦佛亦道，《西游记》则是佛道斗法，而且佛教代表正派，道教则多以反派出现。

《三国演义》，道家称雄。三国中，曹操、孙权、诸葛亮、关公都是著名道家人物。开篇诗杨慎的《临江仙》："滚滚长江东逝水，浪花淘尽英雄。是非成败转头空。青山依旧在，几度夕阳红。"这是佛道的虚无归空思想。第一回中就写了道家南华老仙：把天书三卷传给张角。书中还写了神仙左慈：用幻术戏弄曹操。于吉：咒死孙策。以及十几个神仙的活动。书中用了不少篇幅写了著名的道教领袖张角、张鲁的神功幻术的活动。

《三国演义》是一部是讲权谋的书，里面充斥了钩心斗角、用计使奸的故事。这些谋士都是谋略祖师道家鬼谷子的徒子徒孙，他们各为其主，大显神通，导演了波谲云诡、惊心动魄的历史活剧。三国里魏蜀吴都养有大量谋士军师，最著名的有20位。其中如：诸葛亮，卧龙，蜀汉开国丞相。司马懿，冢虎，曹魏重要谋臣。郭嘉，鬼才，曹操五大谋臣之首。庞统，凤雏，与诸葛亮齐名的名士。周瑜，周郎，赤壁之战的功臣。陆逊，21岁当孙权谋士，协助吕蒙斩杀关羽。贾诩，毒士，曹操五大谋臣之一。姜维，麒麟儿，诸葛亮传人。

特别是诸葛亮，更是道家代表。鲁迅说"刘备之德近乎伪，孔明之智近乎妖"。诸葛亮是一个神乎其神的人物，他排兵布阵，能掐会算，呼风唤雨，精通奇门遁甲。赤壁之战中，诸葛亮"披着黄衣，左手提剑，撒豆成兵"。诸葛亮擒孟获时，他抚琴竟然使云南的六月降大雪。在五丈原设坛作法压煞星，人称陆八卦。他造风火轮、制木牛流马。借东风，草船借箭等相传诸葛亮所设的八卦阵共有四处，其中著名的是在奉节白帝城江边，用石头摆下水八卦，吓退东吴陆逊的十万追兵。

还有被民间敬为门神，财神，忠义象征的关公，道家人物代表。他被斩头后，阴魂不散。终日里骑着赤兔马，手拿青龙刀，身边还有一白一黑两位将人随从，在空中游荡，一路喊着："还我头来。"这天，路过玉泉山，山中有个老僧法号普静，他就朝天上喊，你整天喊还头，那你斩了颜良、文丑，及五关六将等众人之头，又将向谁去索要呢？关公经点拨成仙去了。

《水浒传》，替天行道。水浒一百单八将，三十六天罡星，七十二地煞星，这是道家法录中的北斗丛星。

开篇《张天师祈禳瘟疫洪太尉误走妖魔》，北宋嘉祐三年，瘟疫盛行，皇帝就专门派遣了殿前太尉洪信，到江西龙虎山，宣请天师张真人到朝廷来祈禳瘟疫。洪太尉到龙虎山，游览上清宫伏魔殿，擅自打开了伏魔殿的殿门，见有石碑刻着遇洪而开，张天师用符箓封住洞口，把一众妖魔镇在井内。洪太尉不听劝阻，揭开符箓封条，只听得穴内刮喇喇一声响亮，那一声响亮过处，只见一道黑气，从穴里滚将起来，掀塌了半个殿角。那道黑气直冲上半天里，空中散作百十道金光，望四面八方去了。据说这就是"三十六员天罡星，七十二座地煞星"，一共"一百单八个魔君"的来历。这"一百单八个魔君"就是梁山108位的好汉。

梁山上忠义堂前旗杆上悬挂一面大旗"替天行道"，打着旗号是道家。

军师公孙胜用五雷天罡正法打败了高廉。每当梁山英雄遇到困难时，作者总是搬出道教神仙或者道教法术来救众人于水火之中。梁山好汉本属道教神仙，在道观现世，由九天玄女而知其使命，因道教祭祀而得其名，得道教法术而解困于危难，可见道教与梁山好汉的紧密联系。

《西游记》，佛道斗法。作者吴承恩厌恶道士。其实吴承恩本人信奉道教，且精通丹道修行之法，在文本中我们可以看到大量的道教修炼术语，一般文人根本就写不出来。那为何作者要贬低道家呢，这都是因为当朝皇帝明世宗朱厚熜，这位嘉靖皇帝长时间不理朝政，一门心思修道，每天只知道写青词炼仙丹。宦官当道，在严嵩的把持之下官场一片乌烟瘴气。看到庙堂之上群魔乱舞，而像吴承恩这样的才子得不到重用，于是便把满腹怨气发泄到小说中，把天庭比作朝廷，把道家群仙比作满朝文武百官。

最荒唐的是，嘉靖是历史上唯一一个差点被宫女勒死的皇帝，因为他拿宫女的处女月经血炼丹，导致宫女们苦不堪言，整天吃下嘉靖给的药，催经放血，苦不堪言的宫女还死了几个，于是宫女们一合计，就决定勒死嘉靖。这件事激怒了吴承恩，于是他在西游记里，便塑造了像虎力大仙这样的道士奇葩，吴承恩用笔发泄了心中的愤懑。

孙悟空大闹天宫、太上老君炼丹炉烧不死美猴王，还炼成了火眼金睛。美猴王闹地府、闹天宫时，道教的神仙们惊慌失措，无能为力，如来的及时出现，拯救了道教的天宫，维护了玉皇大帝的统治。从而确立了佛教高人一等的地位，道教在佛教面前，显得软弱无能。

西游记中褒佛贬道明显，妖魔鬼怪都是道教人物，唐僧西天取经回来修成正果，成为菩萨。

《红楼梦》亦佛亦道。鲁迅先生说《红楼梦》：“单是命意，就因读者的眼光而有种种：经学家看见《易》，道学家看见淫，才子看见缠绵，革命家看见排满，流言家看见宫闱。”有人补充道：“法家看见秩序，佛家看见万境归空。”

《红楼梦》曹雪芹开篇自白诗：“满纸荒唐言，一把辛酸泪，都云作者痴，谁解其中味？”以一僧一道开篇，以主人翁出家作结。全书充满浓厚的亦佛亦道色彩。

通过一僧一道，把佛家和老庄思想带进书中，封建逆子贾宝玉深受禅宗的色空思想与道教的清静无为、虚无旷达的思想影响。贾宝玉家有十几处寺庙和道观的产权：智通寺、水月寺、铁槛寺、玄真观、清虚观、栊翠庵、水仙庵、地藏庵、玉皇庙和达摩庵等，佛教寺庙和道教观庵各占一半。

大荒山无稽崖青埂峰下某日走来的一僧一道，他们看到36501块的女娲补天遗下的一块废料，缩成扇坠大小，石头本体幻化成通灵宝玉，灵体幻化成神瑛侍者，一起下凡。带入“隆盛昌明之邦，诗礼簪缨之族，花柳繁华之地，温柔富贵之乡”，历尽离合悲欢炎凉世态，演绎出一场怀金悼玉的旖梦。贾宝玉前生是神瑛侍者，神瑛侍者前身是灵虚真人，灵虚真人乃沾了玉皇大帝仙气的石头，因此兜了一个圈，贾前生是道士灵虚真人。

一僧一道名茫茫大士和渺渺真人，他们串场其间，对全书中故事情节发展中起着关键作用。值得注意的是，两位仙人后来幻变成癞痢头和尚和跛足道人。他们有时结伴而行，有时各自行事，对书中一些人物或超度、或点化、或指点迷津、解除冤孽。

空空道人在书中是牵丝带扣的人物，小说中说他后来因空见色，由色生情，传情入色，自色悟空，遂改名为情僧，他路过大荒山青埂峰下时赏阅了石头之经历，便抄录下来。这便是《红楼梦》一名《石头记》，又名为《情僧录》的由来。著名的《好了歌》是跛足道人唱出来的。歌词是：“世人都晓神仙好，惟有功名忘不了！古今将相在何方？荒冢一堆草没了。世人都晓神仙好，只有金银忘不了！终朝只恨聚无多，及到多时眼闭了。世人都晓神仙好，只有娇妻忘不了！君生日日说恩情，君死又随人去了。世人都晓神仙好，只有儿孙忘不了！痴心父母古来多，孝顺儿孙谁见了？”这便是红楼梦的主题思想。

《红楼梦》最后一章写贾宝玉抛下已考到的功名，出家了。书中写道，“贾政抬头，忽然看到船头前面微微的雪影里，有个身披大红猩猩毡斗篷，光头赤脚的青年人向着他倒身下拜”，贾宝玉跪在雪地上，向贾政叩了四个头，然后赤着脚，披着猩红的斗篷，跟着一僧一道走了，出家了。有人说他当了和尚，有的说是当了道士，但皇帝还赐给他“文妙真人”的封号，真人是道教的名号。而且只说他跟一僧一道走了，没有说出家到哪个庙或观。

《红楼梦》的作者，有“草蛇灰线，伏脉千里”的写作习惯，开头贾由一僧一道带来，结尾又由一僧一道带走。贾宝玉曾对林黛玉说“你死了，我就去当和尚”。因此是僧是道扑朔迷离。贾府最终被抄家，“飞鸟各投林”，“落了个白茫茫大地真干净”，可以看出佛家万境归空的思想。

四大名著的宗教倾向与作者的信仰及时代风气密切相关。

四大名著中最早成书的是《水浒传》，作者施耐庵是元末明初人，那个年代正是战乱四起，民生凋敝之时，作者重点抨击的是朝廷的腐败无能。施耐庵信奉道教，因此《水浒传》偏向道教，比如开篇的张天师和入云龙公孙胜等，用较多的笔墨表达了对高修大能的崇敬之情。

《三国演义》的作者罗贯中，据考证是《水浒传》作者施耐庵的学生。因为三国时佛教刚传入华夏，所以文本中着墨不多。也许受信奉道教的老师施耐庵的影响，文本中对道教比较推崇。书中人物张角、于吉、左慈乃至诸葛孔明等，皆精通道术，都是呼风唤雨，撒豆成兵的奇人，虽然是演义，字里行间都流露出对道教的景仰。

《西游记》的作者吴承恩，明代人。作者本身虽信奉道教，但对迷信道教炼丹术走火入魔、不理朝政、荒淫无耻的嘉靖皇帝深恶痛绝，借这部小说发泄心中的怨恨。因此阅读这部作品，会发现书中极尽崇佛贬道之能事，佛教诸神皆高大威猛，道教众仙则猥琐鬼祟。如太上老君偷袭大圣，五庄观镇元子巴结观音菩萨，以及西行路上无数的妖道等等。

《红楼梦》是四大名著中最后成书的，作者曹雪芹清代人。这部书有许多存疑之处，包括这本书写的是哪个朝代的事，作者究竟是谁，都有待继续考证。书中对佛道两家没有明显偏颇之处，反而把佛道当成一家，开篇即有一僧一道联袂出场，携“通灵宝玉”入红尘，又有空空道人感悟石头记的文字，给自己改名叫作“情僧”。在曹雪芹眼里，不管是佛家还是道家，都是出家人，都是大彻大悟的高士。

虽然四大名著都深受宗教文化影响，但小说毕竟是小说，小说不是教义。因此深谙小说三昧的四大名著作者，绝不会在涉及宗教的小说中诠释教义。作者的宗教倾向只会隐晦地透过人物的言谈举止流露出来，而宗教的神秘感更增添了小说的扑朔迷离色彩。

· 第五辑 ·

# 杂记

# 蓦然回首

凡是过去，皆为序章。

——题记

# 从文杂忆

今生，我注定是一个漂泊者。还在襁褓时代，父母就把我从老家福州带到闽中山城三明，我在那里度过了青少年时代。到了31岁那年秋天，我移居香港。又过了30年，到了花甲之年，我再一次让生命去流浪，漂洋过海旅居美国加州硅谷。

我的命途多舛，做过十几种职业：小皮匠、泥水小工、铁路护工、五金工人、教师、送货员、清洁工、记者、编辑和商人等等。身份多变，唯独不变的是“爬格子”的积习。在内地时我是文艺青年，后来到了香港成了香港作家，如今跑到美国又变成了旅美作家。

蓦然想起南宋词人蒋捷的一首《虞美人》：“少年听雨歌楼上，红烛昏罗帐。壮年听雨客舟中，江阔云低，断雁叫西风。而今听雨僧庐下，鬓已星星也。悲欢离合总无情，一任阶前，点滴到天明。”少年的放荡，中年的颠簸，晚景的孤寂，这大抵是世俗人生的写照，我自不能脱俗。如今“鬓已星星”的我，在此我想与读者诸君分享一下我读书与写作的一些趣事甚或糗事。

上小学时，我是一个顽皮的学生，总是徘徊在留级的边缘，浑浑噩噩地混到五年级。那年突然调来一位姓张的语文老师，第一次在他手上作文，得了个5分减（当时计分制5分是满分）。拿到课堂上又是朗读又是点评，很多句子下面“吃”了连串红圈，还贴在墙报上让同学观摩。这下子可不得了，我走路觉得脚底生风飘飘然起来，突然发现自己原来是一个“潜伏”的天才。谁曾想到，小学老师一次小小的激励，竟影响了我的一生。从此我爱上了语文，爱上了读书，做起不醒的作家梦。

学生时代，我可谓嗜书如命。星期天、寒暑假，我都会到小县城的新华书店“打书钉、揩书油”。即是捧着书，静静地站在一个角落，只看不买，因为根本就没钱买。就这样我“打书钉”读完了四大名著、鲁迅全集、巴金的《家》《春》《秋》，还接触了不少外国作家的作品，特别是俄国作家如契诃夫、屠格涅夫、果戈理、陀思妥耶夫斯基、涅克拉索夫、托尔斯泰……那年头西方作家的作品很少被翻译介绍进来，印象最深的只寥寥几本《堂·吉诃德》《牛虻》《血与沙》、凡尔纳的科幻小说和一些童话。那时小城的店员相当和气，她知道你打书钉、揩书油，但只要你守规矩，不把书弄皱搞折，她就睁一只眼闭一只眼默许你的存在。而最让我着迷的当属私人借阅的《三侠五义》《封神榜》《说唐演义》等剑侠神怪的话本小说。

有一次还发生了一段书店奇缘。那天书店来了一个白须老者，他豪气干云地花500多元买了一匣线装书，把我眼睛的视线都拉“直”了。须知，当年月工资普遍30多元，500元就是一年不吃不喝才能攒下。为了买书一甩一年多的积蓄，怎不令人咂舌。于是，在他拎了书走出店门时，我就被他“牵着”走了。老者走到榕树下的码头，接着上了渡船，我也跟了上去。到了对岸，我不远不近地跟随着，走啊走啊，走了七八里路还没到。我心里嘀咕“老人的家住得好远啊！”老者似乎发现有人盯梢，特意在路边坐下小憩。我也在离他十几步远的地方蹲下。两人默然对峙许久，太阳渐渐西斜。

老者憋不住开腔了：“喂！你什么意思老跟着我啊？”

我说：“我想向您借书看。”

他说：“我的书，不适合你看。”

我说：“什么书我都爱看！”

他招手让我过去，拿出刚买的书，说：“这书你也爱看？”

我一看那一沓书是《金匮玉函要略》，问道：“这是什么书？”

老者说：“看病的，中医药书。”

我问：“你是中医师？”

老者说：“正是。”

我朝他鞠了个躬，说声“对不起！”转身撒腿就跑，我要在天黑之前赶到渡口，要不渡船停航，我可要在岸边待到天亮了。

上中学时我有一个外号叫“老夫子”。总看见我捧着本书，课息时间走也看站也看，闲着没事胳肢窝底下也总夹着本厚厚的书。有一次，我走到那里，同学们都快闪。我捉住一位“死党”问道：“为什么避开我？” 他答道：“臭。”

臭？怎么会呢？我这才想起胳肢窝底下夹着的这本《唐五代词选》。前几天如厕时，曾不小心掉进茅坑，粘了些屎。我赶忙拿去清洗，然后放在太阳下晒，还偷了母亲的花露水洒在上面。经过一番处理，我闻起来一点都不臭，他们未免大惊小怪。

我念初中二年级14岁那年，在《三明日报》发表了第一篇文章，当时给自己取了个笔名叫“巴童”，抵港后改为“巴桐”。这个笔名曾招来不少疑问，有的说“你取这个巴字，是否想当巴金第二？”也有的诘问“巴山夜雨涨秋池，巴山蜀水，你是四川人吗？”我不得不多次解释说明：“此巴不是彼巴，这是乡巴佬的巴！巴童就是乡巴佬的孩子。”到了香港年过而立，觉得“童”不下去了，希望自己成长起来，有所作为有所长进，能像梧桐树一样长得又高又直，于是取了个谐音，改为“巴桐”。

但“巴桐”这名号也闹出不少尴尬。到了知天命之年，有人为了表示一下“尊重”简称我为“老巴”。而老巴与老爸同音，试想一下，在某一个场合，一群男女围着我猛叫老爸，老爸声声，此起彼落，焉能不引起旁人的错愕和侧目。

高中时，我曾赢得一个宝贵的读书机会。我生活的山城很小，这里流传一首民谣，唱道“小小三元县，三家豆腐店，城里磨豆腐，城外听得见。”山城虽小，却有一个藏书颇丰的图书馆。图书馆设在闹市一隅的一座破旧祠堂里，它有一个内库，收藏十几万册从上海搜购的旧图书，如四库藏书、民国时期出版的书籍等等。还有不少线装书，有的还是绝版孤本。图书管理员是一位中年妇女，莆田人，与我友善。她特喜欢我写的钢笔字。有一天，她问我：“你愿意帮我抄写书的目录卡吗？”我喜出望外，嚷道：“愿意！”这样我便获得进入内库的特权。

中学时代的寒暑假我几乎都在内库度过。早上开馆时，她把我放进内库，然后锁上再挂一块“内库重地，闲人勿进”的牌子。到了下午下班时，她再把我放出来。

内库里的书堆积成山，由于人手不足，来不及造册上架，都堆放散落在地上。为了防潮防蠹，还撒了许多石灰，气味呛鼻。但我根本不当一回事，如牛入园圃，蝶舞花丛，抄一阵卡，读一阵书。躺在书堆，枕书而卧，“乱啃乱嚼”，任我捧读，饱览群书，其乐无穷。

但也有遭罪的时候。有一天，女管理员家里突然有急事，提早闭馆赶回去，慌乱中忘了给我开门。我被锁在内库喂了一宿蚊子，眼睛被石灰呛得泪水直流。第二天她把我放出来时，我一脸红斑，满眼血丝！形同麻风病人。女管理员吓坏了，连忙送我上医院，看过医生然后送我回家，连连向我母亲解释道歉。因这件事我失去了进入内库的特权，而此时我已高中毕业，接着高考名落孙山，走向社会，忙于生计，为口奔驰，也少有读书的闲暇了。

心灵的创伤无药可医，中学时的一段经历，成了我一生的痛。虽然如今我已是70多岁的老人，时隔半个多世纪，每次忆及，心头都不免一阵战栗、一阵绞痛，直想呕吐，一个只有一米五高的矮小妇人就浮现在眼前，她就是我就读的山城中学的领导刘老太。

我永远记得“文革”前夕，那个山雨欲来风满楼的日子。一天早晨，我像往常一样去上学，刚踏进校门就被叫到办公室。刘老太铁青着脸杵在门口，见了我劈头喝问道：“说！你们有多少人？有多少枪支弹药？”我丈二和尚摸不着头脑，问道：“什么枪支弹药？你说什么我不懂！”刘老太“啪”的一掌拍在桌上，震翻了桌上的一杯水，从牙缝里挤出一句话：“你不要再演戏了！老实交代吧！”说完她“嘭”地甩门走了。早就等在门口的班干部“押送”着我到教室，刚到教室门口，全班同学举起森林般的手，握拳高呼：从宽、抗拒、打倒……我的脑袋嗡嗡作响，糨成一桶糨糊，根本听不清他们喊什么。然后是两个我最要好的同学，开始揭发检举，他们声嘶力竭地控诉我的种种劣行和对他们的毒害。一个姓戈的说，我从家里偷米和衣服给他，是想腐蚀他，拉他下水。另一姓陈的说，我到他家安慰他不要去死，目的是想跟他订立攻守同盟。

我是有好几次偷家里的东西给姓戈的，因为他家实在太穷。我是有去姓陈的家里，陪着他哭劝他别死，是因为朋友一场死了太可惜！于是乎，姓陈的落井，拉了我垫背；姓戈的为爬上去，拉了我垫脚。谁叫我是他们的好朋友呢？

一夜之间我变成了反革命，当即革除了我学生会和校刊主编的职务。批斗会后，我首先想到我的父母，担心他们受到牵连，害了他们。我立即想到死，只有一死才能解脱，一了百了。于是，一放学我就狂奔到河边，跑到浮桥上，那时正好发大水，桥下浊流滚滚，我想都没想，一头就扎进河里。可是我是水蜉蝣，被洪水一呛，三扒两拨就游回了岸边。跳河不死，我不肯罢休，想到化学课上讲到剧毒氰化钾，一丁点就足以毙命。于是潜入化学实验室，伺机偷取氰化钾。实验室老师见我鬼鬼祟祟，立即将我驱逐出去。跳河不死偷毒不成，上吊跳楼又怕痛，终因缺乏勇气，放弃了自杀的念头。

但令我惊诧的是，反革命案突然中止了，烟消云散，好像什么也没发生过。我百思不得其解，直到十年之后“文革”结束，谜底才揭开。这是后话暂且按下不表，先说我躲过一关，但厄运并未离我而去。校方选定我为“社教四清”运动的活靶，此后对我批判的火力聚焦“资产阶级成名成家思想”和丁玲的“一本书主义”。这次似乎铁证如山，校方收缴了我的长篇小说书稿。

事缘，高中一年级时，我不知天高地厚地动手写一部长篇小说，当时几乎陷入走火入魔的状态。夏天，每天放学后我搬了板凳坐在院子里写我的小说。山城酷热，蚊蚋成群，我汗流浃背，一面拍打蚊子，一面奋笔疾书。冬天，山城奇冷，手指生冻疮仍搦管不辍。就这样吭哧吭哧地写了近三年，正反两面密密麻麻，写满了40多本拍纸簿，临高中毕业终于“大功告成”。我给自己的“大作”取名为《春阳秋草》，春阳寓正面事物，欣欣向荣，蒸蒸日上。秋草寓敌人，如秋天落叶枯草，一天天烂下去。写出后，我惴惴不安地捧着书稿，送给山城文化馆搞文艺创作的当地“大文人”谷风看。谷风在文化馆阁楼上汗流浃背地读我的书稿，我连着几天都去躲在楼梯口偷瞄，紧张得心都快跳出胸口。一个星期后，谷风找到我把书稿还给我，并对我说："书写得很好，可以寄去出版社试试，祝你成功！"谷风的赞赏，令我高兴得忘乎所以。

这部书稿除了谷风之外，只给肝胆兄弟戈同学看过，他在批斗会上揭发了此事。一轮狂风骤雨似的批斗之后，我被晾在一边，不闻不问，任由我自生自灭。这样混到毕业，据说我的语文老师苦苦为我说项，校方居然让我毕业。我有幸参加了最后一届高考，但不幸的是，校方在学生鉴定、高考报名表的学校意见栏上填写了一句：建议该生不予录取。一剑封喉，关闭了我所有升上大学之门。注定了我坎坷颠沛的一生。高考前夕校方突然发还书稿，我含泪焚稿，一页页撕下，投入炉灶烧了。

事隔十年之后，"文革"结束了，我才知道自己是被这个陈同学连累，竟然一直蒙在鼓里。如果我那天没去他家，如果我没劝他别去死，也许我的命运会改写。但现实没有如果也没有也许。现实的人生远比虚构的小说还要曲折离奇。在此我只能扼要叙之——

话说绰号"二流子"的陈同学结交了一个社会上的朋友，他们都是山城射击队成员，为了打猎时常偷点小口径步枪子弹。那个社会青年无业，常到陈家蹭饭。有一天他趁陈走开，用他家红灯牌收音机偷听了敌台，说如果大陆义士需要援助可写信到香港某某地方联系，便可获得经费。废青听了暗自窃喜，回去后编造了他是什么救国军司令，手下有几十号人马，急需经费，快快联络他，云云。回信地址他耍了个小聪明：山城邮局留交。一个月后他发现那封信被退了回来，插在邮局的留交布褡上。经常有人去抽起来看，信封的边角很快磨损了，废青怕得要命天天去看。观察了一个礼拜，他没发现周遭有何异样，装作若无其事取了信施施然走出，埋伏在门口的公安侦查员一拥而上，把他逮个正着。于是他就供出了姓陈的，和红灯牌收音机，小口径步枪子弹，等等。于是姓陈的就理所当然是救国军的成员，我该死会跑去安慰他，也理所当然地成为几十名匪徒之一。当年这案突然中止的原因，后来才知道原来那废青抓进去后，立即一五一十，连屎带尿招供得干干净净。公安判定整个件事是他一个人唱的独角戏。于是故事链断了，刘老太也无法再往下编。

高考落第后，我到一家皮鞋厂当学徒，"文化大革命"中我决心弄清真相。有一天，我特地戴上红袖章，直闯山城中学去找刘老太讨个说法。平时威风凛凛的她，见了我脸色唰地变得灰白。我怒冲冲地说："你告诉我枪支弹药是怎么回事？"她哆哆嗦嗦地说："没事没事，是一场误会，误会！"我又说："你说我是反动学生，你必须给我平反。"刘老太打着哭腔说："你看我，我现在是被打倒的走资派，天天扫地洗厕所，我哪有权利帮你平反。"看到她一米五的个子，瘦成一张纸片，可怜兮兮的样子。心想，算了别逼她了，逼也没用，扭头兀自悻悻地走了。

恢复高考时，我已31岁，在山城中学当临时教师，为了谋一份固定的饭碗，非做一次范进不可。而其时我已结婚，并有一个嗷嗷待哺的孩子，又因临时工不能带薪上学，为了生存只能选本地学校，而本地选无可选，华山只有一条路，三个自愿都填报了当地一家师范大专班。

那天，我正埋头答卷，突然有一颗灰白的脑袋伸到我的卷面上，挡住了我的视线。我抬头一看，瞥见那个一米五的老太太，原来是当值监考官刘老太。她朝我点了点头，我诧异地发现她眼里含着泪光，我不知道她因何而哭，是对我怜悯？还是对自己忏悔？

踏入社会后，我居无定所，工无正职。到了恢复高考，与自己的学生同赴考场，如范进中举般考入三明师范大专，做了"回锅肉"、老童生。颇感意外的是，同班同学中而立之年的我还不算最老，最大年龄的已40出头，已担任乡镇中学的校长了，但为了一纸文凭、一份正职，争当范进，老少同窗，最高年龄差近30岁，可谓三代同堂。联想至此，内心不禁涌上一阵酸楚。

1979年秋，我带着满身的伤痕，离开了交织着欢笑与泪水的山城，从内地移居到香港。踏入80年代，神州大地涌起改革开放大潮，那时港客腋下夹个皮包就成了港商。我身边许多"绿印客"纷纷下海，回内地经商，捞得风生水起。我却死抱笔杆子不放，继续着爬格子的生涯。结果不少朋友、熟人都发达了，团团作富翁状，我却依然两颊凹陷、面有菜色。不过我仍不悔，因为从文是我的选择，自己选择的路，跪着也要把它走完。

1984年冬，作协福建分会与《台港文学选刊》在深圳召开闽籍旅港作家座谈会，这可谓开创了内地与香港文学交流的先河。一晃30年过去了，记忆犹新。那次座谈会上，见到了来自家乡的心仪已久的作家：郭风、张贤华、舒婷、苗风浦、季仲、蔡海滨、杨际岚等，倍感亲切。当年的照片留在相册，如今郭老、苗风浦、蔡海滨已经作古，每每忆及，怅然不已！我还曾应邀担任过选刊的特约记者，至今那本蓝色塑胶套的记者证，仍珍藏在我的书柜中。

1985年2月，我参加深港作家新春座谈会。会上作了题为《处在转变时期的香港文学》的发言，后来深圳特区报整理后刊发出来。我在那篇谈话中，阐述了一些观点，提出面临“九七回归”的历史转折，香港文学将何去何从的诘问，认为香港文学的风貌必将因之产生迥然的变化。香港素来被诟病为“文化沙漠”，其实香港并非没有文学，只是充斥了“俗文学”，诸如坊间大量的鬼古、色情和武侠小说，漠视现实，注重“票房”，片面追求感观刺激……“九七”将带来巨大冲击，再不能对国内的变化抱持事不关己，隔岸观火的态度，而这种转变必将反映到文学作品中，从而加重了文学作品的现实感和政治意识……不料谈话引起一场轩然大波。数位香港“本土”作家对我的谈话观点嗤之以鼻，一连发表十几篇文章大加挞伐。我被詈骂为“挥舞大棒的文棍”“鼻梁上画了豆腐块的文丑”等等。我也发表了几篇文章回应。这样一来被内地一些香港文学研究者定义为“关于九七回归香港文学的一场论争”。

其实，够不上“论争”，因为我几乎是孤军作战，曾感叹“两间余一卒，荷戟独彷徨”。后来，我把这种观点融入创作实践中，写出了短篇小说《雾》。《人民日报》还为此发了一条消息，称这个短篇“生动细腻地反映了面临九七回归，香港人的心理心态和社会现实”。短篇小说《雾》曾获得《福建文学》佳作奖，入选全国《1985年短篇小说选》。坏事变好事，一场争论、一个短篇，竟令我在香港文坛“崭露头角”，知情的一些作家朋友至今提及当年事仍调侃道“世无英雄，遂使竖子成名”。

1988年我的报告文学《中国大团圆前奏曲——海峡探亲潮纪实》获得“中国潮”报告文学征文二等奖，这篇文章最先发表在《福建文学》上，并由《福建文学》选送。“中国潮”报告文学征文活动是新中国成立以来中国文坛最大规模的文学评奖活动，由全国108家文学杂志联合举办，评选出一、二、三等共100名的获奖者，我是唯一一位港澳及海外获奖者。这篇报告文学被选入全国《1988年报告文学选》，100篇得奖作品中只有6篇入选，确实暗自高兴了好一阵子。我曾出席在首都体育馆举行的颁奖礼，颁奖晚会上我第一次强烈感受到汹涌澎湃的改革开放思潮，十分震撼。后来《人民日报》记者戴露在一篇报道中写道："本来就文弱的巴桐先生，在高高的看台上显得更加瘦小。他对舞台上的演唱产生强烈共鸣，不能自已，泪流满面……"

1989年至1993年我在香港华润集团旗下的《香港市场》周刊任主编。平时除看稿、改稿、签发稿之外，还负责每期刊首几百字的编者的话以及一个《市场随笔》。内容是漫谈市场的营销策略，商业谈判技巧及广告策划等，以轻松的散文笔调写经济小品文，讲求知识性和趣味性。每篇1500字左右，如果文章长就分两三期连载。三年后积累的市场随笔竟有十几万字。其时正值国内对海外市场资讯"求知若渴"，经朋友介绍与北京改革出版社一拍即合，不到半年以《征战商场》为名的市场随笔集就面世了。

由于主编《香港市场》和出版《征战商场》这本书，使我也经历了两段"奇遇"。一段是与郑州亚细亚商场的结缘，另一段是在深圳被陌生人"寻仇"。一天，在报上偶然看到亚细亚商场寻求海内外合作者的广告，我贸然写了一封毛遂自荐的信去，不料几天后接到商场总经理王遂舟约见。我们在深圳一家小饭店见了面，一间包厢，三个人，一瓶贵州醇，我们天南海北胡侃。他是一个"懵懂"的下海弄潮的政工干部，我是一个徘徊商海岸边观浪的"秀才"。他多数时间静静地听，不大插嘴，忙着替我倒茶夹菜斟酒。这天晚上，几杯酒落肚，我神思湍飞，说："亚细亚要办成集商场、部队、学校三位一体，并要吃喝玩乐一条龙。"向他建议一条广告词："星期天哪里去？——郑州亚细亚"，后来又演变成"中原之行哪里去？——郑州亚细亚"。王遂舟听了，并未当场表态，用与不用不置可否。想不到，他回去后坐起立行马上出资上千万元，在中央电视台投放这句广告词，而且一播整整播了一年。我的"三位一体""一条龙"的阔论也付诸实施，从而掀起轰动全国的郑州商战，造就了亚细亚神话。创造了郑州乃至全国商业的一段辉煌历史。我曾三上郑州帮他出谋划策，他送给我一枚金戒指，我回赠一条金项链，那枚戒指是王遂舟给我的唯一酬谢。那时我们视为知交，惺惺相惜，不谈功利。亚细亚成立30周年时，《大河财经报》写道：“（当年）三十而立的他鲜衣怒马，纵情驰骋，带领着‘野太阳’亚细亚一飞冲天，用最绚丽的燃烧璀璨了中国商业的整个天空。至今，这光芒依然耀眼，久久不散。”也许没有人想到，最初点燃亚细亚这颗野太阳星星之火的，竟是香港的一个“穷秀才”！

题外话是：1996年亚细亚神话破灭，王遂舟辞去总经理，此后并经两次中风，他走过鬼门关，到了重新站起来，走进人们的视线已是22年后。2018年王遂舟在“第六届中国企业家发展年会”上，荣获“改革开放40周年卓越人物”奖。他现任拥有30家连锁院所的上海和佑养老集团董事长。

另一段“寻仇”奇遇，发生在深圳。那年夏天，散文诗泰斗柯蓝在深圳举办一个活动，我应邀参加。会场设在一家酒店内，主持人介绍来宾叫到我时我起身鞠躬。刚坐下有人走到我面前，俯身凑近耳边问道：“你是巴桐先生吗？”我答是，他说请到外面一下。灯光微弱，未看清面孔。我跟他走到门外。这时才看清是一个圆脸壮实的陌生汉子。不等我开口，他就大声嚷道：“巴先生，我被你害死了！”他涨红了脸，瞪大眼睛，显然情绪亢奋。我下意识地向后退到墙边，强作镇定地说：“你是谁？对不起，我不认识你！”说着就要转身开门返回会场。“等一等，巴先生，我是来感谢您的。”我懵了，他拉着我手说了一段他的经历：原来，他大学毕业后，分配到武汉市政府一个部门任职，这是人人羡慕的铁饭碗。不料，这铁饭碗被我的一本书摔破了。一天，他买了我的《征战商场》这本书，看得十分入迷，感到为他开启了一扇重新认识外部世界的窗户，觉得商海多姿多彩、十分有趣，是他施展才智的好地方。于是，他毅然决然辞职下海南下深圳。结果，到处碰壁，最惨的时候身无分文，流落街头，形同乞丐，未婚妻也离他而去……说到伤心处，眼泛泪光，声音哽咽。我正想安慰他几句，他却高声说，“现在好了，3年过去了，我开了自己的公司。”“哦哦，是吗？那好那好，”我如释重负，问道：“公司做什么，有多大？”答：“做外贸的，公司不大才20多个人。”好，好，我连声叫好。他又说：“巴先生，您的《征战商场》这本书仍然放在我的床铺头，我不时翻阅重温！”他突然紧紧握着我的手说：“巴老师，真的非常感谢您！我能请您吃一餐饭吗？”我说：“不谢不谢！写书之人如下蛋之鸡，你吃了鸡蛋会去感谢母鸡吗？”说罢，我推门进入会场，跟他就此别过。

我对各种文学门类都感兴趣，多有涉足。我曾写过一部电影剧本《东瀛游侠》，由《少林寺》导演张鑫炎执导，于荣光、杨丽菁主演。我还写过不少文艺评论和曲艺习作，因此可谓是一个“半桶水晃荡”的文艺杂家。

20多年前我与张诗剑等人创办了龙香文学社和《香港文学报》，如今龙香社已发展成为香港文学促进协会，会员近200人，是香港活跃的文学团体，为内地与香港及海外的文学交流做出了瞩目的贡献。

我虽然出了一些书，但反响未见热烈，洛阳亦无纸贵。反而我在香港出的两本非文学类的书，却出过大新闻，闹出不小动静。

2005年秋，某日，我在九龙丽晶酒店参加首届“世界华文旅游文学征文奖”颁奖礼。突然接到陶然电话，他说：“巴老桐，你上《苹果日报》头条了！”

我内心一震，问道：“什么事？”

他说：“你自己去买一份报纸看看吧。”

我急忙跑出街，在附近报摊买了一份报纸，赫然瞥见我写的《香港富豪奇人奇事》一书的封面印在头版，“巴桐著”三个字特别醒目。急阅，方知原委。报道说，昨天警方捣破一个劫匪巢穴。匪巢十分简陋脏乱，地上铺着一张席梦思，床头几支空啤酒瓶和散落的花生壳和饼干屑。令人感到意外的是，床头还找到一本名为《香港富豪奇人奇事》的书，这是一部搜集本港富豪发迹及生活轶事猎奇性的书，引起了警方的关注。警方在侦讯中问劫匪为什么要看这本书。劫匪说：“因为对富豪的生活感到新鲜、好奇。”警方认为，不排除有人想通过这本书物色下一个作案的目标。呜呼！我这是躺着也中枪了。

另一本书叫《世界狂人》（署名郑枫），也闹出新闻。这本书写了地球上最凶狠危险的十几个狂人。书中我给本·拉登安了个绰号叫“恐怖大亨”。“9·11”之前这本书滞销，出版商血本无归叫苦连天。“9·11”

后，这本书突然变成抢手货，库存一扫而光，出版商还连夜加印。《壹周刊》以《箩底橙热销》为题报道了这件事，热销的原因是，该书准确地预测了五角大楼被炸云云，其实是瞎猫碰到死老鼠，却帮拖出版商无端端发了一笔横财。

这两本书都是根据资料编写的，不算文学也不算创作。但却算是我爬格子生涯中的异数，在此补记一笔。

迄今为止我已笔耕五十余载，已出版20多种作品，包括散文、小说、影视剧本，各类作品多次获得全国性奖项，散文和小说多篇被内地高中选为语文试题，不少作品被选入各种典籍。我曾担任香港中华文化总会副理事长、香港文学促进会常务副会长、名誉会长，香港作家联会理事，《香港文学报》副总编辑等。被聘为厦门大学新闻传播学院兼职教授及三明学院兼职教授。

2006年我旅居美国，这下我这个作家真正成了“坐家”。与许多绿卡老人一样，我也是因儿女羁旅美国。我的一位挚友说我到了美国是“五子登科”：不识英语是为哑子，不会开车是为跛子，听不懂是为聋子，看不懂是为瞎子，待在家里是为傻子。

我在硅谷的生活是孤寂的，正如我在散文《人在硅谷》（见刊于《人民日报（海外版）》）中写道：

> 倘若要我用一个字形容我在硅谷的生活感受，我会用一个“闷”字来概括。由于不谙英语和不会驾车，我很少出门。白天上班上学的都走了，平时我从超市回来，就待在家里。老伴忙家务，我则常坐在客厅的落地窗前，打开电脑作网游，或把卷展读，倦了望向窗外的后花园……我结识了两位朋友：一只灰毛松鼠和一只穿黑礼服的乌鸦。它们不时来访，令我开怀。

因为百无聊赖，我对窗外的松鼠和乌鸦作了细致而微的观察：

那只灰毛松鼠来了，喜欢坐在窗子对面的木栅栏的横檩上，手里捧着不知什么落花野果，好整以暇，优哉游哉地边吃边用绿豆似的眼睛看着我。就像我小时候端着饭碗坐在榕树下，边吃边看着路人一样……

那只乌鸦就更加大胆，它飞来，下到花园草圃啄食草籽，然后在上面踱步。它走起来，肩膀一高一低，像极我上大学时一位腿脚不大灵便的老教授模样。

终于耐不住寂寞和乡愁。2007年我办了为期两年的回美证，只身返国，寄寓广东惠阳淡水我的忘年交朱瑞生处，他收留了我漂泊的足迹。朱先生可谓我命中的贵人，他为人豪爽侠义，待我亦师亦友，如兄如父，对我的情谊非笔墨所能尽数。值得一提的是，淡水不仅成为我人生一大驿站，而且为我提供了一个文学活动的平台。通过朱先生的引荐我结识了惠州各界许多朋友，而最为令我感动的是，淡水的一帮朋友都以朱先生“马首是瞻”，尊我为师，对我恭敬有加。朱先生还为我盛情接待了众多文学界友人。他曾热心地在惠阳朱家寨为香港文学促进会筹办过大型联谊活动。著名诗人、作家、学者诸如刘再复、吉狄马加、郑愁予、张铭清、陶然、张诗剑、陈娟、古松、晓籁、吴烈修、林雨纯等都曾做客朱家寨。十多年来，每年我都会偕老妻返国一行，到淡水住上两三个月，我自诩是“半个淡水人”矣。

不知不觉间，我在美国已生活了14年。这么多年似乎仍未能完全适应，对美国的心态一直很矛盾很纠结，可以说美国是一个我每天都想离开，却一直没能离开，有机会离开又放弃离开，继续想着离开的地方……如果我有幸活到90岁，那么我的生命旅程颇为有趣：30年国内，30年香港，30年美国，上天冥冥中“把汝裁为三截”了。

硅谷的生活虽单调且孤独，但也为我提供了宁静的写作环境。这几年我收获了三本书：一本是由北京现代教育出版社印行的短篇小说集《无尘》；另一本是广东旅游出版社出版的散文集《巴桐煮字2》；还有这本

《巴桐文集》。有此收获，应当说还是可堪告慰的。

金庸祖父曾撰一副对联：竹里坐消无事福；花间补读未完书。在美国平时除了阅读和写作之外，我还重拾荒废了的画笔。暇时偶尔发发呆，闭目养神；更多时候是搦管写字画画，借以怡情遣兴。笛卡儿说“我思故我在”，我睡梦中还默念诗词，阿兹海默症根本找不到我头上。十几年来我临池不辍，书法和画技大有长进。记得几年前，我在深圳重逢著名学者、文学家刘再复老师，我们把臂同游了惠州西湖。他看到我应邀为索字者挥毫弄墨后，写了几句话勉励我：“巴桐兄，多年不见，此次相逢，看到你多了几根白发，心灵却生长了。尤其是看到你把才华凝聚于笔端，挥洒自如，成一书法家，真是高兴，特予祝贺。”如是，我多了一个衔头，谬称书法家了。

“世界吻我以痛，我将报之以歌！”我引用这句话作为这篇杂忆的结束语。我始终相信世界是美好的，明天永远值得期待！

# 萍踪履痕

巴桐，本名郑梓敬，1947年5月出生，福建省福州市人。青少年时代在闽西北山城三明度过，毕业于三明师范大专班（三明学院前身）。1979年秋移居香港，2006年起旅居美国。现居美国加州硅谷。

系旅美华文作家、诗人、书法家。已出版作品20余种，包括散文、小说、影视剧本。主要作品有：长篇小说《日落香江》《蜜香树》；短篇小说集《女人的一半》《佳人有约》《巴桐幽默小说》《无尘》《浅水湾之恋》；散文集《巴桐选集》《香岛散记》《巴桐煮字》《巴桐煮字2》《情缘醉语》《征战商场》；小说散文诗歌合集《巴桐文集》；传记《香港富豪奇人奇事》《世界狂人》；电影编剧《东瀛游侠》等。

作品多次获得海内外文学奖，多篇作品被选入各种典籍，选作国内中学语文试题。报告文学《中国大团圆前奏曲》获“中国潮”征文二等奖，散文《故乡的中秋夜》获全国侨联征文一等奖并被选入中学辅助课本，散文《承天寺的明月》获全球华文散文大赛一等奖，小说《夺碗记》获世界华语文学一等奖，散文《梦回扬州》获中国最美游记二等奖，还曾获得福建文学奖、澳门文学奖、黄河文学奖、深港两地小说奖等。

名字被载入《中国文艺名家辞典》《中国当代文学家辞典》《20世纪中华人物名字号辞典》，及《香港小说流派史》《香港作家传略》《香港文学史》等。

曾被聘为厦门大学新闻传播学院兼职教授及三明学院兼职教授。曾担任香港中华文化总会副理事长、香港文学促进会名誉会长、香港作家联会理事、《香港文学报》副总编辑等。

附录一

# 写作历程

1961年14岁在《三明日报》发表散文处女作《茶山春晓》。

1977年话剧《山乡来信》获福建省职工文艺汇演优秀剧本创作奖。

1983年3月在香港《镜报》发表《中国大陆现代诗探索者——范方》（与张诗剑合作）。1988年3月发表诗作《那人》，被范方选为他的诗集《还魂草》代序。

1984年1月，参与三明旅港联会筹建，担任秘书长、副理事长等。

1985年1月与张诗剑等发起创办香港龙香文学社，后发展为拥有200多名会员的香港重要文学社团，更名为香港文学促进会，任常务副会长。

1985年与张诗剑等创办《香港文学报》，香港文学报出版社任副总编辑。

1985年发表《处在转变时期的香港文学》，发表在《深圳特区报》，曾引起香港一场文艺论争。

1985年12月短篇小说《雾》获福建文学佳作奖。

1985年短篇小说《雾》入选《1985（全国）短篇小说选》，人民文学出版社出版。《人民日报》罕见地为一位香港作家的小说作品发了一条电讯予以推荐。

1986～1992年在《深圳特区报》连载三部长篇小说：《蜜香树》《二龙传奇》（半部）及《商海争雄》。

1987年9月随香港作联代表团访问美国、加拿大。

1988年12月长篇报告文学《中国大团圆前奏曲》获福建文学佳作奖。

1989年1月著名评论家、中国作协副主席张炯发表《向中华民族发出的呼唤——读香港作家巴桐的〈中国大团圆前奏曲〉》。

1989年报告文学《中国大团圆前奏曲》获“中国潮”报告文学征文二等奖。这次征文活动由《人民文学》《解放军文艺》等全国108家期刊联合举办，被称为中国文坛有史以来最大规模的征文活动。巴桐系唯一的海外获奖者。

1989年长篇报告文学《中国大团圆前奏曲》入选《1988（全国）报告文学选》，人民文学出版社出版。100篇获奖作品仅6篇入选，巴桐这部作品被列入中国《文学经典总汇》中。

1992年短篇小说《雾》入选《香港小说精选》，人民文学出版社出版。并被选入《香港当代文学精品赏析》，武汉长江文艺出版社出版。

1992年编写电影剧本《东瀛游侠》，由香港银都机构与福建电影制片厂联合摄制，于荣光、杨丽菁主演。

1995～2005年曾多次代表香港作家访问北京、上海、广东、山西、贵州、云南、福建、江西、河南等地。

1997年散文《香江赋》被选入著名作家袁鹰主编的《华夏20世纪散文精编·八大册》，华夏出版社出版。

1997年散文《香江赋》选入《香港散文名家名作精选》，江苏古籍出版社出版。

1998年散文《故乡的中秋夜》获全国侨联、《华声报》征文一等奖。

1998年3～7月中央人民广播电台《海峡风铃》栏目，配乐朗诵播出巴桐4篇散文。

1999年香港凤凰卫视摄制人物专访《作家巴桐》。

1999年10月，中国现代文学馆落成，大厅安置两座“国宝”级巨型艺术花瓶，邀请包括巴金、金庸、沈从文、王蒙、莫言等数百位海内外华文作家题词及签名，烧制镌刻在花瓶上成为永恒纪念，巴桐名列其中，他的题词为“写作的过程是灵魂净化的过程”。

2000年散文《故乡的中秋夜》编选为人教版八年级语文课本，并被选作中学语文试题。

2003年5月华东师范大学教授谢福铨发表《巴桐小说艺术初探》。

2003年7月散文《古运河畅想曲》选入人民文学出版社编选的《中国现

代经典美文》和山东文艺出版社出版的《名家经典散文》。

2003年10月应邀赴京出席在人民大会堂举办的国庆54周年招待会。

2005年参加文化部举办的海峡两岸及港澳100多位著名作家、书画家和艺术家“情系香格里拉”大型采风活动。

2010～2013年在美国华文《世界日报》副刊发表《谁敲月下门》《大师》《轮流生病》《狂野的青江》等多篇散文、小说。台湾著名漫画家朱德庸、梁铭毅、川贝王京等为小说插画。

2010年1月《香江赋》入选《中国百年散文鉴赏》。

2011年10月，被聘为厦门大学新闻传播学院兼职教授。

2012年5月、2013年10月著名散文家杨庆桢在《三明侨报》发表《第一次握手》及《再会巴桐》，全面评荐巴桐。

2013年9月，被聘为三明学院兼职教授。

2014年12月，短篇小说《嚤啰街孖宝》获“深港两地小说大赛奖”。

2015年5月，短篇小说《大师》被江西九江市全市中学、甘肃秦安一中选为高三语文试题。

2015年7月参加建宁第十届海峡诗人大会。

2015年12月散文《走马宁夏》获“黄河文学征文”优秀奖。

2016年11月8日，散文《承天寺的明月》获第二届“文化中国·四海文馨”全球华文散文大赛一等奖。

2017年7月31日，《嚤罗街孖宝》获第二届“冯梦龙杯”全国短篇小说奖。

2017年11月22日，《梦回扬州》获“中国最美游记全国征文大赛”二等奖，同时获奖的还有《读雪》及《海南椰颂》。

2019年10月30日，小说《夺碗记》获“世界华语文学一等奖”。

2020年7月，现代诗《心乡明月》《鹰的涅槃》《那人》入选《2020中国汉诗年鉴》。

# 著作年表

1985年出版散文集《香岛散记》，海峡文艺出版社。

1987年9月出版长篇小说《蜜香树》，江西人民出版社。

1987年10月出版短篇小说集《佳人有约》，鹭江文艺出版社。

1989年2月再版长篇小说《蜜香树》，江西人民出版社。

1991年3月创作电影剧本《东瀛游侠》。

1992年7月出版短篇小说集《女人的一半是……》，百花洲文艺出版社。

1992年7月出版短篇小说集《浅水湾之恋》（主编·合集），中国文联出版社。

1992年8月电影《东瀛游侠》，香港银都机构摄制，导演张鑫炎。

1993年12月出版散文集《征战商场》，北京改革出版社。

1996年9月出版散文集《情缘醉语》，中国青年出版社。

1997年12月出版散文集《巴桐选集》，香港文学报出版社。

1999年8月出版长篇小说《日落香江》，香港德迅出版社。

2002年5月出版传记文学《世界狂人》，香港德迅出版社。

2003年7月出版传记文学《香港富豪奇人奇事》，香港德迅出版社。

2005年11月出版短篇小说集《巴桐幽默小说集》，广东旅游出版社。

2005年11月出版散文集《巴桐煮字》，广东旅游出版社。

2009年5月出版短篇小说集《无尘》，香港文学报出版社。

2011年11月出版短篇小说集《无尘》，北京现代教育出版社。

2014年7月出版散文集《巴桐煮字2》，广东旅游出版社。

2015年5月科幻动画片《万寿岩历险记》剧本（马玉太合作），福建华悦文化制作。

2021年11月出版合集《巴桐文集》，广东旅游出版社。

附录二

# 名家推荐 评论集萃

值得称许的，正是它注意文字功夫，注意文学性。行文虽然质朴，但质朴中又不乏文采，不乏精思的警句，不乏情愫饱满的笔墨……笔笔写来，富于艺术张力。

——中国作家协会名誉副主席、中国当代文学研究会名誉会长、著名评论家 张炯

我所读到的他的《醉语》《天桥旋律》《夜曲》等散文诗作品，显然是他在香港回归以前（或云是他新近所作）的作品，这些作品表达了在当年香港社会里，一位从内地前来定居的知识分子内心的寂寞感，又表达了作为敢于抗争和拼搏的诗人的壮志和豪放之情。“笔为剑，剑似笔，用昆仑的铁锤锻刃，用天山的雪水淬火。剑笔合一，方成就你的剑胆琴心……”（《醉语》）其自豪和抱负于此可见。看来巴桐是香港散文诗界艺术个性和个人性格表现得颇见明晰的作家之一。

——著名散文家、中国散文诗学会前会长 郭风

巴桐先生用他手中的这根“笔针”，缝出了一件色彩斑斓的百衲衣绣出了人生绚丽的心灵之花。透过这件外衣和这些心血凝成花朵，相信读者可以读到他心灵的轨迹，看到他慧眼所及的那些美丽的风景。

——海峡两岸关系协会原副会长、厦大新闻传播学院原院长、博士生导师 张铭清

鬼才巴桐，有奇才又多才，擅长多副笔墨，常常杂交得高产高质：小说中常糅入散文的情调，散文里又多融进诗的韵味，诗作在古典与现代

的碰撞中亮出绚丽的火花，且文集的主调，最深情于福建的乡愁与香港的城愁。还有丹青书画，古稀之年更出奇出彩。古语云，凤翔千里，非梧不棲。巴桐——乡巴梧桐，飞出了金凤凰！

——广东省新闻出版局原局长、省作协副主席　陈俊年

文笔老到，文采斐然。

——中国世界华文文学学会监事长、著名学者、诗人 刘登翰

“举头与低头之间缱绻乡愁。”宛如《承天寺的明月》，映照煮字半生，正是那一腔家国情怀。可谓巴桐作品魂魄所系。其人，真性情。其文，烟火味。长吟短歌，礼赞昌明，无不流淌进取之心。揶揄戏谑，针砭世相，实则蕴含良善之意。回返本名，梓敬也者，敬恭桑梓。诚然！信然！

——中国世界华文文学学会副会长兼秘书长、世界华文文学联盟副秘书长、编审　杨际岚

巴桐乃本真之人。诗酒入梦，煮字半生，在在表现出一个士者的家国情怀！他的散文有真我性情，字里行间见幽思、寄乡愁、抒胸臆。而他的文字入古出新，不事雕琢，每每让我们沉醉于汉字大美之中。

——广东旅游出版社原社长、总编辑、著名散文家　李亚平

一字煮百味，乃出巴桐化境。弥漫太平洋东岸西陆烟火，融汇大时空先秦后世紫气，物象通感，时态恍惚，令吾着迷。我以为，人生艺术最高境界是化境，随之而来的艺术思维是通感的运用，随心所欲不逾矩。“巴桐化境”，巴桐已成标签符号，是个性化的境界标志，其艺术思维乃一个“煮”字彰显特征，万般世象物语心态，皆煮而化之。

——福建作协副主席、三明文联主席 、著名评论家 、诗人　黄莱笙

巴桐散文语言技巧明快老练，精警而富有哲理，有雄浑的诗韵。

——香港作家联会副会长、国际诗人笔会主席、著名诗人　张诗剑

巴桐的散文，文意纷繁而清雅，引经据典而不赘。信息量大而耐人寻味。骨骼清奇，语境脱俗。物我情理皆圆融。

——香港女作家协会主席、华星诗坛主编、著名诗人 度姆洛妃

巴桐学识渊博，古文根基扎实，阅历丰厚，他有深邃的洞察力和力透纸背的表现力。加之渗透于文中的人生况味和人文意蕴耐品耐嚼，令人对其追寻、发现和创造美的才能赞叹不已。

——香港作家联会秘书长、香港文促会常务副会长 李远荣

巴桐以文名世，旅居美国后重拾画笔，书画精进，笔墨多彩。诗酒人生，田园逸兴，诚大隐于市的高人。

——著名书法家、香港作家联会理事 唐至量

巴桐先生之散文，多来自生活的知性层面，没有一般散文的阴柔媚秀，刚健中透着人间烟火与汗水，是以耐读。

——著名散文家 施友朋

巴桐先生是文学的多面手，举凡小说、散文、诗歌、报告文学、电影剧本、文学评论，无不当行出色。他的文字融合古典與现代之美，凝练蕴藉，温润婉约，予人意味隽永的阅读感受。

——凤凰卫视中文台高级专题主编 施纯志

巴桐是个朋酒友茶之文彦，小说散文中记人述事的爱憎品性，或如茅台之浓烈，或如干红之醇润；而诗篇歌章的意象情怀，则有绿茶之清禅，或有红袍之厚韵。巴桐的文字有人间烟火味，亦有真水无香的哲思。

——国际华文诗人笔会秘书长、北京师范大学教授 盼耕

# 雪泥鸿爪

## 岁月剪影

青少年时代在闽中三明度过

初到香港（1997年秋）

1996 年摄于深圳

2011年摄于厦门大学

2006年起旅居美国加州南湾硅谷